고소설의
담화론적 해석

고소설의
담화론적 해석

김현주·손동국·박인성·백수연·이해진

보고사

서문

    담화 연구는 언어가 직조되는 결이나 패턴을 중시하면서 텍스트의 의미에 접근하는 연구 방법론 중의 하나이다. 언어의 결이나 패턴이 중요한 이유는 거기에 어떤 맥락이 묻어 있기 때문이다. 아무 의미없이 존재하는 사물이 없듯이 고소설에 표현되어 있는 언어의 결이나 패턴도 의미를 지니기에 다른 것과 구별되는 흔적을 내비치고 있는 것이다. 이렇게 작은 사항부터 시작해서 텍스트의 내용, 의미, 주제, 배경사상, 정신사적 경향, 시대적 상황 등의 거시적인 맥락까지 관통하면서 작품을 보고자 하는 것이 담화 연구의 기본 욕망이다. 흔히들 고소설에 대한 연구는 내용을 주로 보면서 그 배경 맥락에 대한 탐구를 주로 한다. 이러한 연구 경향과 비교해볼 때 담화 연구는 그러한 내용과 배경 맥락에 언어적 형식을 추가로 감안한다는 특징을 지닌다. 물론 언어적 형식을 추가로 주목한다고 해서 해석의 타당성이나 설득력이 자동적으로 보장되는 건 아니다. 어떤 경우에도 해석자의 적절하고 기민한 해석 능력 여하에 따라 그 타당성과 설득력이 획득되는 것이기 때문이다. 그럼에도 불구하고 담화론적 시선은 대상으로 삼는 언어들이 지니고 있는 자질과 그것을 포착하는 구도적 시선 등이 적절하다면 해석적 타당성과 설득력을 증대시킬 수 있는 인자를 상당 부분 갖추고 있다고 판단된다. 언어적 형식과 서사내용이 연결되면서 거기 아울러 배경적 맥락들이 연맥되는, 말하자면 '해석의 트라이앵글'이 긍정적으로 활성화될 수 있는 기본 자질을 갖고 있다고 생각되는 것이다.

이 책은 담화론에 대한 이러한 평소의 내 생각들을 대학원 학생들과 교감한 결과물이다. 1년 반 전에 대학원 수업에서 담화론과 관계된 책을 함께 보면서 학생들에게 고소설을 그런 시각에서 한번 보라고 한 것이 이 책이 나오게 된 계기가 되었다. 기존 논의를 참고하면서 거기에만 몰입되지 말고 비판적 거리를 유지하면서 '언어형식-내용-배경맥락' 이 삼자를 연결하여 과감하게 볼 것을 요청했다. 학생들이 발표를 하나하나 해나가면서 혹은 예리하고 혹은 신선한 논점이 계속 제출되는 것을 보면서 나는 학생들에게 자신감과 용기를 북돋우기 위하여 나중에 논문들을 모아 책으로 낼 수도 있다는 점을 얘기했다. 처음에는 그 말이 격려에 가까운 것이었으나 학생들이 점점 진지해지고 열정을 보임에 따라 그 말은 내 안에서 자연스럽게 하나의 약속으로 굳어져갔다. 그리고 언젠가부터는 자연스럽게 단행본에 들어가는 것을 전제로 하여 작품의 형식적 안배나 일관성 등을 생각하면서 논의하게 되었다. 그 학기가 끝나고나서도 서너 차례의 자체 세미나를 수행하면서 이 자리에 오게 되었다. 그 과정에서 개인적 사유로 마지막까지 함께 하지 못한 학생들이 다수 있는데, 그들이 오랫동안 논의 과정에서 함께 토론한 것을 생각한다면 그들은 이 책의 형성과 발전의 한 부분을 차지하고 있음이 분명하다. 그들의 노고에 대해 여기 기록해두고자 한다.

이 책의 구성은 담화론적 시선을 통한 고소설 연구가 어떻게 진행될 수 있는지를 개진한 서론격의 논문을 필두로 하여 다양한 고소설 작품들을 담화론적 방법으로 분석한 여섯 편의 논문이 차례로 배치된 형태로 되어 있다.

<홍길동전>에 대한 논문은 타자를 표상하는 담화 지표를 통해 조선사회가 내부적으로 타자를 만들어내고 거기에 대처하는 방식을 서사화하고 있음을 논증하고 있다. 이러한 타자로서의 길동의 의식이 조선사회 바깥으로 나가서는 오히려 길동이 주체가 되어 괴물 울동과 율도국을 타자화함으로써 타자의식을 극복하는 모습을 보여주고 있다고 진단한다. 그러한 타자화의 과정에서 율도국으로의 진출이 서사적 필연성을 지닌다는 점과 길동의 행위에서 제국주의적 욕망도 엿볼 수 있음을 이야기한다.

<배비장전>에 대한 논문은 기존논의와는 다르게 서술자의 어조로 보았을 때 비판 풍자되는 대상이 배비장만이 아니라 위로는 제주목사, 아래로는 애랑과 방자도 포함되고 있음을 논증하고 있다. 서술자의 시선이 그만큼 다층적이라는 얘기인데, 이러한 서술자의 시선을 담지한 계층으로서 중간 계층의 복합적인 계층의식을 비정하고 있다. 그러한 중간 계층이 배비장까지도 신랄하게 비판할 수 있었던 것은 당시의 중간 계층이 자기비판도 할 수 있을 만큼 내적 갈등과 분열이 심했기 때문이라는 점을 말하고 있다.

<심청전>에 대한 논문은 심청전을 심학규의 이야기로 볼 수 있는 근거를 담화 차원에서 논증하고 있다. 심청전은 심학규가 갖가지 결핍 상황에서 탄식, 애통, 애걸, 동냥 등의 감정적 발화와 행동

을 통해 해결되는 서사 구조를 갖고 있다는 것이다. 그것은 심학규의 체면 유지 책략인데, 심청 또한 아버지의 체면 손상을 방지하는 방향에서 모든 행동이 이루어짐으로써 심청의 행위도 자발적이라기보다는 심봉사의 체면에 복속되고 있음을 말하고 있다.

　<장끼전>에 대한 논문은 장끼와 까투리의 꿈 설전, 까투리와 까마귀 등 다른 새들간의 개가 설전을 분석함으로써 주동인물과 적대적 인물, 가해자와 피해자 등의 이분법적 구도로 파악하고 의미 또한 그것을 바탕으로 부여하는 기존의 접근 방식에 대해 의문을 표시하고 있다. 꿈 설전 담화에서 까투리도 사건을 파국으로 치닫게 하는 데 일조하고 있으며, 개가 설전 담화에서 까마귀, 물오리, 장끼도 나름의 담화적 역할을 수행하고 있기 때문이다.

　가문소설의 '희학적 대화'에 대한 논문은 희학적 대화의 말놀이적 상황에서는 시간성이 해제되고 공간성이 형성되는데, 그러한 공간성이 갖는 서사적 기능과 소설사적 의미를 천착하고 있다. 그것은 역사적 시간성에 대한 의문이고 물음이며, 소설적 흥미에 대한 발견이기도 하다는 점을 말하고 있다.

　판소리와 풍속화에 대한 논문은 혜원의 풍속화 <단오풍정>과 판소리의 '거동보소'류 담화가 텍스트 내에서 행하는 유사한 담화적 기능에 대해 논하고 있다. <단오풍정>과 판소리는 비록 장르는 다르지만 음란하고 외설적인 성적 일탈 장면을 묘사할 때 약간은 엉거주춤한 자세로 '엿보는 시선'이라는 텍스트 내적 장치를 유사한 방식으로 마련하고 있는데, 그것은 성적 일탈을 해학적으로 풍자하려는 표면적인 이유 때문이기도 하지만 보다 심층적으로는 성담론의 표출을 금기시하는 유교 봉건 사회에서 그러한 외설적 장면을 묘사하는 데 따르는 윤리도덕상의 갈등을 해소하고자 하는 심리적인 자체 검열의 산물임을 논증한다.

　이상 일곱 편의 글 중 뒤의 두 편의 논문은 대학원 학생들의 논문이 부족하여 내 기존 논문 중 담화론적 시각을 지니고 있는 두 편을 추가 편성한 것이다. 그것은 책의 분량을 유지하기 위한 대책이기도 했지만 담화 연구의 다양한 시각을 보여준다는 측면에서 의의가 있다고 봤기 때문이다. 내 논문을 포함하여 모든 논문들은 미비한 점들이 한두 가지가 아닐 것이다. 학생들보다 공부를 조금 더한 내 자신도 그러할진대 지금 한창 열공 중인 대학원 학생들은 말할 나위도 없다. 그렇지만 이들이 여기서 보여준 시각과 실천을 좀더 다듬는다면 앞으로 더욱 의미 있는 결실을 맺지 않을까 기대한다. 문제제기와 토론은 모든 학문의 생명인데, 여기에 실린 담화 연구의 시선과 그 실천 사항들에 대해 활발한 논의와 질정이 있기를 진심으로 바란다.

2013년 12월
저자들을 대표하여 김현주 적음.

반 수 부터 받지 못하는 것이 현실이다. 내용이 중요하지 않다고 해서가 아니라 언어형식은 쉽사리 잊혀지는 존재인 것처럼 보인다. 마치 물거울 쓰기 시작하면 그 물선을 나고 있는 용기(容器)는 있는지 없는지도 모르게 잊혀지는 것과 같다. 고기를 잡고나면 고기 잡던 통발이 잊혀지고, 토끼를 잡고나면 토끼 잡던 올무가 잊혀지는 것과 같다. 어와 같이 말로 뜻을 전달하고나면 잊혀지는 것인가? 말의 형식은 의미를 전혀 갖지 못하는 것인가? 형식은 형식 자기만의 고유한 의미를 가질 뿐만 아니라 내용과도 일련의 관계로 맺어져 있기 때문에 어중력으로 조명을 가할 만한 가치가 있다.

고소설 연구에 있어 언어의 형식이 갖는 중요성을 예를 통해 얘기해나가기로 한다. 고소설을 표현하는 언어는 작가의 의식에 의해서건 아니면 개습에 의해서건 선택되는 것임은 분명한 사실이다. 선택되었기 때문에 그것들은 모두 다 다를 것이고 의미를 지녀야 된다.

고소설의 양상에 따라 어휘의 성격비 서로 다르다는 점을 우선 주목할 수 있다. 그것은 시대적인 현실인식이 달라서일 수도 있고 그 소설 양식 고유의 장르적 관습이 달라서일 수도 있다. 어쨌거나 사회문화적인 상황이 고소설의 어휘적 성격을 규정한다고 볼 수 있는 것이다. 고소설에 나타나는 어휘들을 보면 그 사회에 사는 사람들이 무슨 생각을 하고 있고, 그 사회가 지향하는 가치라든가 이념 등이 무엇인지를 어느 정도 짐작해볼 수가 있다. 물론 그것이 하나하나의 어휘마다 분명하게 드러나지는 않지만 수많은 어휘들을 층위별로 종합시켜 보면 일정한 방향성이 보인다.

예를 들어 사람들에 대한 호칭 어휘들도 소설 양식마다 다르다.

차례

고소설 연구와 담화

김현주

1. 담화적 접근의 필요성

담화(discourse)에 대한 무수한 개념 설명이 있을 수 있겠지만 가장 간단하고 기본적인 정의는 '맥락(context)을 지닌 언어'라고 할 수 있을 것이다. 담화 역시 일종의 언어이지만 그것은 그저 표층의 지시적인 의미만을 지닌 언어가 아니다. 담화는 어떤 배경이 되는 이면의 의미 맥락을 지니고 있어 표층 이상의 해석이 필요한 대상이다. 담화론은 언어를 그렇게 표층의 지시적인 의미로서 보는 것이 아니라 표층 속에 숨어 있는 배경적 이면적 함축적 맥락들을 드러내어 표층과 심층을 서로 연관시켜 조망하는 시각이요 방법론이다. 언어는 그저 어떠한 경우에도 불변하는 의미를 투명하게 전달해주는 존재가 아니다. 시대에 따라서, 말하는 사람이 누구냐에 따라서, 말을 듣는 사람이 누구냐에 따라서, 말하는 현장 상황에 따라서, 발화 상황에 주어진 여러 조건들에 따라서 달라지는 게 언어다.

그러한 언어 이면의 맥락을 보아냄으로써 이를 서사체의 정체 또는
본질적 의미와 관련하여 해석하고자 하는 것이 담화적 시선이다.
  하나의 간단한 예를 들어 보자. 우리는 사회생활을 하면서 '오늘
날씨 좋은데요' 같은 날씨와 관계된 말을 자주 하면서 산다. 그런데
그 말을 누가 하고 어떤 상황에서 하는지에 따라 의미는 사뭇 달라
진다. 소개팅으로 처음 만난 남녀가 공원에서 이런 말을 하면 그것
은 날씨의 상태에 대한 관심에서 나왔다기보다는 처음 만난 사람들
의 대화 방법으로서 의례적으로 나온 말일 가능성이 높다. 그래서
사실상의 그날 날씨가 아주 쾌청하거나 구름이 좀 끼어 있다거나
쌀쌀하거나 한 실제 상황과는 별로 관련이 없다. 날씨가 그다지 좋
지 않아도 전혀 상관이 없는 말이다. 전날의 아주 나쁜 날씨 상황과
비교해서 그런 말이 나올 수도 있는 것이다. 그 자리는 날씨에 대해
판단하고 평가하는 데 관심이 있는 자리가 아니라 아직 서로를 잘
모르고, 그래서 할 말이 별로 없어서 한 말이거나 서로 말을 나누면
서 친해지고 싶어서 한 말일 가능성이 더 많아 보인다. 이 말이 소통
적 또는 친교적 목적을 위한 말일 가능성은 남녀가 만난 상황에서
만 보이는 것이 아니라 다방면의 상황에서 두루 쓰인다는 사실에서
도 확인할 수 있다. 나무 아래 앉아 쉬는 사람에게 길을 물어보기
위해 이런 말을 할 수도 있고, 물건을 빌리러 다른 집에 간 사람이
주인에게 이런 말을 할 수도 있으며, 전철 안에서 옆자리에 앉은
사람에게 말을 걸기 위해 이런 말을 할 수도 있는 것이다. 그러나
이 말을 또 다른 상황에서 한다면 이상한 말이 될 수도 있다. 이를테
면 비가 오는 날 단축 마라톤에 참석한 서로 아는 사람들끼리 이런

말을 한다면, 그것은 날씨가 좋을 것이라고 장담한 누구를 향한 비꼼일 수도 있을 것이다. 이와 같이 같은 말이라도 누가 하고, 누가 듣고, 어떤 상황에서 하느냐에 따라 의미는 천차만별로 달라질 수 있다. 표층적인 지시 의미는 같지만 이면의 실제 의미는 다른 것이다. 이처럼 발화하는 사람이나 듣는 사람, 현장의 분위기와 상황 및 환경 등 발화 행위에 영향을 주는 것들을 총칭하여 '맥락'이라고 하는 것이다.

위에서 예를 든 것은 말로 하는 발화 상황이었다. 말로 하는 발화 상황에서는 말에 얹혀 있는 감정적 표현들, 말하자면 어조나 강세, 억양 등을 알 수 있기 때문에 그것이 어떤 맥락을 갖고 있는지를 좀더 쉽게 알 수 있다. 그러나 글로 쓴 문서를 통해서는 그러한 감정적인 표현들을 전혀 알 수가 없기 때문에 글이 갖고 있는 이면의 맥락을 보아내기는 그리 쉽지 않다. 발화문만을 가지고는 이면의 맥락을 속속들이 알 수 없으니 오해할 수 있는 여지도 상당히 많을 수밖에 없다. 우리가 대상으로 하는 고소설은 모두가 문서로 되어 있고, 오늘날로부터 시간적 격차가 큰 시기의 고어로 된 글이라는 점에서 오독할 여지는 좀더 많아진다고 하겠다. 그러므로 이면적 맥락이 완벽하게 추구되지는 못한다 할지라도 최대한 여러 맥락을 감안한 해석을 지향하는 노력은 언제나 필요하지 않나 생각된다. 담화 연구는 그런 노력의 일환이라고 할 수 있다. 고소설에 관한 당시의 많은 정보들이 산실되어 잘 알 수는 없지만 담화 연구는 가능한 한 많은 맥락적 배경들을 이모저모 따져보아 가장 적절하게 해석할 수 있는 방법을 모색하는 것이다.

담화 연구는 기본적으로 표층의 언어 속에는 수많은 맥락적 의미들이 담겨 있다는 관점을 견지한다. 언어는 객관적이지도 않고 투명하지도 않다. 모든 사람이 언제 어디서나 똑같은 의미로 언어를 사용하지 않는다. 언어에는 언제나 언어를 사용하는 사람의 주관적 관점이 있고, 그 사람만의 시선이 있으며, 그 때 그 곳만의 분위기가 담겨 있다. 그것들은 그 당시의 정치, 경제, 사회, 문화, 예술, 당대의 시대정신이나 정신적 사조, 사상적 입장 등과도 모종의 관련성을 갖고 있다. 그런 것들이 중층적으로 겹겹이 엉겨 있다. 그러므로 그러한 적층을 하나하나 벗겨내면서 내면의 의미를 찾아 들어가야 한다. 그러기 위해서는 언어에 대한 우리의 자동화된 인식에 저항해야 한다. 우리는 습관적으로 언어를 투명하게 생각하고 자동적으로 인식하는 버릇이 있는데, 이를 거부하고 언어를 낯설게 볼 필요가 있으며, 언어에 대해 까탈스러워질 필요가 있다. 그러한 자세가 담화 연구에서는 필요하다.

고소설 연구에 이러한 담화적 시선이 요구되는 이유는 고소설에 사용된 언어적 형식과 내용을 통한 다양한 의미 맥락의 탐색이 그렇게 활발하게 이루어졌다고 볼 수는 없기 때문이다. 주로 고소설의 서사적 내용을 통한 접근이 이루어졌고 거기에서 수많은 의미들이 추구되었으며, 그에 따라 많은 성과들이 도출되었지만 서사적 내용과 배경적 지식을 언어에 되비쳐보는 작업에는 인색했기 때문에 또 다른 측면에서 고소설을 비추어보는 작업은 다소 소홀하게 다루어졌다고 생각된다. 고소설의 서사적 내용도 언어를 통해 전달되는바 전달한 주체로서의 언어와 어떤 관련성이 없을 수는 없는 것이다. 우리는 그래서 서사적 내용을 통해 탐색된 의미들을 언어와 연결시키고자 하는 욕망을 품게 된다. 언어와 연결된 의미망이 어디까지 심화 확장될지, 서사적 내용을 통해 도출된 의미와 얼마나 동행할지는 사안마다 다르겠지만 만약 서사적 내용을 통해 도출된 의미와 동행한다면 그 또한 증명으로서의 의의를 지니는 것이며, 서사적 내용을 통해 도출된 의미와 다르거나 상반된다면 기존의 접근에 대한 문제제기의 성격을 지니게 될 것이다. 그뿐 아니라 언어적 형식에 새겨진 흔적을 통해 우리는 시대이념, 인식론적 배경, 지식기반, 정신사적 경향 등등 고소설 이면에 있는 풍부한 의미들에 접근할 수 있는 안목을 얻게 된다. 당대의 문화사와 예술사에 성큼 다가설 수 있는 입지를 확보할 수도 있다. 요컨대 고소설 연구의 폭을 확장하고 깊이를 심화시킬 수 있기 때문에 담화적 시선이 요구된다고 할 수 있는 것이다.

2. 언어형식에 대한 관심

고소설 연구에서는 서사의 내용을 통한 접근이 너무나 당연시된다. 어떤 방법론을 사용하든, 어떤 시각으로 보든간에 서사적 내용을 가지고 논의를 진행하는 경향이 있다. 서사적 내용이 어떠냐에 따라 논의가 달라지고 심화되고 중요한 논점의 바탕이 된다는 점은 누구도 부인하지 못한다. 내용이 없이 무슨 말을 할 수 있을 것인가? 그렇지만 내용만이 모든 것인가? 내용과 관련된 언어형식은 별

반 주목을 받지 못하는 것이 현실이다. 내용이 중요하지 않다고 해서가 아니라 언어형식은 쉽사리 잊혀지는 존재인 것처럼 보인다. 마치 물건을 쓰기 시작하면 그 물건을 담고 있는 용기(容器)는 있는지 없는지도 모르게 잊혀지는 것과 같다. 고기를 잡고나면 고기 잡던 통발이 잊혀지고, 토끼를 잡고나면 토끼 잡던 올무가 잊혀지는 것과 같다. 이와 같이 말도 뜻을 전달하고나면 잊혀지는 것인가? 말의 형식은 의미를 전혀 갖지 못하는 것인가? 형식은 형식 자기만의 고유한 의미를 가질 뿐만 아니라 내용과도 일련의 관계로 맺어져 있기 때문에 이중적으로 조명을 가할 만한 가치가 있다.

고소설 연구에 있어 언어의 형식이 갖는 중요성을 예를 통해 얘기해보기로 한다. 고소설을 표현하는 언어는 작가의 의식에 의해서건, 아니면 관습에 의해서건 선택되는 것임은 분명한 사실이다. 선택되었기 때문에 그것들은 모두 다 다른 것이고, 의미를 지니게 된다.

고소설의 양식에 따라 어휘의 성격이 서로 다르다는 점을 우선 주목할 수 있다. 그것은 시대적인 현실인식이 달라서일 수도 있고, 그 소설 양식 고유의 장르적 관습이 달라서일 수도 있다. 어쨌거나 사회문화적인 상황이 고소설의 어휘적 성격을 규정한다고 볼 수 있는 것이다. 고소설에 나타나는 어휘들을 보면 그 사회에 사는 사람들이 무슨 생각을 하고 있고, 그 사회가 지향하는 가치라든가 이념 등이 무엇인지를 어느 정도 짐작해볼 수가 있다. 물론 그것이 하나하나의 어휘마다 분명하게 드러나지는 않지만 수많은 어휘들을 층위별로 중첩시켜 보면 일정한 방향성이 보인다.

예를 들어 사람들에 대한 호칭 어휘들도 소설 양식마다 다르다.

신성소설과 세속소설, 귀족소설과 평민소설이라는 장르 구분이 용인된다는 전제 하에 살펴본다면, 전자에 속한다고 생각되는 <구운몽>과, 후자에 속한다고 생각되는 <열녀춘향수절가>의 호칭 어휘들은 사뭇 다르다. <구운몽>에서 등장하는 호칭 어휘들이 자신을 낮추거나, 상당히 격식이나 예법을 차릴 때 쓰는 것들임을 볼 때, 이들 어휘들은 지배와 종속의 관계가 유지되는 사회 속에서 계급적으로 상층 또는 지배계층에 속한 사람들이 주로 사용하던 것들로 보인다. 그것들은 대개 귀족 사회에서 국가사나 가문사와 관련되어 진술되는 공적 호칭들이고, 공식적인 문서에 쓰일 법한 호칭들이며, 예의를 차려야 하는 공식적인 자리의 대화에서 사용될 법한 공무적인 호칭들이다.

이에 비해 <열녀춘향수절가>에서 쓰이는 호칭들은 상당히 일상적인 호칭으로 변해 있다. '나'와 '너', 그리고 '우리'와 '너희' 등과 같은 일반화된 호칭의 쓰임새가 많아지고 있고, 사람 이름 그대로 부르는 현상도 대폭 확대되고 있다. 이는 인간을 관계의 망을 통해 추상적으로 인식하던 관습으로부터 벗어나서 인간을 하나의 독특한 개성적인 존재로 인식하는 패턴으로 이동했음을 말해준다. 또한 이는 판소리 서사체의 이야기가 궁정이나 선비의 집과 정원과 같은 멀리 떨어지고 고립된 높은 지대에서 시정이라는 낮은 지대의 세간으로 공간 이동했기 때문이며, 법도와 예법을 차려야 하는 국가와 가문의 공무적인 일에서 예법을 차리지 않아도 되는 보통 일상적인 일로 사건의 성격이 바뀌었기 때문이다.

<구운몽>과 <열여춘향수절가>의 어휘적 성격의 차이는 일반 한

자어를 일별해도 분명하게 드러난다. <구운몽>에서의 그것들이 추
상성과 관념성, 그리고 귀족적 격식을 지닌 어휘 계열이라면, <열여
춘향수절가>의 그것들은 일상성과 실용성, 물질성을 지니고 있는
것들이다. 추상적이고 관념적인 성격이 많이 탈각되고 구체적인 지
시력이 점증되어 있음을 볼 수 있다. 그리하여 오늘날의 언어 자질
과도 많이 가까워졌음을 우리는 판소리 서사체에서 느낄 수 있다.
한자로 된 사자성어에서도 성격 차이가 드러난다. <구운몽>의 그것
은 관습화되고 정형화된 관용구절로서 대상을 포괄적인 관념으로
포장하여 제시하는 성격이 우세하다. 그러나 판소리 서사체에서의
그것은 극중 상황을 지시하기 위해 새롭게 조립된 실용적인 성격을
지닌 어휘들이다. '야입청루(夜入靑樓)'나 '유부겁탈(有夫劫奪)'과 같
이 관습적인 성어 구절에 의존하지 않고 상황에 맞춰 새롭게 만들
어 쓰고자 하는 구성의식 내지는 실용정신이 내재된 것들이다. 여
기에는 아마도 실학과 같은 사상적인 경향이 당대의 지식기반으로
자리를 잡은 상황과도 무관하지 않을 것이며, '창신(創新)'과 같은
우리 나름의 정신적인 취향이 고조된 문화적 상황과도 무관하지
않을 것이다.

　생각의 단위들이 어떤 방식으로 통사적 결합을 해나가는지를 보
는 것도 당대인들의 정신적 경향 내지는 이념적 사유방식에 대해
추론할 수 있게 한다. 언어 사용자들은 특정 표현을 할 때 어떤 일정
한 결에 따라 지식을 활성화하는 경향이 있기 때문이다. <구운몽>에
서는 시간적인 계기성에 따라 인과관계가 생기면서 전후 맥락들이
결속되는 방식이 주로 많이 쓰인다. 묶여진 생각의 단위들이 인과적

으로 긴밀한 관계에 있기 때문에 독자들은 수직적인 유추를 통해 이해하게 된다. 물론 <구운몽>에도 공간적인 인접성에 의해 생각의 단위들이 결합하는 경우도 있지만, 그럴 때에도 그것들이 의미적 유사성을 통한 상호 함축관계에 있기 때문에 인과론적으로 추론하는 것이 어렵지 않다. 그에 반해 판소리 서사체는 수다한 사물을 나열하는 방식을 통해 생각의 단위들이 공간적인 인접성에 의해 결합됨으로써 그것을 이해할 때에도 수직적인 유추가 아닌 수평적인 연상이 요구된다. 인과적인 맥락에서 이탈되는 담화 방식은 판소리 서사체의 주요 담화 조직 원리가 되고 있다. 물론 판소리 서사체에서도 시간적인 계기성에 의한 전후 맥락들 간의 결합 방식이 없는 건 아니지만 주된 흐름은 공간적인 인접성의 원리에 의해 통사적인 결합이 이루어진다는 것이다.

<구운몽>에서는 모든 사상과 사물들이 시간에 따라 인과론적으로 조직되는 경향을 보여준다고 할 때, 거기에 비친 현실인식 또한 역사적 인과론 내지는 역사적 귀결주의의 모습을 지향한다고 할 수 있다. 모든 사물들과 관계들이 체계적이고 규범적이며 유기적인 계열관계로 구조화되어 있고, 또 그렇게 되어야 한다는 믿음이 그 저변에 깔려 있다고 할 수 있을 것이다. 그리고 그러한 관계들과 생각의 단위들이 수직적으로 유추될 수 있는 성질의 것이라는 관념주의와, 그로부터 지배와 종속의 신분적 구조라든지 사회제도에 대한 신념 등도 배태될 수 있었으리라고 판단된다. 그에 비해 판소리 서사체는 모든 사상과 사물들이 공간적 인접성에 따라 구조화된다는 현실인식을 더욱 강하게 보여준다. 그것은 인간관계를 훨씬 헐

겹고 자유분방한 평등관계로 보는 인식을 내재하고 있으며, 사물들을 외현적인 사물 그 자체로 보는 실물주의적인 인식을 내재하고 있다. 또한 탈맥락적이고 비유기적인 담화 조직은 세상에 대한 대거리와 유희적인 태도를 담을 수 있도록 하기도 한다. 이와 같이 통사적 결합 방식을 통해서도 그 이면의 현실인식과 신념을 읽어볼 수 있는 것이다.

3. 당대의 언어관습 또는 화법

고소설 당대의 언어문화사를 구성한다고 할 때, 고소설의 언어를 무시할 수는 없을 것이다. 아니 고소설의 언어를 주로 가지고 작업을 해야 할 것이다. 당대의 언어들이 거의 다 발화와 함께 사라져서 구축해볼 수 없는 현시점에서 고소설의 언어는 그 시대의 일상 발화의 분위기를 어느 정도 내재하고 있다는 점에서 참으로 귀중한 자료라고 할 수 있다. 당대의 또 다른 언어축인 한문 저술의 저 방대함에 견주어 볼 때 국어라는 점에서도 그 가치가 높은 것은 말할 나위도 없다. 담화적 시선은 당대의 언어문화사의 구축과도 상당 부분 동선을 같이 한다고 판단된다.

고소설은 당대의 언어관습을 상당 부분 반영하고 있다. 투박하게 우리의 언어 스타일을 문어체와 구어체로 구분한다면 초창기와 조선 중기에 이르는 시기의 고소설들은 문어체가 우세한 양상을 보인다고 생각되며, 조선 중기를 지나면서 구어체라 할 수 있는 고소설들이 등장하게 된다. 구어체의 화법을 은근하지만 진하게 보여주는 최초의 장르는 국문장편소설들, 이른바 가문소설군(群)이라고 판단된다. 가문소설들은 생활 속에서 이루어지는 화법 내지는 어법의 측면을 상당 정도 드러내 보여준다. 오늘날의 구어체 화법과도 그다지 멀지 않은 곳에 위치해 있음을 알 수 있다. 오늘날의 일상생활에서 그렇듯이 가문소설에서도 가끔은 중심 화제에서 비켜나 우스꽝스러운 어조로 희학적 대화가 이루어지기도 한다. 특히 가문소설은 상층 신분의 가정 속에서 행해지는 일상 화법이 어떠했는지를 잘 보여준다. 왕을 비롯한 조정 대신들도 등장하므로 궁정 귀족들의 언어관습 또한 보여준다. 일상생활에서 실제로 발화했을 법한 어법으로 대상에 대한 차근차근하고 오밀조밀한 설명과 묘사가 이루어진다. 당대의 우리말 화법 체계 가운데 유의미한 화법 체계를 유기적 맥락의 화법과 겸양의 화법이라고 봤을 때, 그러한 점을 가문소설은 잘 보여준다. 유기적 맥락의 화법은 전후맥락적이고 인과적인 면모가 강화된 화법이고, 겸양적 화법은 상대존중과 예절이 기초가 된 화법인데, 이러한 면모가 가문소설에서 두드러지는 것이다. 그래서 가문소설의 존재의의나 성격을 교양소설적 면모에서 찾는 것도 무리가 아니다.

 가문소설의 일상 화법은 소설사에서 갑자기 등장한 것은 아닌 것으로 사료된다. 전대와 당대의 고소설들, 이른바 전기소설, 영웅소설, 애정소설, 군담소설, 가정소설 등과의 교섭이 있었을 것이고, 야담이나 문헌설화 등과의 구술적 차원에서의 교섭도 있었을 것이며, 편지와 상소문 등 실용적 글과의 연접 작용도 있었을 것이라고 사료된다. 치렁치렁한 문체로 유명한 <한중록>의 독백체나 <인현왕후전>의 문체는 가문소설의 화법과 일맥상통한 점이 많아 보이는데, 이는 가문소설의 작가층이나 독자층의 한 구성원으로 추정되는 궁녀들을 감안할 때 충분히 수긍할만하다. 일기체 화법의 영향도 무시할 수 없겠는데, <계축일기>, <규한록>, <화성일기>, <산성일기>, <의유당일기> 등 일기체 소설들은 여러모로 가문소설의 화법과 연결되는 지점을 갖고 있는 것 같다. 나아가 한문 문장구조가 균열되고 재편성되는 과정에서 구어체 우리말이 틈입하면서 고유의 화법체계를 향한 화학작용이 일어난 측면도 있다고 보인다. 이와 같이 가문소설의 화법은 전대와 당대의 다양한 산문 장르들의 접합에서 생성된 것이다. 그것은 각 장르들이 갖고 있는 사회문화적 요소들이 접합하는 것임을 의미하기도 하므로 일종의 문화접변의 장이라고 볼 수도 있을 것이다. 가문소설의 화법에는 사람들의 의식이나 현실인식 등이 담겨 있으며, 따라서 거기에서 당대 한국인들의 의식구조나 세계관을 엿볼 수 있는 것이다.

가문소설이 상층 신분 계급의 일상 화법체계를 보여준다면, 판소리 서사체는 서민 계층의 일상 화법체계를 생생하게 보여준다. 엄밀하게 말하면 서민 계층의 화법과 더불어 상층 계급의 화법도 같이 보여준다. 왜냐하면 판소리 서사체의 등장인물 중에는 사대부 계층 신분도 있기 때문이다. 그러나 여기서 사대부 계층이 사용하는 화법은 가문소설에서 봤던 상층 계급의 화법과는 또 다른 면모를 보인다. 가문소설의 화법이 오밀조밀하게 전후 맥락을 다 짚어가면서 충분히 길게 발화하는 형식인데 반해 판소리 서사체에서의 화법은 상층 계층이건 하층 계층이건 모두 짧은 대화를 지속적으로 교환하는 형식을 지향한다. 그렇다고 화제가 수시로 바뀌는 건 아니고 하나의 화제에 초점이 맞춰지더라도 짧은 대화를 계속 주고받는 형식인 것이다. 이러한 점은 일상에서 벌어지는 현상을 그대로 반영하고 있다는 점에서 판소리 서사체의 사실주의적 경향과도 궤를 같이한다. 또한 가문소설이 어떤 대상에 대해 에둘러 말하고 간접적으로 대상을 환기하는 화법을 구사하는 데 반해 판소리 서사체는 대상에 대해 직설적이라는 특징이 있는 것 같다. 그래서 판소리 서사체에서는 자신에 대한 겸양을 장황하게 늘어놓거나 상대를 존중한다는 점을 길게 늘어놓는 자기 옹호의 발언이 줄어들고 대신 타자에 대한 비판적인 시선도 스스럼없이 던지는 화법을 구사하는 경향을 보여준다. 가문소설의 심사숙고를 통해 나오는 꽉 짜인 규범적 발화에 비해 판소리 서사체는 꺼릴 것 없이 툭툭 내뱉는 발랄하고 자유분방한 화법인 것이다. 각종 비속어들이 난무하는 것도 그 같은 경향의 특징이다. 아마도 이는 판소리가 사람들 앞에서 소리로 공연되는 장르이기도 했다는 점과 긴밀한 관계가 있다고 생각된다. 판소리 서사체의 화법체계 가운데 사대부 계층과 관련하여 좀 특이한 것이 있다면 고전적 인물이나 고사성어와 같은 한문 관용구가 무척 확대 사용되고 있다는 것과 그와 아울러 한시나 시조 등과 같은 것들이 많이 인용된다는 점이다. 지식의 과시적 차원이라고 볼 수 있는 이러한 화법은 양반 사대부들의 지적 취향이나 풍류적 지향을 보여주는 게 아닌가 생각된다.

고소설은 당대의 언어문화를 상당히 사실적으로 반영하고 있다.

당대의 각종 언어 자질들이 어떻게 연접하고 있고 융합하고 있는지를 고소설을 통해 볼 수 있다. 고소설이 당대 언어문화의 제 현상을 탐구할 수 있는 전초기지인 셈이다.

4. 당대의 지식기반 또는 사유기반

담화에 대한 관심은 텍스트의 생산 배경으로서의 지적 전통이라든가 지식기반이나 사유기반의 문제, 그리고 사회이념이나 사상적 경향 등에 주목하게 한다. 그것은 텍스트의 생산 배경으로서 작가의 생산자적 위상을 강화하려 하거나 사회적 환경의 산물로 보고자 하는 시각과는 다른 것이다. 특히 지식이나 이념 등의 호출과 분배, 그리고 조직과 생성과 같은 과정적 측면을 조명하고자 하는 강한 욕망을 갖고 있다. 텍스트의 생산자와 수용자가 세계지식을 습득하고 저장하고 분류체계를 수립하고, 그리고 그들을 어떻게 호출하고 새로운 수준에 맞게 그들을 재구성하고, 결국 어떠한 방식으로 이해와 수용에 도달하는지에 대해 관심이 많다. 작가의 이념적 성향이나 정치사회적인 위상이 작품을 결정한다거나, 작품을 사회적 이념이 반영된 결과로 보는 것은 견고한 정치사회적 논리를 작품 생산에 대입한 것에 불과하기 때문에 담화 연구의 취지와는 맞지 않는다. 담화론은 이러한 투박한 표현론적이고 반영론적인 논리보다는 문화적 전통과 지식기반, 사유기반이 활성화되는 프로세싱이나 사회이념이 작동되는 미시적인 코드 내지는 회로가 무엇인지를 천착하는 데 초점을 맞추고 있다.

판소리 서사체와 비 판소리 서사체는 이념성이나 세계관적 지향의 측면에서 상당한 차이를 보여준다. 그것은 기존 담론을 인유하는 방식이 다르기 때문이다. 영웅소설이나 가문소설 같은 데에서 서술자나 등장인물이 발화하는 방식을 보면 상황에 맞게끔 자신이 나름대로 사유한 것을 진술하는 게 아니라 흔히는 기성품의 담론체계를 그냥 빌려다 쓰는 경향을 보여준다. 그것들은 대개 기존의 지배 이데올로기를 인정하고 지향하는 차원에서 담론체계를 인유한다. 그래서 서술자와 등장인물의 발화는 그 상황에 가장 적절한 진술 내용이 되는 게 아니라 오히려 반대로 인유한 담론체계의 유사함 때문에 이념적 정향이나 현실인식 등이 다른 것과 비슷해지고, 나아가 극중 상황이나 사건의 성격까지 비슷해지는 현상이 벌어지는 것이다. 여성인물을 그릴 경우에도 대개는 내훈, 효경, 내칙, 여교 등등 여자의 혼인과 가정생활에 대한 법도와 규범을 기술하고 있는 정형화된 담론체계를 그대로 인유하기 때문에 고소설에 나타나는 여성인물들의 사고와 행위 또한 천편일률적인 모습을 보이는 경향이 있다. <구운몽>의 계섬월을 비롯한 여러 여인들과 <사씨남정기>의 사씨부인 등이 모두 그러하다.

이에 비해 판소리 서사체의 등장인물들은 정형화된 담론체계를 인유하는 측면도 존재하지만 그 사이사이에 자신의 경험에서 우러나오는 자설적인 목소리를 내는 데도 소홀하지 않다. <춘향전>에서 춘향이는 신관사또의 수청 요구에 대해 일부종사를 내세우며 거절한다. 그것은 그 시대를 사는 누구에게나 인정되는 담론체계로서

충불사이군과 열불경이부절이라는 유교이념적 지향으로부터 나온 산물이다. 이에 대해서는 신관사또로서도 적극적으로 부정할 수가 없어 춘향의 신분이 창기임을 환기시키는 정도에 그친다. 그러나 춘향은 충열에 상하가 없음을 들어 곧바로 반박하고 있다. 이제 신관사또의 대응은 조롱관장이나 거역관장을 들먹이며 압박하는 수밖에 없는데, 여기에 대해 춘향이는 유부겁탈은 죄가 아니냐며 되묻는다. 유부겁탈에 대한 저항은 불경이부의 실현태의 하나로서 춘향이는 현실적인 맥락에 따라 새롭게 대항담론을 만들어내는 것이다. 그것은 당시 양반사대부들이 금과옥조로 믿고 있는 기존의 담론체계가 그 자체 내에 심각한 모순구조로 되어 있다는 사실을 폭로하는 역할까지도 떠맡고 있다.

이처럼 기존담론을 어떤 상황에서 어떻게 인유하느냐에 따라 거기에 담겨 있는 이념적 성향이나 사유체계는 다른 것임이 드러난다. 정치사회적인 맥락의 거대담론까지 담아내보려는 것이 담화 연구가 지향하는 방향의 하나이다. 또 다른 하나는 미세한 담화 표지들을 초점화하여 사상적 사유체계를 읽어보는 방향도 있을 수 있다.

고소설에는 묘사 대상을 선명하게 구체적으로 하려는 노력을 보이지 않는, 오히려 그런 노력을 방해하거나 포기하는 듯한 일련의 담화 표지가 존재한다. 일부러 대상의 모습을 몽롱하게 흐림으로써 환상적이고 몽환적인 분위기가 유발되는 그런 담화 표지들이다. 예컨대 불가형언(不可形言), 불가비견(不可比肩) 또는 불가측량(不可測量), 불가명시(不可明視) 또는 불가기억(不可記憶), 부지소종(不知所從) 등의 담화 표지들이 고소설에는 편만화되어 있는 것이다. 이

러한 현상의 기저에는 어떤 정신적인 취향 내지는 사유체계로의
경사가 도사리고 있는데, 우리가 착목할 수 있는 그러한 사유체계
는 도가사상이라고 할 수 있을 것이다. 노자의 <도덕경> 같은 데에
서 그러한 사유체계의 맹아적 요소를 볼 수 있다. 거기에서는 어떤
경계 없음과 몽롱한 인식 상태가 아주 흔하게 표명된다. 노자는 도
와 무를 설명하면서 황홀하고 형언할 수 없고 명시할 수 없다는 언
술을 지속적으로 사용한다. 이러한 사유체계는 무수히 반복됨으로
써 하나의 사유 패턴 또는 지식 모델을 구성하게 되고 이것이 계속
반복 사용되면서 그 효용 가치를 높여왔을 것인데, 그것이 고소설
에서 영웅적인 인물을 묘사할 때나 신비한 사건 상황을 묘사할 때
원용되고 있다. 이와 같이 담화 형식을 확장해서 보면 전통사상적
사유체계와 접합되는 지점이 발견될 수도 있는 것이다.

5. 상호텍스트적 조망

담화에 대한 관심은 고소설을 고소설만으로 보지 않고 좀더 넓은
문예 장르들과의 관계적 구도 속에서 바라볼 수 있는 퍼스펙티브를
제공해준다. 담화적 시선은 대상들을 하나의 내러티브로 파악할 수
있거나, 나아가 일련의 기호적 작용으로 파악될 수 있는 한 같이
묶어서 볼 수 있는 안목을 제공해준다. 음악, 그림, 건축, 조각, 무용,
영화, 연극 등 모든 장르가 하나의 내러티브이고 하나의 기호작용
인 한 그것들은 소설과 마찬가지로 동일한 퍼스펙티브에서 조망할

수 있는 것이다. 담화는 이와 같이 매체를 초월한다. 그래서 담화 연구는 이야기 내용상의 차원에서 알 수 있는 것보다 이면에 흐르는 구조적 상동성이 무엇인지를 추구하는 방식을 취한다.

판소리 서사체는 당대의 예술 양식인 풍속화와 담화적 차원에서 많은 공통인자를 갖고 있다. 판소리 서사체가 여러 존재들, 이를테면 등장인물들과 서술자, 나아가 창자 자신의 목소리들이 혼합된 모습을 꽤나 자주 보여주는 것과 비슷하게 풍속화와 민화에서도 액자 내외의 시각들이 혼재하여 화면 구성에 개입하는 모습을 보여준다. 이런 상동적 현상을 당대의 시대 상황이나 정신적 분위기에 비추어보는 것도 담화 연구가 지향하는 행로 중의 하나이다. 또한 판소리 서사체가 정형화된 포뮬라를 활용하여 판소리 바탕을 늘리고 더늠을 확충하듯이 풍속화와 민화도 동일 모티프를 사용하거나 본(本)그림을 활용하여 대량 생산 방식을 취하고 있다. 여기에서 당대의 여러 문예 장르들을 가로지르면서 나타난 생산 방식에 대한 고민 같은 것을 볼 수 있다. 판소리 서사체에는 전대의 고소설에 비해 대상에 대한 세밀한 묘사가 대폭 증대되어 있는데 이는 당대의 풍속화에서 대상을 바로 눈앞으로 끌어당겨 그리는 클로즈업 기법이 대폭 사용되는 현상과 긴밀한 관계가 있는 것으로 보인다. 실학과의 관련 하에서 당대인들에게 하나의 현실인식으로 다가온 실용주의 내지는 사실주의 정신이 여러 문예 장르에 공통적으로 나타난 결과인 것이다. 그리고 풍자적이고 비판적이고 해학적인 표현들이 판소리 서사체와 풍속화에서 대폭 사용되는데, 그것은 신분 고하를 불문하고 행해지며, 사실적 근거를 지닌 대상에 대해 생생하게 펼쳐진다. 그런 점은 비판의식과 골계정신이 융합된 서민의식이 그 밑바탕에서 작동하기 때문으로 보인다. 성적 표현을 자유분방하게 노출시키는 것도 판소리 서사체와 풍속화의 공통점이다. 대담하고 솔직한 성적 표현들은 유교적 도덕관념들의 허구성이 드러나고 지배체제와 유학의 엄숙주의에 대한 반동이 작동되는 것과 그 궤적을 같이 한다. 담화적 시선은 이런 사항들을 문예물의 언술의 차원과 형식적 차원에서 면밀하게 조망하면서 점차 그 시선을 원심적 동력으로 확장함으로써 당대의 역사, 사회, 문화와 만나는 지점까지 탐색을 가능하게 한다.

풍속화를 내러티브의 관점으로 보면 소설적 상상력의 작동 지점에 대해 얘기가 가능해진다. 당시의 풍속화들, 특히 혜원의 풍속화들은 이야기 요소들을 상당히 많이 갖고 있다. 혜원 풍속화는 당대의 시간과 공간, 그리고 시대적 정조 내지는 에토스를 진하게 함축하고 있다. 그 시대의 시정의 풍속과 시정인들의 정신적 지향이 화면의 구성요소들 사이에서 드러난다. 그것들은 당대의 고소설에서도 나타나는데 혜원은 고소설의 그런 모습과 지향으로부터도 상당 부분 영향을 받고 있는 것으로 보인다. 소설과 그림의 상호텍스트 현상에 접근하기 위해서는 소설에 나타나는 시점과 거리, 정조, 문체 등에 대한 미세한 조명이 필요하며, 그림에서는 구성, 채색, 음영, 인물의 동작, 표정, 의습, 배경, 상징적 요소 등에 대한 천착이 중요하다고 생각된다. 그런 것들이 맺는 관계망들이 상호텍스트 현상의 해석에는 필수적이기 때문이다.

혜원의 풍속화 중에서 <연당의 여인>이라고 불리는 그림을 보면,

이제는 젊고 건강한 모습이라고는 할 수 없는, 약간은 초췌하고 쓸쓸하고 어쩐지 정점에서 내리막길을 걷고 있는 한 기생이 그려져 있다. 그녀는 홀로 연못가에서 연죽과 생황을 번갈아서 입에 물어가며 무료한 시간을 보내고 있는 중이다. 두 가지를 동시에 행하는 모습과 더불어, 지금 하고 있는 그런 일에는 별 관심도 없다는 듯이 고개를 돌리고 초점을 잃은 듯 멀리 쳐다보는 모습이며, 그리고 다소곳하지 않게 아무렇게나 퍼질러 앉아 치마 속 속곳가래까지 드러내고 있는 모습으로 보아 기생으로서의 어떤 진지함이나 정열 같은 것은 느껴지지 않는다. 기생의 본분이나 자신이 처한 처지에 대한 어떤 회의와 환멸 같은 것을 느꼈을 법한 포즈이다. 단순하게 나이가 들어감에 대한 안타까움 같은 것으로도 읽을 수 있고, 연정과 관련된 이별의 아픔 같은 것으로도 읽을 수 있다. 그러한 점은 연못에 가득한 연잎의 시든 모습과 그것들의 생생하지 못하고 거무칙칙한 바랜 색깔 등을 통해 유추해볼 수 있다. 그런 연잎의 모습은 기생의 내면의 의식을 반영하게끔 그려진 존재라고 할 수 있기 때문이다. 그리고 기생과 가까운 곳에 그려진 막 피어오르는 한 송이 탱탱한 연꽃의 모습과 대조되어 직업적 고달픔이나 늙음 또는 연정에 대한 한탄은 더욱 심각해진다고 볼 수 있다.

이 그림을 하나의 내러티브로 볼 수 있는 것은 그려진 기생으로부터 당시의 여성의 삶에 대해 상당히 많은 시공간적 정보와 사회 문화적 상황 또는 시대적 정조 내지는 분위기를 읽을 수 있기 때문이다. 그와 더불어 여기에 작동하고 있는 소설적 상상력도 무시할 수 없을 것 같다. <절화기담(折花奇談)>이나 <포의교집(布衣交集)>

과 같은 고소설에서 우리는 당시 도회지에 사는 선남선녀들이 애정과 관련된 속마음을 솔직하게 표출하고, 행동 또한 담대하게 행하는 도시적 연애의 현장을 볼 수 있는데, 거기서 어떤 봉건적 성윤리 같은 틀에 억매이지 않고 자유분방하게 만나고 사귀고 연애하고 헤어지는 유부남과 유부녀들을 만날 수 있다. 그네들은 애정에 대한 심적 갈등과 내면의 고뇌의 모습을 여과없이 드러내 보여준다. 소설 속 인물인 순매나 초옥이 느끼는 애정적 고뇌는 <연당의 여인>이 느끼는 고뇌와 아마도 상당 부분 겹치리라고 생각된다. 세부적인 내용이야 다르겠지만 성적 개방 풍조와 유흥문화적 감흥이 은근하게 흥청대는 시대를 사는 한 여성으로서의 애정적 번민은 소설에서도 풍속화에서도 진하게 드러난다. 혜원의 <정변야화(井邊夜話)>는 밤중에 우물가의 두 여인이 물을 길으면서 대화하는 모습을 담넘어 어떤 선비가 음흉하게 훔쳐보는 광경을 그린 그림인데, <절화기담>에서 이생이 우물가의 순매를 보고 반하게 되는 장면과 흡사하다. 또 어떤 할미의 주선으로 청춘남녀가 만난 장면을 그린 혜원의 <삼추가연(三秋佳緣)>은 <절화기담>에서 매파 할멈의 주선으로 순매와 이생이 남몰래 만나고 관계를 갖게 되는 장면과 유사하다. 혜원이 <절화기담>을 읽었는지는 알 수 없고, 그 여부가 중요한 것은 아니다. 소설적 상상력이 편만한 시대에 소설과 풍속화에서 거의 흡사한 사회문화적 상황과 유흥적 분위기가 동시에 표출되었다는 사실이 중요한 것이다. 소설적 상상력이 그림에 작동되는 회로가 존재한다는 점에서 혜원의 그림에는 내러티브의 요소가 강하게 나타난다. 물론 회화적 상상력이 소설의 창작에 작동되는 회로도 존재하는데, 이러한 소설과 그림의 상상력적 상호교호는 그림의 내러티브적 감각을 드높이면서 동시에 고소설의 풍속화적 감각을 아로새기는 배경이 되었으리라고 판단된다.

6. 담화적 시선과 고소설 연구

담화적 시선은 무엇보다도 밀착 독서(close reading)를 요구한다. 고소설에 대한 어떤 연구 방법도 밀착 독서를 필요로 할 것이지만 담화 연구는 특히 언어들의 조직, 결, 정조 등에 대한 정심한 관심이 요구된다. 그리고 그것들이 그렇게 될 수밖에 없는 원인과 배경을 사유한다. 그러한 원인과 배경은 작품이 창작된 사회에 있을 수도 있고, 관습에 있을 수도 있으며, 읽어주는 독자나 창작 유통 소비에 간여한 담당층에 있을 수도 있다. 언어에는 특별한 시선이나 색깔이 내재되어 있다. 아무 색깔도 없이 무심하게 존재하는 언어란 없다. 언어에 잠재된 목소리와 시점, 거리 등과 같은 서사학적 기제들은 언어의 지향을 분석하는 데 유용하다. 그러한 기제들을 통해 언어 조직을 분석하고 그 맥락을 탐구하며 그 배경을 생각해보는 것이 담화 연구의 주된 축이다.

담화 연구는 고소설 연구의 지층을 확장하고 심화할 수 있다. 언어형식이 내용과 배경적 맥락과 삼위일체가 되는 지점에 대한 탐색은 그간의 고소설 연구에서 그렇게 활발하게 이루어지지 못한 것이 사실이다. 그렇다고 해서 기존에 강조된 서사 내용이나 배경적 맥락에다가 언어형식을 단순히 추가하는 것은 별로 의미가 없다. 언어형식이 기존에 착목하지 못했던 서사 내용과 배경적 맥락을 새롭게 조명하는 계기가 되어야 바람직하다. 서사 내용에 새겨져 있는 사회와 문화는 언어에 새겨져 있는 사회와 문화와 어떤 식으로건 교감할 것인데, 그 교감을 어떻게 설득력 있게 기술할 것인지가 앞으로 담화 연구가 해결해야 할 문제가 될 것이다. 그리고 궁극적으로는 고소설의 담화 연구가 조선시대의 언어사회사라든지 언어문화사를 기술하는데 기여하는 방향으로 나아가야 하리라 본다.

충불사이군과 열불경이부절이라는 유교이념적 지향으로부터 나온 산물이다. 이에 대해서는 신관사또로서도 적극적으로 부정할 수가 없어 춘향의 신분이 창기임을 환기시키는 정도에 그친다. 그러나 춘향은 충열에 상하가 없음을 들어 곧바로 반박하고 있다. 이제 신관사또의 대응은 조롱관장이나 거역관장을 들먹이며 압박하는 수밖에 없는데, 여기에 대해 춘향이는 유부겁탈은 죄가 아니냐며 되묻는다. 유부겁탈에 대한 저항은 불경이부의 실현태의 하나로서 춘향이는 현실적인 맥락에 따라 새롭게 대항담론을 만들어내는 것이다. 그것은 당시 양반사대부들이 금과옥조로 믿고 있는 기존의 담론체계가 그 자체 내에 심각한 모순구조로 되어 있다는 사실을 폭로하는 역할까지도 떠맡고 있다.

이처럼 기존담론을 어떤 상황에서 어떻게 인유하느냐에 따라 거기에 담겨 있는 이념적 성향이나 사유체계는 다른 것임이 드러난다. 정치사회적인 맥락의 거대담론까지 담아내보려는 것이 담화 연구가 지향하는 방향의 하나이다. 또 다른 하나는 미세한 담화 표지들을 초점화하여 사상적 사유체계를 읽어보는 방향도 있을 수 있다.

고소설에는 묘사 대상을 선명하게 구체적으로 하려는 노력을 보이지 않는, 오히려 그런 노력을 방해하거나 포기하는 듯한 일련의 담화 표지가 존재한다. 일부러 대상의 모습을 몽롱하게 흐림으로써 환상적이고 몽환적인 분위기가 유발되는 그런 담화 표지들이다. 예컨대 불가형언(不可形言), 불가비견(不可比肩) 또는 불가측량(不可測量), 불가명시(不可明視) 또는 불가기억(不可記憶), 부지소종(不知所從) 등의 담화 표지들이 고소설에는 편만화되어 있는 것이다. 이

타자의 표상 방식을 통해 본 〈홍길동전〉

박인성

1. 머리말

타자(他者)가 어떻게 서사문학에서 표상될 수 있는가의 질문은 근대 이후의 것처럼 보인다. 그러나 서사 문학을 구성하는 중핵으로서의 주인공의 자리에 캐릭터(character)가 아니라 문제적 개인의 정체성(identity)이 부각되면서[1] '타자' 역시 보다 근본적인 질문

---

[1] 피터 브룩스는 19세기경 유럽 서사 문학을 통해 기존의 캐릭터 연구 방식에서 정체성으로 논점의 이동을 살피고 있다. 흔히 캐릭터가 "소설가나 극작가에 의해, 변별적인 자질과 특징들을 가지고 고안된 인격 또는 무대 위의 배우가 맡은 인격 혹은 부분"으로 정의된다면, 정체성은 그러한 인물이 자기 자신을 정의하고 규정해나가는 과정, 특히 근대 국가(state)의 공적 영역과 신분확인(identification)과 긴밀하게 연관된다. 〈홍길동전〉에서 배경이 되는 조선을 근대 국가의 차원에서 논의하기는 어려우나, 홍길동의 신분의 문제는 그의 개인적 자질 이상으로 꼬리표처럼 그를 쫓아다니는 신원확인에 맞서서 홍길동이 그 자신의 별도의 정체성을 찾아나가는 과정으로 살펴볼 수 있다. 더욱이 성격이나 운명으로서의 캐릭터 보다 맥락들에 의해 구성되고 변형되는 정체성은 개개의 작품에 있어서의 담화적 지표를 통해서 내면과 외면 양자의 압력으로 형성되고 인정되는 각각의 형상을 드러낼 것이다. Peter Brooks, *Enigmas of Identity*, Princeton University Press,

으로 살펴볼 필요가 생겨난다. '타자'라는 개념은 논의에 따라 모호하고, 그 범역이 넓지만, 본고에서 논의하고자 하는 타자는 자아와 함께 하는 현존재이면서, 그럼에도 불구하고 표상체계2)로서의 언어 담화 속에 구성되고 있는 자아 외부의 존재들에 대한 것이다. 특히 이야기를 통해 모종의 자기 정체성을 구성해내는 서사문학에서는 필요에 의해 '자기'와는 다른 자들을 호명하거나 표상해내는 시도가 언제나 존재했고, 동시에 문제적이었다. 자아의 시선 속에서 관찰되거나, 비유로서 형상화(figuration)되는 타자의 표상 방식은 서사 문학 내부의 내용과 형식 사이의 접합, 더 나아가 텍스트와 사회적 콘텍스트 사이의 매개로서의 담화(discourse)의 차원에 위치한다.

<홍길동전>의 주인공 길동은 그 자신을 가리켜 "그 부친을 부친이라 못ᄒ옵고, 그 형을 형이라 못ᄒ오니 엇지 사ᄅ이라 ᄒ오리잇가"라고 말하여 비유적으로는 비인(非人)으로서, 조선 시대 계급 사회의 소외된 개인으로서의 자의식을 노출한다. 이러한 표지를 근거로 하여 <홍길동전>은 당시 조선사회의 사회문제를 적실하게 반영하고 있으며, 홍길동이라는 문제적 인물은 차별 받는 서얼 계층의

2011, pp.1~9 참고.

2) 주체의 표상 작업과 그 연구의 의미에 대해서는 노지승이 다음과 같이 설득력 있게 주장하고 있다. ""표상"의 작업에서 왜곡되지 않은 현실이란 존재하지 않으며 표상된 것 그 자체의 결과가 바로 새로운 의미에서의 현실이라고 할 수 있다. 결국 표상에 대한 연구는 현실이 어떻게 왜곡되고 있으며 왜곡되지 않은 현실은 무엇인가를 밝히는 것이 아니라 표상을 작동시키는 욕망과 표상 속에 드러난 세계상의 이데올로기를 분석하는 것이다." 노지승, 『유혹자와 희생양』, 예옥, 2009, 24쪽.

직접적인 표상이 된다. 이것이 〈홍길동전〉을 사회비판적 소설로 위치시키는 주제의식의 일면이며, 길동이 사회 기득권층인 양반 계급의 타자로서 자신을 인식하고 이후의 대항 서사(counter-narrative)를 펼쳐 나가게끔 하는 욕망의 출발점이다. 이러한 관점에서 볼 때, 〈홍길동전〉의 이야기는 길동이 양반 계급의 서얼로서 호부호형조차 못하는 '사람 아닌 사람'으로서의 타자의식을 극복해나가는 이야기로 볼 수 있으며, 길동이라는 문제적 인간에 대한 이해가 초점이 된다.

그러나 타자의 표상을 중심으로, 길동이 그 대상이 아니라 표상 작업의 주체가 되는 경우에 대하여 보다 면밀하게 살펴볼 필요가 있으며,3) 이 문제를 두고 길동의 태도가 서사 전반부와 후반부에 극히 상이한 것을 단순히 서사 구조상의 불통일성만으로 이해하기에는 부족함이 있는 것이 사실이다. 길동이 그 자신의 타자의식을 극복하는 이야기와, 외부의 타자를 정복하는 이야기는 서사 구조의 부조화 이상으로, 그 서사 구조 저변의 내밀한 욕망의 차원이 있기에 이를 중심으로 설명해야 하는 것이다. 이를 위해서는 단순히 서

---

3) 〈홍길동전〉의 타자성에 대한 논의로는 김경미, 「타자의 서사, 타자화의 서사, 〈홍길동전〉」, 『고소설연구』 30집, 한국고소설학회, 2010이 있다. 여기에서 이미 논의한 바, 홍길동전의 불통일성으로 지적되는 전반부와 후반부 서사 구조의 불일치를 ① 타자의 서사 ② 타자화의 서사로 구분하여 ①에서 ②로의 이행을 살펴보았으며, 그 대응 방식 역시 ① 대항의 서사에서 ② 정복의 서사로 변이하였음을 지적한다. 본고의 논의는 기본적으로 그 논의의 방향을 수용하되, '타자화'라는 이름으로 다소 불분명하게 논의되고 있는 타자 표상의 문제를 담화 분석의 관점에서 보다 면밀하게 살피고자 한다. 무엇보다도 타자 표상을 담화의 측면에서 살펴봄으로써 실상 〈홍길동전〉이 불통일과 부조화의 서사라기보다도 오히려 욕망의 차원에서 자연스러운 서사적 이행이 발생하였음을 드러내는 데 그 초점이 있는 것이다.

사 구조만을 살펴보는 것만이 아니라, 보다 직접적으로 타자를 표상하는 방식을 <홍길동전> 서사의 핵심적인 담화의 차원으로 이해하여 살펴볼 필요가 있다. 타자의 표상을 구성하는 것은 비유(trope)의 문제이면서, 그를 대상화하는 시점과 거리(distance), 거기에 매개되어 있는 사회적 맥락의 문제이기도 하다. 타자성에 대한 연구역시 특정 개념에 의지하는 것이라기보다는 언어와 맥락을 전반적으로 살피는 담화 연구인 까닭이다.4)

홍길동전의 기존 연구는 크게 ① 이본에 대한 연구 ② 주제의식연구 ③ 인물 연구 ④ 허균 창작설을 둘러싼 저자 연구 ⑤ <수호전>과의 비교연구 ⑥ 서사 구조의 통일성과 불통일성에 대한 연구들로개괄할 수 있다. 특히 ⑥의 서사의 불통일, 부조화에 대해서는 이미자주 논의되었던 내용으로, 그동안은 다양한 서사의 지형도, 허균창작설에 대한 부정이나 저자의 불일치 등의 초점을 통해 이를 살펴보았다.5) 본고의 논의 역시 ⑥의 논의된 내용으로부터 분화하여출발하고 있으나, 단순히 하나의 주제의식으로 서사 전체를 포괄하거나, 형식에 해당하는 사건 단위의 재조합을 통한 해결6)보다는,

---

4) "타자성은 하나의 개념이 아니라 각각의 경우에 특정한 언어 구조(verbal con-structs)의 규정하기 어려운 형상"이다. J. Hillis Miller, *Others*, Princeton Uni-versity Press, 2001, p.2.

5) "<홍길동전>은 여러 계층의 소망과 불안·낙관과 비관·체념과 비판 등을 복합적으로 담고 있으며, 간혹 서로 모순되기도 하는 이들 각각의 태도와 입장들은각각 불완전한 상태로 불편하게 동거하고 있는 것이다. 이들 각각은 비춰보는 각도에 따라 다른 면모로 두드러지게 나타난다." 이와 같은 이해는 중요하다. <홍길동전>의 서사는 불일치와 부조화를 가진 형질들을 가진 것으로 주목받았으며 이는 다양한 해석적 가능성을 내포한다. 이승수, 「홍길동전의 서사 지형도」, 『한국언어문화』 제46집, 한국언어문화학회, 2011, 396~397쪽.

타자에 대한 논의를 우회로로 선택했을 때, 담화 연구를 통해 살펴볼 수 있는 해석상의 여지를 보다 면밀하게 살펴보고자 한다.

또한 결말부의 해석에 이르러서는 경판 24장본과 완판 36장본을 비교함으로써, 그 담화적 특성을 보다 면밀하게 살펴볼 것이다. 큰 틀에서는 동일한 서사적 골격을 지닌 두 개의 판본이지만, 서사의 구조적 유사성만으로는 살펴볼 수 없는 담화적 특수성에 대하여 최대한 주목함으로써 기존의 해석적 틈에서 얻어낼 수 있는 의미를 탐색하고자 하는 것이다. 여기에서 핵심적인 것은 〈홍길동전〉 내부에 동거하는 다양한 입장들 간의 이질성과 서사적 구조만으로 단정할 수 없는 〈홍길동전〉 결말의 해석적 다양성의 문제이다. 타자에 대한 표상 방식은 그 이질성과 다양성이 모이는 특수한 담화 상황의 순간이며, 맥락의 표지들을 통해 담화의 참여자들이 그러한 상황을 정의하는 방식이 드러나는 순간이다.[7]

계급의 패배를 능력과 도덕의 승리로 치환하는 대항의 서사를 넘어서 율도국의 왕이 되고 최후에는 일종의 우화등선(羽化登仙)에 이르는, 〈홍길동전〉의 결말을 길동의 승리 혹은 패배로 보는 이중성에 대한 논의[8]는 유의미하다. 그러나 그러한 이분법을 넘어 다른

---

6) 전문수, 「홍길동전의 불통일성과 통일성의 해명-작품의 구조적 특성을 중심으로-」, 『한국학논집』 제10집, 계명대학교 한국학연구소, 1983, 77~86쪽.

7) "담화에 영향을 주는 것(혹은 영향을 받는 것)은 사회적 상황이 아니라 대화 참여자들이 그러한 상황을 정의하는 방식이다." T. A. Van Dijk, *Discourse and Context: A Socio-cognitive Appoach*, Cambridge Univ Press, 2008, p.10.

8) "길동의 행적만을 주목하면 위대한 영웅담으로 읽히지만, 그가 맞섰던 조선사회에 앵글을 맞추면 결국 길동은 실패한 인물이 되고 만다. 이러한 이중성은 길동의 신분에 내재되어 있는 것인지도 모른다. 신분에 있어 길동은 朱蒙과 아기장수의

관점에서 <홍길동전>을 읽을 여지가 충분하다. 그것은 <홍길동전>의 서사를 주인공(protagonist)의 세상에 대한 승리/패배의 도식이 아니라 타자에 대한 표상의 문제로 관점을 조정하는 것이다. 물론 본고에서는 이러한 이행과정을 설정하고 단계적으로 분절함으로써 <홍길동전>의 불통일/부조화의 서사를 단순화하여 읽으려는 것이 아니다. 오히려 서사의 구조적인 모순이 보다 직접적으로 구성되는 담화적인 지표로서의 타자에 대한 표상 방식을 통해 홍길동전의 서사를 추동하는 내밀한 욕망의 문제를 살펴보고자 한다. 그리고 그것은 길동의 자기 정체성을 둘러싼 발견과 형성의 과정으로 서사적 연속성을 지니게 될 것이다.

2. 길동의 자기(自己) 부재(不在)의 타자의식

<홍길동전>의 타자표상을 살펴보기 위한 첫 번째 단계는 길동 자신이 조선 사회의 계급 체제 안에서 타자로서 그 자신을 정의하는 자기의식의 문제다. <홍길동전>에서 길동이 그 자신을 인식하는 과정은 단순하지 않다. <홍길동전>의 서사에서 길동의 정체성은 지속적으로 변화하는 과정 중에 있으며(천출 소생 → 활빈당 행수 → 병조판서 → 율도국왕 → 신선), 이는 사회적인 입지만으로 단순화할 수도 있지만, 실상 길동이 그때그때 사용하는 도술과 변신(혹은 거짓말)까지 포함할 경우 길동을 가리키는 담화적 표지들은 더욱 다양

중간에 있다.", 이승수, 앞의 글, 416쪽.

해진다(소년, 재상가 자제, 장부, 도적, 흉적, 불효자, 의병장 등). 이처럼 긍정적 자질과 부정적 자질을 지닌 표지들 속에서 지속적으로 변화하는 길동의 담화상의 위치(position)에 의해 길동의 자기 인식을 한 가지만으로 특정 지을 수는 없다. 그럼에도 불구하고 길동이 상징적으로 동일시하는 위치가 존재하고 그 위치에 이르기 위해 임시적으로 빌려오는 위치가 존재하는 것인데, 이처럼 자기 정체성을 확보하기 위해 다양한 위치들을 활용하는 길동의 정체성 분화(分化) 전략은 역설적으로 길동의 명확한 자기의식이 부재하는 데서 비롯된 것으로 보인다. 길동은 그 능력의 신이함으로 인해 어떤 위치에 있는 누구든지 될 수 있지만 역설적으로 그 어떤 변신과 거짓말도 그 자신의 진정한 정체성은 아니다. 그렇다면 그러한 위치상의 변화를 만들어내는 직접적인 원인은 바로 길동에게 있어서의 근본적인 위치상의 결핍이며, 이를 극복하기 위한 욕망이 작동하고 있음을 추정할 수 있는 것이다.

① 쇼인이 평싱 셜운 바는, 대감 졍긔로 당당ᄒᆞ온 남지 되어ᄉᆞ오니 부싱모휵지은이 깁ᄉᆞ거눌, 그 부친을 부친이라 못ᄒᆞ옵고, 그 형을 형이라 못ᄒᆞ오니 엇지 사롭이라 ᄒᆞ오리잇가.(경판본)

② 소인이 ᄃᆞ감의 졍긔를타 당당ᄒᆞᆫ 남ᄌᆞ로 낫사오니 이만길거ᄒᆞᆫ일이 업ᄉᆞ오디, 평셜위ᄒᆞ옵난, 아부를 아부라 부르지 못ᄒᆞ옵고, 형을 형이라 못ᄒᆞ와 상하노복이 다쳔이보고, 친척고구도 손으로 가르쳐 아모의 쳔싱이라 이르오니 이런 원통ᄒᆞᆫ일이 어디잇ᄉᆞ오릿ᄀᆞ.(완판본)

길동의 자기 정체성의 부재를 가장 극명하게 반영하는 언술은 바로 소설 초반부에 홍판서에게 직접적으로 자기 자신에 대한 인식을 드러내는 장면에 드러난다. ①의 경판본에서의 강조되는 것은 호부호형의 문제이기도 하지만, "엇지 스롬이라 ᄒ오리잇가"라고 하는 길동의 자기인식이다. 스스로를 사람 아닌 자의 위치에 놓는 이러한 언술에는 먼저 호부호형하지 못하는 천생(賤生)은 곧 사람이 아닌 자라는 민감한 계층적, 존재론적 인식이 전제되어 있다. 바로 여기에서 길동에게 사회적으로 주어진 정체성이 인식됨과 동시에 조선 사회의 계급적 체계에 큰 구멍, 일종의 공동(空洞)이 있음을 가리키게 된다. 그는 '사람 아닌 자'로서 조선 사회 안에서 특별한 정체성 자체가 존재하기 않기 때문에 역설적으로 그의 신이한 능력을 통하여 수많은 모습으로 변모할 수 있는 가능성이 존재하는 것이기도 하다. 즉, 진정한 자기가 부재함으로써 가능한 사회 내부의 타자의식이다.

한편으로는 ②의 완판본에서는 호부호형의 구문까지는 동일하되, "엇지 사룸이라 ᄒ오리잇가"의 구문이 "상하노복이 다천이보고, 친척고구도 손으로 가르쳐 아모의 천성이라 이르오니 이런 원통흔 일이 어디잇ᄉ오릿ᄀ"로 바뀐다. 여기에는 중대한 차이가 존재하는 바 '상하노복'과 '친척고구'는 길동의 주변 사회를 구성하는 계급체계와 가족 공동체를 대변하는 표현으로, 그들의 시선과 평가에 좌우되는 길동의 자기인식이 강조된다. 여기에서 길동의 자기 정체성은 스스로에 의해 정의되거나 아니면 아예 규정 불가능한 것으로 도출된다기보다는 '상하노복'과 '친척고구'라고 하는 조선 사회·가족제도 내부에 속해있는 사람들의 시선에 거울처럼 반사되어 오는 것이기도 하다. 그처럼 길동의 타자로서의 의식은 사회 계급과 계급적 시선에 의해서 산출되는 것이기도 하다.

이처럼 경판본과 완판본의 미묘한 담화의 차이는 길동의 자기의식에 있어서 동전의 양면을 구성하고 있다. 경판본에서 길동의 자의식은 조선 계급 사회에서는 그 위치가 없는 부재하는 정체성이라면, 완판본에서는 조선 계급 사회와 가족 제도 내부에서 폭력적인 상황에 위치한 하위 주체로서의 자의식이라 할 수 있다. 그렇다면 〈홍길동전〉의 서사가 경판과 완판에 있어 사실상 큰 차이가 없다고 할지라도 이후의 길동의 위치적 변화와 욕망을 분석하는 데 있어서는 중요한 차이가 될 수 있다. 전자의 욕망이 결국 길동에게 있어 부재하는 자기의식을 되찾거나 새롭게 발견하기 위한 것이라면, 후자에 있어서는 하위 주체로서의 상황을 전복하거나 극복하기 위한 것으로 볼 수 있기 때문이다. 결과적으로 이러한 동인(動因)의 차이는 바로 길동의 우화등선(羽化登仙)의 양상, 즉 〈홍길동전〉 결말의 담화 방식과 관련된 중대한 차이를 낳는 갈림길을 노정하는 것처럼 보인다. 이에 대해서는 4장에서 다시 논의할 것이다.

한편으로 〈홍길동전〉의 서사는 길동의 문제적인 자의식과 그 내부의 결여 때문에 지속적으로 그 대상을 향해가는 욕망의 서사가 된다. 거꾸로 이야기한다면 길동의 지위가 변화할지라도 그를 타자로서 산출하는 사회적 시선 그 자체가 변화하지 않기 때문에, 길동의 욕망의 달성은 항상 그가 조선 사회의 타자라는 인정 속에서만 가능해진다. 앞서 살펴볼 수 있었듯 최초의 길동의 욕망은 '호부호형'으로 대변된다. 흥미롭게도 길동은 그 욕망을 완전히 달성하는 것도 아니고 완전히 실패하는 것도 아닌, 반쯤만 달성하는 방식으로 자신의 욕망을 다음 단계로 이행해나갈 여지를 발생시킨다. "금일노붓터 호부호형ᄒᆞᆯ 허ᄒᆞ노라"는 홍판서의 말에 길동은 "쇼ᄌᆞ의 일편지흔을 야애 푸려쥬옵시니 죽어도 한이 업도쇼니다"라고 응답한다. '호부호형'은 달성되었으되, 이것은 더 이상 가족 안에서 머무를 수 없는 존재라는 타자의식을 인정함으로써만 주어지는 불완전한 보상물에 가까운 것이다. 홍판서의 입장에서는 길동이 떠날 것을 전제하고서야 그에게 호부호형을 허락하는 셈이다. 즉, 길동은 역설적으로 집 바깥에 존재함으로써만 가족의 일원으로 인정된다. 최초의 욕망의 대상은 이제 욕망의 달성이 아니라, 적절한 대체물로서 격하되며, 그렇기에 욕망은 미끄러지고 다음 대상을 향해 간다.

한편 이러한 욕망 자체의 불완전한 달성-미끄러짐의 형식은 단지 플롯 전개의 문제만은 아니며, 이미 조선 사회 내부의 체제가 타자를 인정하는 방식의 문제와 상호적으로 작동하고 있음을 고려해야만 한다. 아이러니하게도 조선 사회의 계급 체제와 가족 제도의 입장에서는 길동이라는 타자가 사회 내부에 존재하고, 그러한 길동의 활약상이 커질수록 기존 사회의 유교적이고 이데올로기적인 발언들을 강조하게 되는 것을 확인할 수 있다. 길동의 등장 그 자체가 사회 체제를 혼란스럽게 하고 무너뜨리는 것 이상으로, 조선 사회는 길동이라는 내부의 타자를 처리하고 처분함으로써 그 사회 체제가 유지되는 작동방식을 여실히 보여주는 것이다.

① 이는 춤아 못헐 ㅂ로디, 첫지는 나라를 위ㅎ미오, 둘지는 샹공을 위홈미오, 셋치는 문호를 보죤ㅎ미라.(경판본)

② ㅅ롬이 셰상의 나미 오륜이 웃듬이오 륜륜이 시시미 인의녜지 분명ㅎ거눌, 이를 아지 모ㅎ고 군부으 명을 거역ㅎ여 불츙불효되면 엇지 셰상의 용납ㅎ리오.(경판본)

위의 경판본의 내용 가운데 ①에서는 곡산모가 길동을 죽이기 위하여 그 이유를 나라와 가족을 위함에서 찾고 있으며 ②에서는 길동의 형 홍인형이 임금의 명을 받아 길동에게 자현(自現)을 권유하는 데에 있어서도 그 이유를 오륜(五倫)과 인의예지(仁義禮智)에서 찾고 있다. 즉, 길동이라는 타자에 의해서 조선 사회의 대응은 기본적인 질서의 논리를 새롭게 환기하고 있다. 특히 ①에서 곡산모 그 자신 역시 홍판서의 첩이라는 사회적인 약자, 혹은 타자의 위치에 있음에도 불구하고 길동을 위험한 인물로 지목하여 죽이려 드는 것은 문제적이다. 그것은 길동을 외부의 위험스런 타자로 표상함으로써 그 자신의 입지를 강화하려 하는 것이며, 이러한 태도는 조선 사회 내부에서 타자를 산출하는 중요한 표상작업의 한 양상이기도 하다. 그리고 본격적으로 길동이 조선 사회의 위험인물로서 등장하자, 조선 임금이 길동을 정의하기를 "이 놈이 아마도 ㅅ롬은 아니요 귀신의 작폐니, 됴신 즁 뉘 그 근본을 짐작ㅎ리오"라 말하는 것은, 명백히 길동을 조선 사회 상징적 체계 내부에서 '귀신'으로서 받아들이는 것이다. 그러한 '귀신'에 대한 발언은 그동안 '사람 아닌 자'로서 길동이 자신을 인식하던 것이 사회 질서 내부에서는 괴물 같은 타자성으로 환기됨을 증명한다.

　이렇게 홍판서가 길동에게 호부호형을 허락하면서도 그가 떠나는 것을 붙잡지 않는 것, 그리고 조선 임금이 길동을 병조판서로 재수하면서도 그를 동시에 제거하려 하는 것은 조선사회 내부에서 이미 작동하고 양식화되고 있는 타자에 대한 대처 방식을 2가지 방식으로 압축해낸다. 즉, 상황에 따라 길동을 완전히 제거하거나 혹은 제한적으로만 받아들이는 양면적인 태도가 존재하는 것이다. 길동과 유사한 타자를 필요에 의해서 완전히 조선사회 바깥으로 배척하거나, 혹은 적어도 타자의 자질 자체가 인정할 만한 경우라면 조선사회 내부로 집어삼키는 것.[9] 실제로 곡산모만이 아니라 이후의 모든 조선 사회 기득권 세력에게 있어서 길동은 제거할 수 있다면 최선이지만, 그를 제거하는 데 현실적인 한계가 뒤따를 경우 적절한 방식으로서 거세됨으로써 융화되어야 하는 존재다. 그 와중에 흥미로운 것은 서사가 진행될수록 길동의 사회적 질서상의 지위가 상승하고 있음에도, 그에게 있어서 근본적인 타자의식은 제거되거나 조선사회에 완전히 융화되지 못한 채로 유지된다는 점이다. 이것은 결국 길동이 조선 사회를 떠나게 되는 결정적인 문제 요인이 된다.

　　신이 전하를 밧드러 만셰를 뫼시려 ᄒ오나, 흔갓 쳔비 쇼싱이라. 문과를 ᄒ오나 옥당의 참녜치 못홀 거시오, 무과를 ᄒ오나 션쳔의 막히

---

9) 이에 대해서는 '집어삼키기'와 '뱉어내기'의 문제로 구체화하여 3장에서 논의할 것이다.

올리니, 이러무로 마음을 졍치 못ᄒ와 팔방으로 오유ᄒ오며 무뢰지당
으로 관부의 작폐ᄒ옵고 죠뎡을 요란케 ᄒ오문, 신의 일흠을 들츄와
젼히 아르시게 ᄒ오미러니, 국은이 망극ᄒ와 신의 쇼원을 푸러쥬옵시
니 츙셩으로 셤기미 올스오나, 그러지 못ᄒ와 젼하를 하직ᄒ옵고 됴션
을 영영 써나 흐업슨 길을 가오니(후략……)

경판본에서 위의 언술은 꿈속에서 길동이 조선 임금에게 남기는
마지막 전언이자, 그동안 조선 사회에서의 타자의식을 압축적으로
보여주는 발언이다. 여기에서 길동에게 자신은 '천비 쇼싱'으로, 활
빈당은 '무뢰지당'으로 언급된다. 그는 사회 내부의 부정적 시선을
받아들여 스스로의 정체성과 그들의 의적 활동이 조선의 사회질서
안에서는 용인될 수 없는 것임을 분명히 한다. 그럼에도 그 모든
것이 곧 "신의 일흠을 들츄와 젼히 아르시게 ᄒ오미러니"라 말하고
있다. 즉, 그러한 행위들이 결국에는 조선 사회 내부의 인정을 필요
로 하는 것이었음 밝히는 것이며, 사회질서 안에서만 그의 욕망은
달성 가능하다 생각했던 것의 방증이다. 그러나 병조판서로 제수되
어 사회 계급 내부의 공적인 직함을 얻게 되는 상황 또한 언제든
그를 제거할 수 있는 미끼라는 것을 아는 순간에, 길동은 자신이
쫓는 욕망이 결코 사회 체제 내부에서는 온전하게 달성될 수 없음
을 깨닫는다. 이제 길동의 욕망은 단순히 달성되거나 실패한다기보
다도 항상 사회 이데올로기의 구조 속에서 용인되는 한계 안에서,
그 자신의 타자성을 환기하는 방식으로 달성되는 구조를 가지고
있음이 드러나는 것이다.

이것은 나름 성공적인 목표 달성의 서사만으로는 홍길동전의 갈등구조가 해결될 수 없다는 것을 암시한다. 즉 조선 사회 내부의 타협적 방식만으로는 길동이 지닌 신이함, 더 나아가 '사람 아닌 자'로서의 정체성을 완전히 해소시켜주지 못한다는 점에서 문제적이다. 물론 길동은 호부호형을 달성하였으며, 병조판서가 되어 그 소원을 풀었다고 그 스스로 이야기하고 있다. 그럼에도 불구하고 그는 완전한 욕망의 달성에서는 미끄러진다. 여전히 홍판서의 집에 편입될 수 없으며, 병조판서로서 인정받을 수도 없다. 그리하여 "전하를 하직흐옵고 됴션을 영영 써나 흔업슨 길을 가오니"라고 말함으로써, 길동은 그 자신의 욕망의 축을 조선의 사회 질서 바깥으로 이행시킨다. 그의 비어있는 공동(空洞)으로서의 정체성은 조선 사회 내부의 타자로서의 자기인식 없이는 채워질 수 없기에, 조선 사회 외부로 나가야만 하는 필연성을 획득하는 것이다. 이처럼 타자성이 길동의 조선 바깥으로의 이동을 이끄는 중요한 조건이라면, 이제 문제거 되는 것은 길동이 조선을 떠난 뒤 조선 사회 바깥의 타자 만나는 일과 그 대응방식이 된다.

3. 길동의 타자 표상과 비판적 담화분석(CDA)

소설을 비롯한 서사 문학 속에서 드러나는 타자에 대한 표상 작업은 단순히 서술자나 초점화된 등장인물 개인에 의해 단독적으로 수행되는 것이 아니다. 흔히 표상이란 주체와 대상 사이의 2자 관계

사이의 문제처럼 보이지만, 서사 문학의 표현 양식 속에서는 더욱 복잡한 담화 상황을 주목해야 하는 것이다.10) 대상으로서의 타자를 보는 것은 서사의 한 장면에서 바라보는 시선을 매개하는 주체(서술자 혹은 초점화자로서의 등장인물)지만, 그 구체적인 표상 방식이란 단순히 객관적인 묘사가 아니라, 시점11)을 포함한 다양한 언어적 지표들이 매개되어 있으며 그 지표들에는 그 이상의 맥락들이 개입된다. 맥락 역시 온전히 그 세계에 대한 전체 이해로 전달되지는 않는다.12) 그렇기에 서사 문학에 참여하고 있는 참여자들(실제 작가

---

10) 서동욱(서동욱, 『차이와 타자』, 문학과지성사, 2000, 8~11쪽 참고)이 설명하듯 서구 철학에서의 "표상"(vor-stellen)은 인간의 표상활동, 즉 "자기 앞에 세우는" 활동을 가리키고 있다. "세우는 주체는 인간이며, 그의 활동은 존재자를 '대상'으로서 세운다" 즉, 표상활동은 인간이 세계를 인간의 측정을 통해 자신과 동일한 지평 하에 두고 자기 자신에게 종속시키는 방식으로 유사성을 통해 다양성을 "하나의 표상 속에서 결합"시키는 것이다. 더욱이 서동욱은 "주체란 반성할 수 있는 능력이므로 자기를 타인인 듯 여기고 스스로와 대화하고 상의할 수 있으리라. 그러나 그것은 한낱 자기 자신이 벌이는 고독한 축제, 자기 자신을 스스로 감동시키는 일, 곧 수음(手淫)에 불과하다."라고 말한다. 그러나 과연 표상을 주체의 고독한 작업으로만 한정할 수 있는가? 이는 담화 체계로서의 표상활동을 다소 간과한 정의라 할 수 있다. 본고에서는 서양 철학의 주체 본위의 표상 작업이 아니라, 서사 문학 속에서 이를 매개하는 담화 체계와 언어에 주목하여 이를 다양화하여 살펴볼 수 있으리라 생각한다.

11) 담화 연구에서 시점은 주로 세 가지 방향에서 접근 가능하다. ① 이데올로기적 시각 또는 비전에서 사회학적 영감을 얻은 연구 ② 서술자의 시점 또는 초점화에 대한 문학 지향적 연구 ③ 감정이입이라 불리는 화자의 태도에 대한 통사 지향적 연구. Jan Renkema, *Introduction to Discourse Studies*, John Benjamins Publishing Company, 2004, p.127 참고.

12) "맥락은 전체를 다 드러내기보다는 신호화되고 지표화된다." 또한 "맥락은 온전히 사회나 소통적 상황을 재현하지 않으며, 단지 도식적으로만, 관련된 범위들을 재현한다." T. A. Van Dijk, op.cit, p.19.

/내포 작가-서술자-등장인물들-실제 독자/내포독자)이 구성하고 있는 담화 상황 속에서 타자에 대한 표상이 어떻게 이루어지고 있는지를 살펴보아야 하는 것이다.

미쉘 푸코가 지적하듯 "언어적 표상과 대상 사이의 관계에서 가장 중요한 것은 언어가 사물을 포착하려는 순간부터 그 대상을 마음대로 주무르려고 하는 언어의 음흉한 계략, 즉 끊임없이 새로운 담론 속으로 끌어들여 대상의 모습을 변질시키려 하는 언어적 횡포다."13) 이처럼 푸코의 표상 체계로서의 담론에 대한 언급은 에피스테메(episteme)로 대변되는 지적 체계의 담론이지만 본고에서는 이를 언어적 지표들과 사회적 맥락들의 문제를 전환하여 비판적 담화분석과 연결하여 살펴볼 것이다. 타자에 대한 표상 방식은 기본적으로 푸코가 지적하는 '언어적 폭력'을 동반하고 있으며, 이 언어적 폭력을 권력관계와 이데올로기적인 문제로 심화하는 것이 본고의 일차적인 목표이자 전제가 된다.

일반적인 이해에서, <홍길동전>은 조선 사회와 사회 내부의 계급 문제에 대한 대항적 텍스트로 이해된 측면이 있는 만큼, 그 자체로 기득권과 사회적 부조리에 대한 비판적 담화로서 기능하고 있는 것이 사실이다. 오히려 그렇기에 타자에 대한 표상 방식의 관점에

---

13) 어떤 시대에는 보이지 않거나 인지되지 않았던 것들을 다른 시대에는 보이거나 인지될 수 있게 하는 것은 무엇인가? 푸코에 의하면 담론이란 '볼 수 있는 것' 과 '볼 수 없는 것'을 분할하는 분절의 체계며, 그 위에서 대상을 정의하고 설명 하게 하는 규칙의 체계다. 푸코 말을 빌리자면 담론이란 "말과 사물을 이어주는 고리"이며, "사물과 언어를 재단하는 방법"이다. 표상체계는 바로 이러한 담론의 형태를 띠고 있다. 미쉘 푸코, 홍성민 역, 『임상 의학의 탄생』, 이매진, 2006, 20~30쪽.

서 보았을 때 다른 방식의 비판적 독해를 가능하게 한다. 이에 대하
여 본고에서 주목하는 것은 조선 사회를 떠난 이후 길동이 보여주
는 두 가지 사건에서의 타자와의 조우와 그에 대한 태도다. 하나는
망당산의 울동 퇴치이며, 다음은 율도국 정복이다. 흥미로운 것은
울동 퇴치가 홍길동전의 전체 서사에서 다소 번외적인 위성 사건으
로 파악될 수 있음에도, 사건의 진행상 율도국 정벌과 유기적으로
연관되어 있으며, 이 두 개의 사건은 서로 상이한 방식으로 길동이
조선을 떠나온 이후 만나게 되는 타자의 두 가지 형상을 보여준다
는 점이다.

1) 괴물로서의 타자, 울동 뱉어내기

우선 길동이 울동과 만나게 되는 것은 조선 임금과의 만남을 마
지막으로 "됴션을 하직ᄒ고 드ᄒᆡ의 ᄯ 졔도셤으로 드러"간 이후의
사건이다. 공식적으로는 병조판서에 제수되어 조선 임금으로부터
능력을 인정받기도 하지만, 보다 근본적으로는 더 이상 조선 사회
내부에서의 해결이 불가능해졌음을 인정하는 것이다. 여기에서
〈홍길동전〉의 이야기는 사회 내부적인 대항서사에서의 형질 변화
가 시작된다. 그 변화의 시작점이 되는 울동 퇴치는 정확하게는 딸
을 잃어버린 백용의 부탁으로 그 딸을 구하는 지하국대적퇴치설화
(地下國大賊退治說話), 더욱 일반적으로는 일종의 탐색담(quest
story)에 해당한다. 공간적으로는 조선땅도 아니고 율도국도 아닌
"졔도셤"으로, 다른 사람은 아는 이가 없는 "그윽흔 곳"이다. 신이

함의 자질을 가지고 있는 이 공간은 조선사회와는 달리 길동의 행위가 사회적으로 관찰되거나 인정받을 수 있는 종류의 공적 공간으로서의 성격이 탈색되어 있다.

그렇다면 여기에서 기대될 수 있는 것은 일반적인 탐색담처럼 이 사건의 진행 속에서 길동이 새로운 자질, 조선 사회에서와는 다른 정체성을 획득하는 것이다. 이미 조선 사회로부터의 떠나온 길동이기에, 그 새로운 자질이나 정체성이 보통의 통과의례처럼 기존 사회로의 복귀를 의미하지는 않을 것임을 예측할 수 있다. 물론 백용의 딸과의 혼인과 유교 사회에서 성인 남성으로서의 공적 인정을 받는 것은 가능하겠으나, 조선 사회를 떠난 뒤에 그것은 큰 의미를 가지지는 못한다. 그렇다면 탐색담의 탐색 대상이 아니라, 관점을 이동하여 탐색담의 적대자로서 등장하는 울동의 존재에 주목해 볼 필요가 있다. 다음은 경판본에서 길동이 울동과 최초로 만나는 대목이다.

> 문득 스룸의 소리 느며 등쵹이 죠요ᄒ거늘, 심즁의 다힝ᄒ여 그 곳을 ᄎᄌ 가니, 스룸은 아니요 괴물이 무슈이 당을 지어 앉져 서로 조화ᄒ거늘, 가마니 여어 본 즉, 비록 스룸의 형용이나 필경 즘싱의 무리라. 원ᄂᆞ 이 즘싱은 울동이란 즘싱이니, 여러 히 산즁의 잇셔 변화 무궁ᄒ지라. 길동이 싱각ᄒ되, '닉 두루 단여보아스나 이 갓튼 거슨 본 디 쳐음이라. 이졔 져 거슬 잡아 셰상 스룸을 보게 ᄒ리라'ᄒ고, 몸을 감쵸와 활노 쏘니, 그 즁 웃듬 놈이 마즌지라.

처음으로 주목해 보아야 하는 표지는 "스룸의 소리", 그 다음은

"스룹의 형용"이다. 을동에 대한 길동의 최초의 인지를 대변하는
이와 같은 표지들은 자연히 사람이 아닌 존재의 표지가 되지 못한
다. 그럼에도 길동은 "가마니 여어 본 즉"이라는 시선의 강화 혹은
응시를 통해서 그 대상이 "필경 즘성의 무리라"라는 결론에 도달한
다. 그와 같은 결론은 사람의 소리와 형용이라는 일반적인 지표를
넘어서는 즉각적인 통찰에 의해서만 가능한 것으로 독자는 길동의
판단을 전적으로 신뢰하는 것 이외에는 이를 독자적으로 판단할
수 없게끔 정보는 제한적이다. 그럼에도 서술은 "니 두루 단여보아
스나 이 갓튼 거슨 본 디 처음이라. 이제 져 거슬 줍아 세상 스룹을
보계 흐리라"는 길동의 생각의 직접 인용을 통해서 보다 대상의 이
질성을 기술하고 있다. 여기에서 길동의 판단은 '두루 다녀보았던'
경험에 비추어 '처음 본 것'을 '짐승'으로 규정하는 표상 작업을 거
치고 있음을 알 수 있다. 즉, 자아의 경험적 인지에 존재하지 않는
외부의 이형(異形)은 곧 사람의 언어와 모습을 갖추고 있어도 '짐승'
이라는 야만성의 자질을 지니게 된다.

더욱이 이것은 다른 누구도 아닌 독점적으로 등장인물 길동의
시점을 빌리고 있지만, "원니 이 즘성은 울동이란 즘성이니, 여러
히 산즁의 잇셔 변홰 무궁흐지라"라는 서술자의 직접 개입이 없이
는 길동이 그와 같은 판단을 자신의 시점에서만 내리는 것은 사실
상 불가능함을 알 수 있다. 여기에서는 결국 주어진 정보가 어떻게
처리되는가의 질문이 발생한다. 길동에게 주어진 울동에 대한 정보
는 그에게 있어서는 완전히 '새로운 것'이다. 그러나 서술자의 개입
을 거쳐 길동에게는 울동에 대한 정보가 짐승으로 판단내릴 수 있

는 '추론 가능한' 것으로 전환된다.14) 더욱이 울동에 대한 아무런
사전 지식에 없는 독자의 단계에 이르면 그것은 단순히 '새로운' 정
보가 아니라 '텍스트에 따른' 혹은 '주어진' 정보로서 파악된다. 독자
는 울동이 '짐승'이라 의심 없이 받아들이게 되며, 다음에는 '짐승'보
다도 마이너스 자질을 가지는 '괴물'의 표상을 받아들이게 된다.

길동이 울동을 '짐승'으로 판단하는 과정, 그리고 다시 그 '짐승'이
서술자의 서술 과정 속에 다시 '괴물'로, 그리고 '요괴'로 재규정되는
과정에는 엄청난 논리적 비약이 존재함을 알 수 있다. 그리고 이
논리적 비약의 틈에는 주어진 정보 이상의 맥락이 작동하고 있음을
추정해보는 것이 가능하다. 무엇보다 길동의 판단을 가능케 하는
길동의 시점에는 단순한 초점화 이상으로 서술자의 세계관, 더 나
아가 "이데올로기적 시각 또는 비전"15)이 개입되어 있는 것이다.
물론 여기에는 당시 조선인들이 당대의 동북아시아에 근접한 문화
나 인종 이외의 낯선 존재에 대해 느끼는 이질감에서 그 이유를 찾
을 수도 있을 것이다. 김경미의 주장처럼 울동은 진짜 요괴라기보
다는 태국인을 비롯한 조선인들에게 낯선 이방인에 대한 표상 방식
일 수도 있다.16)

---

14) 주어진-새로운 정보의 처리에 대해서 Ellen Prince(1981)은 세 가지의 구분을
   제안했다. "새로운, 아주 새로운, 사용되지 않은 / 추론 가능한 / 기억이 환기된,
   상황에 따른, 텍스트에 따른" 것이 그것이다. Jan Renkema, op.cit, p.131

15) ibid, p.127

16) 김경미는 사회적인 맥락으로서 조선인들의 낯선 존재에 대한 이해의 사례를 <홍
   길동전>의 동시대에 청나라에 볼모로 잡혀간 소현세자 일행이 심양에서 만난 이
   국인들에 대하여 기록한 『심양장계』에서 가져온다. 김경미, 앞의 글, 198~199쪽
   을 참고하라.

하지만 사회적 맥락 이외에도 길동이 울동을 표상화하는 작업에는 더욱 흥미로운 지점이 있다. 그것은 길동이 울동에게 느끼는 이질감 이상으로 존재하는 울동과 길동 사이의 유사성이다. '울동'은 '길동'과의 발음적 유사성 이외에도[17], '사람의 언어와 사람의 형상을 가졌으되 사람은 아닌 짐승'으로, 스스로를 '사람은 아닌 자'로 의식했던 길동과의 비인(非人)으로서의 자질을 공유한다. 이것은 앞서 조선의 임금이 길동에 대하여 "이 놈이 아마도 스룹은 아니요 귀신의 작폐니, 됴신 중 뉘 그 근본을 짐작ᄒ리오"라 말한 바와 공명한다. 조선 사회에서 귀신으로서의 길동과 길동이 울동을 '스룹 아닌 무리'로 파악하는 것은 근본적으로 상동적이다. 그리고 울동이 공적 공간으로서의 인간 사회에서 떨어져 나와 별도의 무리를 이루고 있으며, 그 우두머리를 '대왕'으로 부르고 있는 것도 의미심장하다. 길동의 무리가 활빈당을 이루고 있으며, 그 자신이 이후 율도국의 대왕이 되고자 하는 것이 울동 퇴치 이후의 사건적 진행임을 주목해볼 필요가 있다. 달리 말해서, 울동은 바로 길동 내부의 비인의 자질 그 자체가 외부의 타자 표상으로 재현된 것으로 볼 수 있다. 그리고 울동 퇴치의 상징성은 바로 길동이 조선 사회의 타자로서 자기 내부의 이질적인 자질을 '뱉어내는' 과정이 되는 것이다.

---

17) 경판본에서 길동의 이복 형의 이름은 '홍인형'으로 성씨 이외에 길동과 어떤 돌림자도 공유하지 않는다. 반면 완판본에서는 '홍길현'으로 '길'자 돌림자를 공유하는 변화가 있으나, 그럼에도 불구하고 오히려 사람이 아닌 존재로서의 '울동'의 이름에는 '길동'과 더욱 유사한 음차상의 상동성이 있다.

실제로 최초에 길동은 "져 거슬 좁아 셰상 스룸을 보계 흐리라" 생각했으나, "흔밧탕 쏫홈의 모든 요괴를 다 죽이고 도로 젹실의 드러가 요괴를 씨업시 죽이"는 일족 몰살의 과정에까지 이르게 된다. 길동은 울동에게서 타자의 지표를 발견하고 거기에서 그치는 것이 아니라, 그 이질성과 차이에 극복할 수 없는 부정적 자질을 부여하고 그러한 타자의 표상을 제거함으로써만 이를 극복하고 있다. 흥미롭게도 <홍길동전>에서 길동이 보여주는 타자에 대한 태도는 레비-스트로스가 『슬픈 열대』에서 언급하고 지그문트 바우만이 『액체근대』에서 활용하고 있는 타자성에 대한 자아의 두 가지 태도, 즉 '뱉어내기'와 '먹어치우기'와 정확하게 부합한다.18) '뱉어내기'의

18) 레비-스트로스가 『슬픈 열대』에서 말하는 두 가지 유형의 태도가 지그문트 바우만에게는 현대에도 타자성과 차이를 극복하고 동질화를 위한 두 가지 방식의 혼용으로 지적된다. 레비-스트로스의 다음의 언급에서처럼, 이러한 타자성에 대한 태도는 근대와 야만이 구분되지 않는 우리 내부의 폭력성을 지적하고 있다. "식인 풍습을 실행하는 사회에서는, 어떤 사악한 힘을 지니고 있는 사람들을 중화시키거나 또는 그들을 그 사회에 반하지 않도록 변모시키는 유일한 방법은, 그들을 자기네의 육체 속으로 빨아들이는 것이라고 믿는다. 한편 우리 사회와 같은 두 번째 유형의 사회는, 소위 말하는 앙트로페미(anthropemie : 특정한 사람을 한 집단으로부터 축출·배제하는 것)를 채택하는 사회이다. 즉, 동일한 문제에 직면하여 우리들은 정반대의 해결을 선택했던 것이다. 우리 사회는 그 끔찍한 존재들을 일정 기간 또는 영원히 고립시킴으로써 그들을 사회로부터 추방하는 것이다. 이 존재들은 그 특별한 목적을 위해 고안된 시설들 속에서 인간성과의 모든 접촉을 거부당한다. 우리가 미개적이라고 부르는 대부분의 사회의 경우, 이 같은 관습은 극심한 공포를 일으킬 것이다. 그들이 오직 우리와는 대조적인 관습들을 지니고 있다는 이유만으로 우리가 그들을 야만이라고 간주하듯이, 우리들 자신도 그들에게는 야만적으로 보여지게 될 것이다." 클로드 레비-스트로스, 박옥줄 역, 『슬픈 열대』, 한길사, 1998. / 지그문트 바우만, 이일수 역, 『액체근대』, 강, 2009, 164~165쪽.

전략이 낯설고 이질적으로 간주되는 타자들을 추방하거나 전멸시키는 것을 목적으로 한다면, '먹어치우기'의 전략은 타자성을 유예시키거나 무효화하는 것을 목적으로 삼는다. 앞서 살펴본 울동에 대한 길동의 전략이 '뱉어내기'를 통한 대상의 전멸이었다면, 앞으로 살펴볼 율도국에 대한 전략은 '먹어치우기'라고 할 수 있다. 마찬가지로 이것은 바로 조선 사회가 길동에게 수행했던 전략의 방식들이 보다 구체화된 것이라 할 수 있다. 조선 사회 역시 길동을 먹어치울 수 없다면 뱉어내는 과정으로서 그의 타자성을 처리해내려 했는데, 길동은 그 자신도 모르게, 조선 사회가 그에게 수행했던 방식을 그대로 모방해내고 있다. 문제는 그것이 길동이 조선을 떠났음에도 불구하고 자신과 유사한 것을 '안'으로, 그와 차이를 지닌 것을 '바깥'으로 구분하고 바깥의 타자들을 표상하는 작업을 수행하고 있다는 점이다.

2) 정복 대상으로서의 타자, 율도국 먹어치우기

울동 퇴치가 길동의 내부에 있는 모종의 타자 의식을 자기 바깥으로 뱉어내는 동질화의 순간을 달성하는 문제적인 순간이라면, 곧바로 이어지는 홍판서의 죽음과 그 장례는 단순히 분리된 아버지 나라인 조선과의 완전한 단절뿐만이 아니라, 길동이 그 제사를 담당하는 것을 공식화함으로써 유교문화의 이데올로기적 맥락에서는 부권의 계승을 공식화하는 상징적인 의례로서 받아들일 수 있다. 그러나 어디까지나 그러한 상징적 의례가 공적인 인정을 필요로 하는 것이라면, 이미 조선 사회를 떠나온 길동에게는 조선 사회의 공적인 인정을 받지 않아도 되는 새로운 공적인 공간이 요청된다. 이러한 문제는 울동 퇴치가 율도국 정벌과 더불어 선형적인 서사적 구조를 지녀야만 하는 필연적인 연관성을 지시한다. 울동 퇴치가 길동이 조선 내부에서 배척되었던 자기 자신의 타자성을 뱉어내는 과정이라면, 그가 새롭게 정립하는 그 자신의 동질성이 인정되는 공적인 사회에 대한 필요는 율도국이라고 하는 조선 외부의 타자를 향한 또 다른 전략, '먹어치우기'로 발현되는 것이다.

> 추시 율도국이란 나라히 잇스이, 지방이 슈천 니오, 소면이 막히여 진짓 금셩철이오 텬부지국이라. 길동이 미양 이 곳을 유의흐여 왕위를 앗고져 흐더니, 이제 삼년상을 지너고 긔운이 활발흐여 셰상의 두릴 스룸이 업눈지라. 일일은 길동이 제인을 불너 의논 왈,
> "니 당쵸의 스방으로 단닐 졔 율도국을 유의흐고 이곳에 머무더니, 이제 마음이 즈연 디발흐니 운쉬 널니물 알지라. 그더 등은 나를 위흐여 일군을 죠발흐면 죡히 율도국 치기는 두리지 아니리니 엇지 디스를 도모치 못흐리오"

위의 내용은 경판본에서 율도국에 대한 소개와 함께 길동의 율도국 정벌에 대한 의사 표명이 최초로 드러나는 국면이다. "지방이 슈천 니오, 소면이 막히여 진짓 금셩철이오 텬부지국이라"라는 율도국에 대한 객관적 판단이 일종의 정보로 주어져 있을 뿐, 이것이 판단의 전제로 작동한다고 할지라도, 직접적으로 길동과 그 일당이 율도국을 정복해야 하는 행위의 필연성이나, 정치적 당위성이 성립

하지는 않는다. 오히려 "길동이 미양 이 곳을 유의ㅎ여 왕위를 앗고
져 ㅎ더니"와 같은 서술에서는 길동 개인의 욕망의 대상으로서의
율도국의 지리적-사회적 지표가 중요한 요소가 되었음을 짐작할
수 있을 뿐이다. 조선땅에 있었을 때와는 달리 길동의 행동에 있어
서 기득권층에 대한 대응 담론을 내세우고자하는 물리적·심리적
장벽이 사라졌음을 짐작할 수 있다. 이는 "이졔 삼년상을 지니고
긔운이 활발ㅎ여 셰상의 두릴 스롬이 업는지라"와 같은 표현에서
적실하게 드러난다. 역시 앞서의 맥락을 유의한다면, 새롭게 가문
을 이은 장자로서 길동에게는 이전의 조선땅에서와는 전혀 다른
방식의 욕망이 가능해졌음을 추측해볼 수 있다.

이에 대하여 길동 그 자신이 활빈당 일원들에게 율도국 정벌을
표명하는 언술에서 무엇보다도 "나를 위ㅎ여"라는 표지는 중요하
다. 이는 조선땅에서는 소극적이고 대항적이었던 길동의 욕망이 외
부 대상을 향해 적극적으로 투사되고 있음을 지시하는 문제적인
표현으로 볼 수 있다. 물론 그것은 단지 이 지점에서만 처음 보인
것은 아니다. "대쟝뷔 셰상의 나미 공밍을 본밧지 못ㅎ면, 찰아리
병법을 외와 대쟝닌을 요하의 빗기 츠고 동졍셔벌ㅎ여, 국가의 딩
공을 셰우고 일홈을 만뒤의 빗니미 쟝부의 쾌시라"라는 언급은 길
동이 천출소생으로 조선 사회의 타자로 규정되지 않았으면 마땅히
수행해야 했을 욕망을 환기한다. 이제 길동은 '대쟝부'로서의 정체
성을 되찾으며 자기 자신을 위한 욕망은 자연스럽게 '대사(大事)'와
등가적으로 표명될 수 있다. 또한 여기에는 타자로서의 율도국이
욕망의 대상이자 '동졍셔벌', 정복의 대상으로서 표상되어야만 하는

전제가 기능하고 있다. 앞서의 울동 퇴치와의 연관성을 강조하여
살펴본다면 울동이 길동에게 제거되어야만 하는 차이로서 타자 표
상이었다면, 율도국은 그 차이가 무엇보다도 동질화되어야만 하는
욕망의 대상으로 기능하고 있다. 율도국이 욕망의 대상이 될 수 있
는 이유는 명시적으로 드러난 풍요로움 등이 이유이지만, 완판본의
기술에는 중요한 단서가 한 가지 더 포착된다.

> 츠설, 길동이 그형을 별후의 졔군을 권ᄒ야 농업을 심쓰고, 군법을
> 일스므며, 그러구러 숨년초도을 지니믜, 양식이 넉넉ᄒ고, 슈만군졸
> 이 무예와 긔브ᄒᄂ 법이 쳔ᄒ의 최ᄀᄒ더라. 근쳐의 ᄒ 나라이 잇스
> 니 일흠은 율도국이라. 중국을 셤긔지 아니ᄒ고, 슈십리를 젼즈젼손
> ᄒ야 덕화유힝ᄒ니, 나라이 티평ᄒ고, 빅셩이 넉넉ᄒ야날, 길동이 졔
> 군과 의논왈,
> "우리 엇지 이 도중만 직키 여셰월을 보너리요? 이졔 율도국을 치고
> 져 ᄒ나니 각각의 소견이 엇더ᄒ뇨?"

위의 완판본의 기록에서 가장 주목해야만 하는 서술은 "중국을
셤긔지 아니ᄒ고"라는 부분이다. 대국(大國)인 중국의 속국이 아닌
율도국의 정치적·지형학적 지표는 실제적으로 중국을 섬기는 조
선과 대비되어 길동의 보다 구체적인 욕망이 가시화되도록 한다.
이미 중국을 섬기는 조선과는 달리 그 중간지대로서의 율도국을
얻음으로써 조선의 자식으로서의 의식을 극복하는 것이다. 그렇다
면 서술자를 통해 길동의 욕망이 율도국을 일종의 이상적 공간 표
상으로 구성하고 있는 것은 역설적으로 반중화의식이라기보다는
유사-중화의식으로서, 율도국이라는 타자를 집어삼키는 전략으로

발현한다. 다소 과격하게 말할 수 있다면, 율도국에 대한 길동의 욕
망은 서얼로서의 차별과 조선시대의 계급 문제를 해결하는 이상향
으로서가 아니라, 이를 단순화하여 적용하는 변형된 제국주의의 단
편적 욕망의 반영처럼 보인다. 이는 완판본에서 길동이 율도왕에게
보내는 격서에서 다시 한 번 확인된다.

> 의병쟝 홍길동은 글월을 율도왕의게 젼ᄒᆞᄂᆞ니, 디져 님군은 ᄒᆞᆫ ᄉᆞᄅᆞᆷ
> 의 님군이 아니오 텬하 ᄉᆞ람의 님군이라. 이러무로 셩탕이 빌걸ᄒᆞ시고
> 무왕이 빌쥬ᄒᆞ시니 텬되 ᄌᆞ연ᄒᆞᆫ 일이라. 너 일즉 긔병ᄒᆞ여 율도국을
> 치미 먼져 철봉을 항복밧고 물미듯 드러오니 지나는 바의 다 투항 아니
> 리 업ᄂᆞᆫ지라. 이졔 왕이 ᄊᆞ호고져 ᄒᆞ거든 ᄊᆞ호고 그러치 아니 ᄒᆞ거든
> 일즉 항복ᄒᆞ여 살기를 도모하라.

타국을 침범하면서 길동이 자신의 정복을 정당화하기 위하여 끌
어들이고 있는 것은 하나라의 폭군 걸왕을 몰아낸 성탕 즉 은나라
의 탕왕과, 은나라를 물리치고 아버지 문왕의 왕위를 물려받은 주
나라의 무왕이다. 흥미로운 것은 율도왕이 탕왕과 무왕이 물리친
그 전대의 폭군들과 등가적이라면 사전에 이에 대한 서술자의 객관
적 언급이 존재하지 않는 점, 그리고 사전에 율도국의 풍요롭고 평
화로운 상황에 대한 주어진 정보 등과 길동의 격문의 언술이 일치
하지 않는다는 점이다. 그렇기 때문에, 후대의 동양문고본에서는
별도로 율도국의 혼란한 상황을 서술자가 직접 서술함으로써 길동
의 율도국 정벌에 대한 명분을 제시하게 되는 것처럼 보인다.[19] 그
렇다면 그와 반대로 경판본과 완판본에서는 기존의 율도국의 평화

로운 상황과 길동의 율도왕에 대한 폭군으로서의 전제가 서로 일치
하지 않는 점이 더욱 부각될 수밖에 없다.

　결국 길동의 격문에 담긴 정치적 담화의 속성에는 자기 정당성을
위해 타자를 제멋대로 표상하면서 이를 뱉어내거나 집어삼키는 주
체의 대응 태도가 저변에서 명백하게 작동하고 있다. 또한 "천하
사람의 임금"의 자질을 자신에게 부여함으로써 중국에도 속하지 않
고 조선땅에서도 속하지 않는 외부의 타자인 율도국의 모든 백성을
'천하'라는 포괄적 공간 속으로 매개함으로써 그들 모두를 '집어삼
킨다'. 중국을 섬기지 않는 중화 바깥의 지표를 가진 율도국 정복에,
길동 스스로 자신의 왕업을 중국의 고사를 통해 정당화한다는 점은
아이러니할뿐만 아니라, 길동이 더 이상 자신을 타자로서가 아니라
기만적인 주체로서, 거의 중화의식과 유사한 방식의 권력적 발화를
하고 있음에 주목해야 한다. 결국 이러한 율도국이라는 이상적인
타자에 대한 집어삼키기의 전략은 형식적으로는 탕왕과 무왕의 고
사와 상동적으로 율도왕의 죽음과 율도국의 항복으로서 마무리지
어진다. 이제 길동은 조선사회 내부에서 타자로서 산출되었던 그
자신의 내부적인 정체성 부재를 극적으로 전환시키고 극복할 수
있는 토대를 조선 사회 바깥에서 마련한 것이다.

---

19) "츠시 눌도왕이 쥬셕의 침익ᄒ여 졍ᄉ를 도라보지 아니ᄒ고 후원의 즌치를 비셜
ᄒ여 일일 연낙ᄒ니, 간신이 승간ᄒ여 이러나고 됴졍이 어지러워 빅셩이 셔로
살힉ᄒ니, 지식 잇난 은 길혼 산중의 드러가 은거ᄒ여 난을 피ᄒ난지라. 굴돌통
이 허만달노 더불너 두루 도라 민심과 국졍을 살피고 도라올ᄉ, 한 쥬현의 다다
르니 관문 압ᄒ 두 숀연이 업더여 슬피 이통ᄒ더라." 이윤석, 『홍길동젼 연구』,
계명대학교 출판부, 1997, 430쪽.

4. 타자의식 넘어서기 : 운명의 회복 혹은 정체성의 확장

이상의 논의에서 살핀 것처럼, 〈홍길동전〉에서 후반부, 특히 길동이 조선땅을 공식적으로 떠난 뒤의 서사적 진행은 타자 표상에 대한 비판적 담화 분석을 통해서만 보다 면밀하게 드러날 수 있는 길동의 욕망에 의해 추동된다. 그는 그 자신도 이방인으로서 자신이 조선 외부에서 접하는 또 다른 이방인들을 적절히 구분하여 '뱉어내거나' '집어 삼킨다.' 그리고 그러한 길동의 태도를 배태하는 원인이 근본적으로 조선 계급 사회에서의 그 자신의 타자로서의 위치라면, 〈홍길동전〉은 단순하게 작가 미상이나 전승에 의해서만 부조화나 불통일의 서사 구조를 지니게 된 것이 아니라, 길동의 문제적인 욕망의 지속에 의해서 그 비일관성이나 부조화, 자기모순 등이 역동적인 의미를 얻게 된다. 태생적인 한계에 의해 억압된 길동의 욕망이 조선사회를 벗어남으로써 굴절되고 변형된 방식으로 실현되는 점진적인 구조를 지닌다. 문제적인 것은 그 실현 과정이 길동 자신의 타자 의식에 대한 극복을 위해, 자기 외부의 타자에 대한 표상의 방식을 거쳐 현존재로서의 타자를 자기 정립의 방편으로 적극적으로 활용하고 있다는 점이다.

그렇다면 본고의 2장에서 길동의 자기의식의 문제를 언급할 때 경판과 완판에서의 결정적인 차이에서 비롯되는 결말의 해석적 상이함의 논의가 다시 가능해진다. 이것은 미묘하게 다른 방식으로 그 자신의 '타자의식'을 환기했던 길동이 그 결말에 이르러서도 차이를 보이는 점과 관련된 것으로, 경판과 완판을 비교하여 살펴볼 필요성이 있다. 결말은 기본적으로 말년에 이르러 왕위를 태자에게 양위한 길동이 월영산에 머무르다 뇌성과 함께 우화등선(羽化登仙)한 것으로 볼 수 있다. 완판에서는 뭇 사람들의 말을 빌려 "우리 디왕원 션도룰 닷구 빅일승쳔ᄒ시다"라는 비교적 객관적 논평을 더하기까지 한다. 그러나 자세히 살펴보면 대체로 다른 모든 서사적 사건에 이어서 비교적 경판보다 기술이 상세하고 논평이 많은 완판본이 이 대목에서는 위와 같이 길동이 선계(仙界)에 이르는 장면 자체를 기술하는 것이 아니라 그것을 본 사람은 아무도 없으며, 그 암시와 짐작만을 포착하고 있는 점이 색다르다. 반면 경판에서는 보다 명백하게 하나의 사건적 장면이 시종들의 시점을 빌려 관찰되고 있으며, 길동과 두 왕비를 거두어가는 '백발 노옹'의 외양과 그 직접적인 전언(傳言)에 대한 기술이 드러난다.

> "그디 인간 부귀와 영녹이 엇더ᄒ뇨. 이졔 우이 셔로 쳐쇼의 모일 ᄲ를 만나시니 혼가지로 가미 엇더ᄒ뇨."

백발노옹의 언술에서 "우이 셔로 쳐쇼의 모일 ᄲ"를 적극적으로 해석한다면 길동은 원래 단순한 인간이 아니라 신선이었으며, <홍길동전> 전체가 일종의 적강(謫降) 설화가 되리라는 것을 추측할 수 있다. 반면 완판에서는 그러한 표지가 없으며, 길동은 그 자신의 자질과 깨달음으로 선계에 오른 것으로 추측할 수 있다. 이는 경판에서 길동이 그 자신을 '사람 아닌 쟈'로 파악한 바와 다른 해석을 야기한다. 즉, 그는 애초에 사람이 아닌 자로서 조선 사회에 의해서는 '귀신'으로서의 부정적 자질을 가지지만, 정반대로 결말에 이르러서는 애초에 '신선'이었기에 '사람이 아닌 자'로서의 자질이 완전한 반전으로서 그 원래 자질을 회복하는 것이다. 반대로 완판에서는 그러한 적극적인 해석적 지점은 없으되, 앞서 길동이 타자의 인식과 시선에 의해 그를 타자로서 받아들이는 것이 완판본 길동의 자기 인식이었다면 그 결말은 누구에게도 관찰되지 않고서 새로운 영역으로 정체성이 비화한다는 점에서 주목을 요한다. 그는 이제 누구의 관찰이나 시선과도 무관한 자신만의 지위를 확립한 것이다. 이러한 사건적 구성과 그 관찰 증언의 차이는 경판과 완판에 있어서 결말의 강조점의 상이함을 통한 작품 전체의 주제의식을 해석하는 데 있어서도 큰 차이를 만들어낸다.

　여기에서 서론에서 상술한 바 있는 캐릭터와 정체성에 대한 논의를 다시 강조할 필요가 있다. 경판본에서는 길동의 정체성이 다시 그의 본질적 운명의 차원으로 회귀하는 원환(圓環)의 구조를 가지게 된다. 길동이 애초에 주어진 천상의 자질을 회복하는 것이라면, 여기에서 캐릭터는 거의 그의 자질로서 결정된 것이며, 애초에 그의 타자성은 사회 구조적인 것이라기보다는 선천적인 것으로 판별된다. 그러나 이 타자성 자체가 고귀한 것으로서, 울동과 같은 지하(地下)의 존재와는 애초에 그 자질이 다른 것이 된다. 조선 사회는 천상(天上)과는 명백하게 구분되는 세속(世俗)으로서 길동을 온전히 판별하지 못했을 뿐이다. 경판본은 '사람 아닌 자'의 자질을 강력하게 환기하고 있으나, 그것이 그 결말에서는 고귀한 자질로 회귀한다는 점에서 '정체성'의 차원의 논의는 약해질 수밖에 없다. 그럼에도 불구하고 길동이 오히려 천상으로 복귀하기 위해서는 그와 다른 타자들을 처리함으로써만 가능하다는 점에서, 그 과정은 여전히 문제적이기는 하다.

반면에 완판본에서는 운명 그 자체가 아니라 정체성에 의해 새롭게 형성된 길동의 정체성이 스스로의 힘으로 확장되고 상승지향적인 변화를 계속한다는 점에서, 개인의 정체성과 그것을 규정하고 형성하는 권력과 이데올로기의 투사가 부각된다. 집을 떠난 이후에도 홍판서의 천출 소생으로서 호명되는 신분확인(identification)의 측면에서 조선사회의 질서를 벗어날 수 없었던 길동은 이른바 그 자신을 새롭게 재규정하는 과정 속에서 단순히 주어진 운명 이상의 자기 발견을 수행해나간다. 이것은 경판본과는 구별되는 자아의 확장이라는 지점에서, 길동은 주어진 자질로서의 성격이 곧 운명이 되는 종래의 캐릭터와 구별되는 정체성(identity)을 통해 변화하는 인물로서의 특성이 강해진다. 그리고 그 결말에서 최종적으로는 어떤 이데올로기나 권력으로부터도 관찰되지 않는 상위의 지위를 얻게 되었다는 점에 방점이 있는 것이다. 그의 정체성의 종착점은 사회 질서에 의한 신분확인의 꼬리표를 벗어던지는 지점으로 향해가는 것이며, 그런 필연성에서 그의 우화등선은 경판본과는 다른 방식으로 정당화될 수 있다.

무엇보다도 이러한 가시적인 차이가 발생하는 데에는 이미 그 이전의 길동 자신의 언술이 작동하고 있는 바, 세상을 떠나기 직전에 그가 부른 노래를 살펴보아야 한다.

세상스를 싱각ᄒ니 풀꼿히 이슬갓도다. 빅 년을 산다허나 이 쪼흔
부운이라. 귀쳔이 쎄 잇스미여 다시 보기 어렵도다. 뎐지졍슈를 인녁으
로 못ᄒ리로다. 슬푸다. 쇼년이 어졔러니 금일 빅발될 줄 엇지 알이오.
아마도 안긔싱과 젹숑즈를 좃ᄎ 셰상 니별ᄒ미 가ᄒ도다.(경판본)

　경판본에서 길동의 노래로 서술되는 내용의 핵심은 도교적인 인
생무상(人生無常)에 있다. '세상사'는 '이슬'로 '백 년 세월'은 '뜬 구
름'으로 비유되며, "슬푸다"는 감정의 직접 발화에는 길동의 그간의
모든 욕망의 과정과 서사적 진행의 결말에 대한 해석에 있어 중요
한 표지가 된다. 앞서 율도국 정벌에 있어서는 탕왕과 무왕의 고사
를 들었다면, 이 노래에서 언급하고 있는 안기생(安期生)과 적송자
(赤松子)는 모두 속세를 버리고 신계에 이르는 도가의 선인(仙人)으
로 이는 앞서 길동의 세속적 욕망이 무화되는 차원에 있다. 길동의
신선으로서의 신이함의 자질로 인해 이러한 결말이 미리 예정되었
을지는 모르나, 영웅의 서사와 길동이라는 문제적 개인의 욕망의
문제에서는 이러한 전환이 갑작스럽기도 하다. 그러나 이것은 앞서
2장에서 살펴보았던 길동의 비인(非人)으로서의 자의식을 이해할
때만 그 연관성이 이해될 수 있다. 애초에 그는 '인간 아닌 자'로서
조선 사회의 상징적인 질서 안에는 그 자리가 없는 자이며, 이는
한편으로 속세의 삶의 논리를 넘어서 있는 도교적인 신선의 자질과
상동적이다. 그렇기에 이것은 인간적인 영역에서의 그 자신의 정체
성을 극복하는 것이 아니라, 인간적인 경계 혹은 속세 그 자체를
넘어서거나 그 자신의 운명을 회복하는 것이다.

한편, 완판본에서 길동이 부르는 노래는 경판본에서의 직접적인 비인(非人)과 신선(神仙) 사이의 상동성 속에서 이루어지는 속세를 벗어나는 이행과는 근본적인 차이가 있다.

> "칼을 잡고 우슈의 비겨셔니
> 남명이 멋만니뇨
> 디붕이 나라ᄂ니
> 부요풍이 이는쏘듯
> 츔츄는 소매바롬을 ᄯ라 표표ᄒ미여,
> 우이동편과 미복셔편이로다
> 풍진을 쓰러바리고 티평을 일숨으니
> 경운이 이러나고 경셩이 빗쵀이는쏘듯
> 도젹이 지경을 엿보리업쏘듯."(완판본)

이 노래는 행위의 주체가 직접적으로 언표화되어 있지 않지만, 암시적으로는 길동 그 자신의 삶에 대한 논평이라 할 수 있다. "칼을 잡고 우슈의 비겨셔"는 것만으로도 그 위용이 실로 대단하여 "풍진을 쓰러바리고 티평을 일숨"을 수 있는 지경으로 묘사된다. "경운이 이러나고 빗쵀이는쏘듯 / 도젹이 지경을 엿보리업쏘듯"에 이르러서는 그 자신이 치국평천하(治國平天下)의 직접적인 상관물로서의 '경셩'을 통해 그 삶의 노년에 이르러 자기 삶의 욕망의 결과물을 표상해낸다. 이처럼 자신의 지난 삶 속에서 이룩한 업적에 대한 술회 속에 앞서 경판본의 '슬픔'의 감정 같은 것은 엿보이지 않는다. 이러한 완판본의 길동을 직접 매개한 자기 삶에 대한 논평은 다시

금 결말의 저자에 의한 논평과 결부되어 있다.

　　미지라! 길동의 힝어ㅅ여! 쾌달혼 쟝부로다. 비록쳔싱이나 젹원을
　　푸러ㅂ리고, 효우룰 완젼이ㅎ야 신슈룰 쾌달ㅎ니 만고의 희혼혼 일이
　　그로 후인이 알게혼 ㅂ러라.

　완판본 결말에는 저자의 논평부에서 다소간 찬사의 의미가 확실
하다. "미지라! 길동의 힝어ㅅ여!"와 같은 경판본에서는 나타나지
않는 감탄사는 길동의 삶에 깊이 감정이입하고 있는 서술자와 등장
인물간의 거리를 보여주며, 그러한 논평부를 매개해서 보았을 때
완판의 길동의 노래에는 서술자, 그리고 그 자신의 욕망이 인정되
는 세속의 세계와의 거리가 보다 가깝게 설정되어 있음을 읽어낼
수 있다. 경판본의 길동의 욕망이 결국 속세를 온전히 벗어나는 방
식의 '비인(非人)'의 자질을 끝까지 완수하는 것이라면, 완판본의 길
동에게 신선되기는 오히려 그 욕망의 최종적인 상승의 방향성 속에
서 이해되어야만 한다. 속세의 영웅으로서 단순히 주어진 운명을
회복하는 것이라기보다는, 국가질서나 권력의 시선으로부터도 탈
피하는 종류의 정체성의 확장으로 보아야 할 것이다.
　두 가지 판본에서는 분명 길동의 타자의식이 서로 다른 방식으로
구성되었기에 결말에 이르러서도 다른 방식으로 극복될 수밖에 없
는 양상을 띤다. 경판본이 타자의식 그 자체를 완전히 반전시키는
방식으로 '비인'의 모티프를 활용한다면, 완판본에서는 하위주체로
서의 타자의식이 가장 적극적으로 상승지향의 역동성이나 정체성

의 확장을 예비하는 것으로 파악된다. 그러나 이러한 길동의 자기 의식의 상이한 2가지의 회복방식이 공통적으로 보여주는 것은, <홍길동전>의 결말이 이미 그 사이에 길동이 생산해내는 타자표상의 과정을 매개해서만 기존의 타자의식을 극복할 수 있다는 점이다. 길동이 타자로서 그 자신의 억압된 욕망과 사회적 한계를 극복하는 방식은, 그 스스로 새로운 타자를 구성하고, 결국에는 그것을 먹어 치우거나 뱉어냄으로써 최종적으로 자신의 타자의식을 전도시키는 것이다.

이처럼 <홍길동전>은 외연적으로 길동을 타자로서 생산하는 조선 계급 사회와 가족 제도의 근간인 유교 이데올로기 비판을 수행하지만, 내면적으로는 오히려 길동이 조선사회에서 적극적으로 전유하고 있는 타자 생산의 방식을 무의식중에 동조하는 모습을 보여줌으로써 기존 이데올로기의 이면을 보여주거나 재생산한다. 사회에 의해 사람이 아닌 자로 배출되고 소외된 자들이 구성할 수 있는 방식의 공동체를 형성하기는 하지만, 그마저도 최종적으로는 속세를 벗어나 초월에 이르는 방식으로 나타남으로써 개인적인 정체성의 차원으로만 귀착된다. 그렇다면 <홍길동전>은 당대의 소외된 자들이 외부의 낯선 자들을 뱉거나 집어삼킴으로써, 최종적으로는 현세의 자기마저 초월하고자 하는 욕망이나 꿈의 기록으로 볼 수 있을 것이다.

5. 맺음말

본고는 〈홍길동전〉을 타자표상에 대한 담화분석으로 접근함으
로써 기존의 홍길동전을 단순히 사회비판적 소설, 혹은 일반적인
영웅서사로 읽어내는 시도, 구조적으로는 불통일/부조화의 소설로
읽어내려는 시도에 대한 다른 독해를 시도하고자 했다. 이를 위해
본고에서는 '타자성'을 중심으로 〈홍길동전〉에서 길동이 조선사회
의 타자였음을 밝히고, 바로 그러한 길동에 의해 또다시 수행되고
있는 외부의 타자표상을 적극적으로 살펴보고자 했다.

첫째로는 〈홍길동전〉의 서사가 불통일/부조화한 이야기가 아니
라는 전제를 통하여 길동이 조선사회에서 타자로 생산, 산출되는
과정 속에서 비인(非人)으로서의 자질을 극복하지 못했음을 확인하
였다. 둘째로는 이러한 타자로의 생산과 비인의 자질이 조선 사회
내부에서 극복되지 못하여 조선 바깥으로 향하지만, 동시에 길동
자신이 타자를 대하는 방식에서 조선 사회의 그것이 재생산되고
있음을 살펴보았다. 바로 본고에서 비판적 담화 분석을 수행한 길
동의 타자 표상 방식은 조선을 떠난 이후 발생하는 두 가지의 대표
적인 타자, 즉 울동과 율도국에 대해 발휘되고 있다. 길동은 울동은
뱉어내고 율도국은 집어삼키면서 타자를 배제하는 방식을 통해서
기존의 조선사회의 타자로서의 자기 정체성을 일부 극복하는 것처
럼 보인다.

이러한 길동의 타자표상의 방식은 한편으로는 중화의식에 닮아
있는 제국주의적 성격을 지니기도 하며, 길동 자신의 타자로서의

문제를 극복하기 위한 방편이라는 점에서 더욱 문제적인 성격을 띤다. 즉, <홍길동전>은 단순히 사회비판적인 소설, 혹은 영웅 홍길동의 성공 혹은 실패로서만 의미를 가지는 서사가 아니다. 오히려 당대 조선사회 내부의 구조적 모순으로 인해 타자가 된 자들이 스스로를 극복하기 위한 다소간 복잡하고 문제적인 해결방식, 또는 욕망의 서사를 문제적으로 대변하고 있다고 할 것이다. 이는 결말에 이르러 길동이 속세를 벗어나거나 혹은 초월하는 것을 해석함에 있어서도 온전히 해결되었다고만은 말할 수 없다. 그러므로 추가적으로 <홍길동전> 텍스트의 담화적인 복잡성과 그 이면에 대한 연구의 필요하며, 특히 담화적 방식으로 이를 면밀히 살피는 시도가 더욱 요구될 것이다.

서술자의 발화를 통해 본 〈배비장전〉의 인물 비판 양상

이해진

1. 머리말

  〈배비장전〉은 본래 〈배비장타령〉이라고 하여 판소리로 불렸으나, 실창(失唱)되어 현재는 소설 형태로만 전하고 있는 작품이다. 창작 시기는 최대한 〈만화본춘향가〉(1754)의 시기까지 소급할 수 있는데, 이는 〈만화본춘향가〉의 "濟州將留裵將齒"라는 구절에 근거한 것으로 현존 작품에서처럼 정비장의 '이'가 아니고 배비장의 '이'인 점이 다르나 적어도 이 당시에 성립되기 시작해 19세기 초에는 현존 형태로 완성된 것으로 추정되고 있다.[1]

  〈배비장전〉에 대한 선행 연구로는 이본(異本) 고찰, 근원설화 및 적층과정 탐색, 풍자문학으로서의 성격 규명, 주제가 비슷한 다른 작품과의 비교 연구 등 다방면에서 많은 성과가 축적되어 왔다.[2]

---

1) 김종철, 「〈배비장전〉 유형의 소설연구」, 『관악어문연구』 10집, 서울대 국문과, 1985, 205~206쪽.

그럼에도 이들 각각의 연구 주제는 대부분 <배비장전>의 풍자성에 초점이 맞추어져 있는데, 그간에는 대체로 애랑·방자/배비장의 관계가 풍자주체/풍자대상, 피지배계급/지배계급의 관계로 파악되었다.3) 그런데 <배비장전>을 자세히 들여다보면 인물들을 대하는 서술자의 시각이 다분화(多分化)되어 있어 이러한 이분법적 구도만으로는 설명이 다소 불충분함을 발견하게 된다. 예컨대 서술자의 발화를 중심으로 볼 때 다음과 같은 질문들을 제기해봄직하다. 애랑과 방자를 풍자주체라고 할 수 있는가? 이들은 과연 피지배계급, 즉 민중의 대표자인가? 또, 비판의 대상으로는 배비장(정비장 포함)만이 해당되는가? 배비장을 과연 제주목사와 동일한 지배계급으로 귀속시킬 수 있는가?

이 글은 이러한 질문들에서 출발해 <배비장전>의 인물 비판 양상을 서술자의 발화를 통해 재조명해보고자 한다. 특히 인물들을 대하는 서술자의 어조(tone)에 분석의 초점을 맞추고자 하는데, 여

---

2) 이은봉, 「<배비장전> 연구사」, 일위 우쾌제 박사 화갑기념논문집간행위원회, 『고소설연구사』, 월인, 2002, 829~842쪽 참조.
3) 그 대표적인 선행 연구들을 들면 다음과 같다.
　　이정탁, 「비장과 방자의 작중기능」, 『국어국문학논문집』 7·8집, 동국대 국문과, 1969.
　　이석래, 「<배비장전>의 풍자구조」, 한국고전문학연구회 편, 『한국소설문학의 탐구』, 일조각, 1978.
　　권두환, 「<배비장전> 연구」, 『한국학보』 17집, 일지사, 1979.
　　김용희, 「<배비장전>의 주제에 대하여」, 『진단학보』 53·54호, 진단학회, 1982.
　　김종철, 앞의 논문.
　　박일용, 「조선후기 훼절소설의 변이양상과 그 사회적 의미(上)」, 『한국학보』 51집, 일지사, 1988.

기서 어조란 '인물에 대한 태도의 반영'을 의미한다.4) 〈배비장전〉
의 서술자는 등장인물 전반에 대해 비판적 태도를 취하되 그것이
인물군에 따라 조금씩 다른 양상을 띠고 있음이 특징적이라 할 수
있다. 이 점에 주목해 이 글에서는 그 비판적 어조의 층위를 구별하
여 논의를 진행할 것이다. 이렇게 서술자의 발화에 나타난 비판적
어조의 양상에 천착함으로써 작품 담당층이 지닌 시선의 성격을
유추해 볼 수 있으리라 기대한다. 분석 대상으로 삼는 텍스트는
1916년에 간행된 신구서림본 구활자본 〈배비장전〉이다.5)

2. 비판주체로서의 서술자

조선시대는 양·천제(良·賤制)를 골간으로 하는 신분제 사회였
으나, 조선후기에 이르러 신분제도가 동요되면서 지배계급인 양반

---

4) 김대행 교수는 "어조(語調)의 성인(成因)에 대해 관심을 가지게 된다면 우리는
거리(distance) 혹은 태도(attitude)라는 개념을 생각할 수 있는데, 실제로 어조란
'이야기되고 있는 것에 대한 태도의 반영'이며 그것은 '그 대상과의 거리에서부터
나오는 것'이기 때문"이라고 하면서, "서사적 작품에 있어서의 어조란 사건, 인물,
독자에 대한 태도의 반영이라고 볼 수 있다"고 설명한다. (김대행, 「〈심청전〉 서
술자의 어조 불통일성 문제」, 한국고전문학연구회 편, 『한국소설문학의 탐구』, 일
조각, 1978, 39쪽.) 이 글은 이러한 논의를 바탕으로 삼되, 〈배비장전〉의 인물 비판
양상에 초점을 맞추고자 하므로 서술자의 어조를 '인물에 대한 태도의 반영'으로
한정시켜 논의를 진행하고자 한다.

5) 〈배비장전〉의 이본으로는 김삼불본(국제문화관본, 1950년)과 신구서림본(1916
년) 두 종류가 있다. 전자는 김삼불이 작품의 결말부분을 삭제하고 또 세부에 있
어서도 임의로 삭제하여 발간한 것이고 후자는 결말부분을 포함하고 있다. (김종
철, 앞의 논문, 203쪽.)

과 피지배계급인 상한(常漢), 그 중간에 위치한 중간계급인 중인(中人)으로 계급분화가 일어나게 되었다.6) <배비장전>에서도 이러한 세 계급에 대응하는 인물들이 형상화되어 있는데, 제주목사는 상층 인물에, 정비장과 배비장은 중간층 인물에, 애랑과 방자는 하층 인물에 각각 해당한다.7) 이중 가장 주목되는 것은 소설의 제목에서 암시되고 있듯이 주인공인 배비장이라는 인물이다. 배비장은 조선 후기 신분제 동요로 새롭게 파생된 중간층 신분(중인)이라는 점이 우선 흥미를 끌 뿐더러, 텍스트에서 가장 명료하게 비판의 대상으로서 독자에게 인식되기 때문이다. 그는 여색에 초연하다고 자처했으나 기생 애랑에게 유혹당하는 것은 물론 그러한 사건을 이끌어가는 서술자에 의해 호색적 성향을 폭로당하고 있는 것이다.

그런데 유의해야 할 부분은 배비장 외의 인물들도 비판되고 있다는 점이다. 소설 초반부에 제주도로 가는 선상(船上)에서 제주목사의 상황과 맞지 않는 모순된 언행이 희화적으로 묘사되는가 하면, 그 뒤에는 배비장이 훗날 당할 봉욕의 예시(豫示)라 할 만한 정비장 삽화와 그에 대한 서술자의 비판적 논평이 삽입되어 있는 것이다. 또, 애랑과 방자는 배비장(애랑의 경우는 정비장도 해당함)을 망신시키고 비웃는다는 점에서 일견 서술자와 같은 시각에 놓여 있는 것처럼 보이기도 하지만, 서술자의 발화를 유심히 들여다보면

---

6) 한영우, 『조선시대 신분사연구』, 집문당, 1997, 63쪽 참조.

7) 이후 자세히 논하겠지만, 애랑과 방자는 천민(賤民) 신분이므로 엄밀히 말해 상한(常漢), 즉 일반 평민이라고 보기는 어렵다. 그러나 이들 천민 또한 피지배계급에 해당하기에 하층 인물로 칭하였다.

이들 역시도 비판의 대상에서 자유롭지 못함을 알 수 있다. 애랑과
방자의 부정적 품행에 대한 묘사라든가 그들을 지칭하는 데 있어
서술자가 비속한 어감의 대명사를 혼용하고 있는 점이 이를 잘 보
여준다.

이렇게 보면 〈배비장전〉의 서술자는 작중인물들 전반에 대해 거
리를 두고 있는 비판주체로 기능하고 있음을 보게 된다. 이때 주의
를 기울여야 할 것은 그러한 서술자의 비판적 시선이 인물(군)에
따라 균질적이지 않다는 점이다. 예컨대 제주목사와 배비장의 모순
된 언행이 공히 묘사되고 있으나 전자에 대한 서술자의 부정적 시
선은 후자에 대한 그것보다 상당히 약화되어 있다. 이 점에서 배비
장에 대한 비판은 상대적으로 신랄하다고 할 수 있겠는데, 그러면
서도 그의 처지에 대한 비극적 인식이랄지, 연민의 관점도 복합되
어 나타나 있어 주의를 끈다. 그런가 하면 제주목사, 애랑, 방자는
배비장을 속이고 훼절시키는 데 있어 공모(共謀)의 관계에 있지만,
서술자는 애랑·방자에게만 일방적 비판의 시선을 보내고 있음도
발견할 수 있다.

이렇게 〈배비장전〉에서 서술자의 다분화된 시선이 나타난다는
것은 그만큼 작품 담당층이 지니고 있었던 복잡다단한 의식세계를
반영하고 있는 것이 아닌가 짐작하게 해준다. 아래에서는 서술자의
발화 양상에 주목해 먼저 세 계층의 인물(군)을 향한 서술자의 비판
적 어조를 세 층위로 나누어 분석하고, 그런 다음 거기에서 엿볼
수 있는 시선의 성격을 작품 담당층의 의식과 관련지어 논의해보고
자 한다.

3. 인물에 대한 서술자의 발화 양상 분석

1) 제주목사에 대한 조소적 발화

<배비장전>에는 배비장이 애랑에게 속아 훼절하기 전까지의 과정이 필요 이상으로 길게 서술되어 있다는 느낌을 준다. 특히 배비장과 직접적으로 관련된 이야기가 아님에도 불구하고 다른 인물들, 즉 제주목사, 정비장을 중심으로 한 삽화가 비교적 장황하게 삽입되어 있는 것을 볼 수 있는데, 이는 <배비장전>이 원래 판소리로 불렸다는 점에서 이른바 '부분의 독자성'을 통해 흥미를 추구하는 판소리의 연행관습의 산물로 볼 여지도 있을 것이다. 하지만 이들 삽화가 작품에서 결코 적지 않은 분량을 차지한다는 점, 그리고 그 가운데 인물에 대한 서술자의 비판적 시선이 발견된다는 점은 이러한 삽화가 단순한 부분적 흥미 창출을 위한 것만은 아님을 보여준다. 거기에는 서술자의 시선을 내세워 이들 각 계층 인물을 바라보는 모종의 평가적 입장이 함축되어 있다고 볼 필요가 있다고 생각된다. 여기서는 먼저 소설 초반부에 배치된 제주목사 삽화부터 살펴보기로 한다.

목사 취홍이 도 " 호야 풍월 혼 슈 지엿스되 쳥텬이 도슈중 어유빅운 간이라 이 글 쯧이 웃더호고

비장 디답호되 예ㅣ 미우 좃소 참으로 경인귀오 목스 취즁에 쏘 위담혼다

(사) 누구셔 졔주ㅅ비 타기가 어렵다 호든고 지금 너가 실디 시험을 호여보니 유쾌호기 혼량업다 그러나 너가 셔울셔 듯즈호니 꼬리 큰

고기가 잇셔 바다에셔 직희가 무쌍ᄒ다 ᄒ니 그 말이 졍말이냐

(…) 노도경각에 풍우가 디작ᄒ야 동셔남북이 묘망무졔ᄒᆫᄃᆡ 집치

갓흔 큰 물결이 돌바위를 콰〃 부숴내며 바람을 ᄯᅡ라 여긔셔도 우러렁

쾅〃 져긔셔도 왈랑왈랑 (…)

목사 졉결에 사공을 고공아 부르니 사공도 졉을 내여 ᄯᅥᆯ며 그ᄃᆡ로

예이 예이 예헤이 ᄃᆡ답ᄒ니 <u>목사 그즁에도 노혀라고 ᄒᆫ 마ᄃᆡ ᄶᅮᆺ것다</u>

(목) 이놈아 량반은 슈로에 익지 못ᄒ야 ᄯᅥᆯ거니와 너는 슈로에 익은

놈이 져ᄃᆡ지 무셔워 ᄯᅥ느냐[8]

위의 인용문에서는 신관사또 도임길에 오른 제주목사가 여유롭
게 한시를 읊으면서 배 타는 것이 두렵지 않다고 한껏 허세를 부리
다가 실제로 배가 난파 위기에 처하자 우왕좌왕하는 모습이 나타나
있다.[9] 그러면서도 그는 체신을 잃지 않기 위해 양반 운운하며 애
꿎은 사공을 나무라는데, 여기에 '목사 그즁에도 노혀라고 ᄒᆫ ᄆᆞᄃᆡ
ᄶᅮᆺ것다'라는 서술이 삽입되어 있음으로써 상황과 맞지 않는 언행
을 하는 제주목사에 대해 서술자가 보내는 비판적 시선을 감지할
수 있다. 특히 그는 '술 드려라 먹고 놀ᄌ (…) 상ᄒ동락 관계ᄒ랴
너도 먹고 나도 먹ᄌ'라고 한 데서 볼 수 있듯이 신분 고하(高下)를

---

8) 인권환 외 3인 편저, 〈신령슈샹 배비장전〉(신구서림본), 『한국고소설선』, 태학사,
   1995, 358~359쪽. 띄어쓰기는 필자가 현대국어 표기법을 고려해 새로 하였으며,
   이하 〈배비장전〉 본문 인용시에는 괄호 안에 쪽수만 표기하기로 하겠다.

9) 이렇게 제주목사의 말이 화근이 되어 그 일행이 큰 풍랑을 만나게 되는 장면은
   〈적벽가〉에서 화용도로 도망치는 조조의 행적에 대응되는 것이기도 하다. 상전의
   경망스런 말이 화를 불러일으킨다는 상황 설정이 서로 통하며, 이때 사또 김경과
   사공의 관계는 조조와 정욱의 관계에 대응되는 것이다. (정충권, 「배비장전 재고」,
   『고전문학과 교육』 제7집, 한국고전문학교육학회, 2004, 224쪽.)

개의치 않는 개방적 사고를 보여주는 듯하지만, 상기 대목을 보면
이와 전혀 상반된 모습을 드러내는 것이다.

그런데 이때 제주목사의 언행을 묘사하는 서술자의 어조는 그렇
게 신랄한 것이 아니다. 어떤 경우에도 초연한 자세로 대응할 줄
아는 평정심이 기대되고, 또 그것을 자기 스스로 표방하던 인물이
실제 위기가 닥치자 허둥지둥하면서 그 와중에 체통을 지키려는
모습에 대해 서술자는 희화적 묘사를 가하고 있을 뿐이다. 이런 점
에서 제주목사에 대한 서술자의 비판적 어조는 인물의 가벼운 약점
또는 결함에 대한 위트(wit) 있는 공격이라는 점에서 '조소적 발
화'[10]라고 칭할 수 있을 것이다.

이렇게 제주목사를 대하는 서술자의 어조가 조소에 해당하는 점
으로 미루어 보아, <배비장전>에서 지배층(양반)을 바라보는 시
선[11]은 가벼운 비판의 성격을 지니며, 그 권위를 무화(無化)시키고
자 한다거나 행위를 교정하고자 하는 의도를 지닌 것은 아님을 유

---

10) '조소(嘲笑)'는 Arthur Murphy에 의하면 "인간의 행동 중에 스스로 드러나는
약점 혹은 가벼운 부주의함에 대한 익살의 미묘한 발휘"이고, Corbyn Morris에
의하면 "가벼운 단점과 유별남에 대한 점잖은 공격"이라고 한다. (P. K. Elkin,
「풍자의 의미」, Ronald Paulson, 김옥수 역, 『풍자문학론』, 지평, 1992, 234~237
쪽 참조.)

11) 제주목사는 외관직(外官職)에 해당하지만 정3품 당상관(堂上官)으로서, 당상관
은 관료제적 지위에서 생성된 많은 권력·위세·재산을 소유할 수 있기 때문에 조
선시대의 정치지배층이라고 할 수 있다. (김영모, 『조선지배층연구』, 일조각, 1977,
7~8쪽 참조.) 물론 제주목사라는 특정한 가공인물을 향한 서술자의 시선을 당시
지배층에 대한 의식 일반과 완전히 동일시할 수는 없겠지만, <배비장전>에서는
상/중/하층에 대응하는 인물들이 고루 등장한다는 점에서 이들 인물들이 자신이
속한 신분을 어느 정도 추상적으로 표상하고 있는 존재라고 보는 관점이 가능하
리라 본다.

추해 볼 수 있다.

2) 정비장과 배비장에 대한 풍자적 발화

배에서 풍랑을 만나 우왕좌왕하던 제주목사 일행이 무사히 제주
도에 도착하고 나면, 곧이어 정비장과 애랑의 이별 장면이 이어진
다. 여기에서 그려지는 정비장의 봉욕(逢辱)은 배비장의 미래 모습
이기도 한데, 배비장 또한 정비장과 마찬가지로 애랑에게 혹하여
큰 망신을 당할 것임이 사전에 예고되는 것이다. 그러한 예시(豫示)
는 담화상에서 서술자의 논평적 발화를 통해 뚜렷해진다.

> 정비장 혹흔 마음에 고의적숨은 고스흐고 통가족이라도 버셔달나
> 흐면 줄 슈밧게 업는 사정이라 강루츈풍 찬 바람에 덜″ 썰며 마져
> 버셔 엣다 흐며 애랑 주니 <u>어리석은 정비장이 알비장이 되엿구나</u> 천의
> 둘너 음신흐고 방즈를 부르것다 (364)

> 방즈 츔″ 거러 애랑의 집 건너가셔 옥양목 상하의 한 벌 정비장
> 긔 밧치오니 정비장 감지덕지 무슈 스례흔 연후에 겨우 장신흐고 보
> 니 <u>제주 삼년에 쇼존쟈가 이것이라</u> 허″ 탄식흐고 분슈 상별흐랴 홀
> 졔 (364~5)

위의 두 인용문은 애랑에게 갖은 생필품들을 몽땅 내어준 것은
물론이고 갓옷 두루마기·돈피 휘양·금병도·숙주창의와 분주바
지·고의적삼·앞니까지 모두 빼앗긴 정비장의 처지에 대해 서술자
가 논평을 가하고 있는 부분이다. 정비장을 '어리석다'고 평가하면

서 '알비장'이라고 칭하는 구절이나, 제주 생활 삼 년에 남은 것(所存者)이라고는 한 벌 옷으로 겨우 몸을 감추고 있는 꼴이라고 논평하는 구절에서 인물에 대한 서술자의 비판적 시선을 보게 된다. 그리고 이때 정비장이 내뱉는 "허허"하는 탄식 역시 자조적(自嘲的) 웃음이라 할 수 있다.

서술자의 이러한 발화 양상은 이후 배비장이라는 인물에 대해 보다 집중적으로 나타나는데, 그로 인해 비장이라는 중간층 인물에 대한 비판의 시각은 더욱 강조되고 있는 것으로 생각된다.

⑦ 빅비쟝이 방자 말을 올케 듯고 두 발을 모와셔 드리미니 방자놈이 안에셔 두 호목을 모와쥐고 힘디로 자버다린다
(…) 빅비쟝 궁게 걸녀 두 둔이 확 위로 솟고 니를 응〃갈며 참다 못ᄒᆞ야 눕흔 소리를 니여
(빅) 아이구 이익 스롭 죽겟다 좀 노아라
ᄒᆞ면셔 죽어도 문자는 쓰든 것이엇다
(빅) 복포불입(腹飽不入)ᄒᆞ니 출분긔호사(出糞幾乎死)로다 (379)

⑭ 궐즈가 슐 사러 간다 ᄒᆞ는 말 분명 엿드르려 ᄒᆞ는 듯 십ᄉᆞ오니 밧게는 꼼직도 마시고 져 웃목에 노힌 피나무궤를 열고 잠시 은신ᄒᆞ여 보시오
배비쟝 궤를 보고 문즈는 놋치 안코 쓰든 것이엇다 톄디귀소(體大櫃小)ᄒᆞ니 하이은신(何以隱身)홀고 (382)

위의 인용문에서 ⑦는 배비장이 방자를 앞세워 애랑의 집에 몰래 잠입하는 장면이고, ⑭는 방자와 애랑에게 속은 배비장이 생명의

위협을 느끼고 자루에서 궤로 피신하는 장면이다. 그런데 이런 상황에서도 배비장은 한자어구를 늘어놓음으로써 상전으로서의 체통을 지키려는 모습을 보여준다. 이에 대해 서술자는 '문ᄌᆞ는 (놋치 안코) 쓰든 것이엇다'라고 광경을 묘사함으로써 역시 배비장에게 부정적 시선을 건네고 있음을 볼 수 있다. 그 시선은 미천한 신분의 인물들 앞에서 망신스런 꼴을 당하게 되었음에도 불구하고 고상한 체 처지와 모순된 언행을 보여주는 배비장의 위선적 면모를 겨냥하고 있는 것이다. 앞서 살핀 제주목사도 이와 유사하게 상황에 맞지 않게 양반의 위신을 지키려 한 태도가 비판의 대상이 된 것이지만, 배비장의 경우 상층 사대부도 아닌 중인(中人) 신분[12]이라는 점에서 그의 양반 행세는 더욱 어설픈 허세로 비쳐지게 되고, 이로써 배비장에 대한 서술자의 비판적 어조는 제주목사에 대한 것보다 신랄함을 획득하고 있다고 할 수 있다.[13] 이는 다음에 제시하는 서술자 논평에서도 확인되는 바다.

---

[12] 비장(裨將)은 감사(監司)・유수(留守)・병사(兵使)・수사(水使)・견외사신(遣外使臣)을 수행하던 조선시대 관원의 하나로 막료(幕僚)・막비(幕裨)・막중(幕中)이라고도 한 중서층 출신의 관원이다. (이정탁, 앞의 논문, 255쪽) 따라서 정・배비장은 문관 관료층에 해당하는 제주목사와 신분상으로 구별된다.

[13] 배비장의 상황에 맞지 않는 모순적 언행은 그가 한바탕 봉변을 당한 뒤 서울로 떠나는 대목에서도 나타난다. 서울행 배를 타려고 간 바닷가에서 해녀(海女)를 만난 배비장은 말을 걸어도 대답이 없자 '이 스룸 량녕이 말을 무르면 엇지ᄒᆞ야 대답이 업노'라고 견책하는데, 바로 그 앞에 '비비쟝 그중에도 분히라고 목소리를 도도와 다시. 칙망겸 뭇것다'라는 서술자 발화가 덧붙어 있다. 이는 앞서 제주목사가 사공을 책망하는 모습에 대한 서술자 발화와 유사하지만, 배비장이 한바탕을 망신을 당한 뒤 초라한 행색에도 불구하고 양반을 자처하고 있는 모습을 겨냥한 것이어서 더욱 시니컬한 웃음을 유발한다.

㉲ 비비장 그 거동 보고 역긔가 실눅 정신이 얼쓴 <u>구디졍남 간 데 업고</u> 도로혀 음남이 되어 눈을 모로 쓰고 숨을 헐덕이며 좃긴 듯이 호흡을 통치 못ᄒ고 혼ᄌ ᄒ는 말이 뉘집 녀인인지는 모르겟다마는 성훈 스롬 여러 명 굿치엿겟다 (369)

㉳ 즉시 목사게 ᄒ직ᄒ고 여러 동임 작별 후에 한양으로 회졍ᄒ는 거동 <u>무료ᄒ기</u> 쫙이 업고 <u>초초ᄒ기</u> 긔지업다 엇그졔 긔구 잇던 젼배비장 디단 젼복 오날날 쑥 써러져 <u>폐포파립 가련ᄒ고</u> 은안빅마 일변ᄒ야 <u>망혜죽장</u> 쳐량ᄒ다 (386)

제주는 색향(色鄕)으로 유명하므로 주색(酒色)에 빠지기 쉽다며 떠나기를 만류하는 아내에게 배비장은 '디장부 뜻을 혼 번 세은 후에 웃지 요마흔 녀ᄌ에게 신셰를 맛초릿가'라며 걱정 말라고 큰소리를 친다. 또한 정비장더러 '허랑한 장부'라며 코웃음 치는 배비장에게 방자가 '색계상에는 영웅렬사가 업'다며 남의 말을 쉽게 말라고 하자 배비장은 '경향 편답 숨십년에 졀디가인 경국미식 두름으로 보앗것만 왼편 눈이라도 한 번만 씀젹엿스면 인스가 아니'라고 호언장담한다. 이렇듯 정남(貞男)을 자처하던 배비장은 인용문 ㉲에서 보듯이 서술자에 의해 도리어 음남(淫男)으로 규정된다. 또한 정비장의 전철을 밟아 애랑에게 미혹되어 치욕을 당한 배비장의 모습은 ㉳에서 '무료', '초초', '폐포파립', '망혜죽장'으로 묘사됨으로써 격하되고 있음을 확인할 수 있다. 그런데 이 가운데 보이는 '가련'하고 '처량'하다는 서술자의 논평은 다른 한편으로 배비장의 처지에 대한 비극적 인식과 연민의 태도를 암시해주는 것이기도 하다.

정리해 보면, 우선 정비장과 배비장에 대한 서술자의 비판적 시선은 그 호색적 성향에 초점이 맞추어져 있으며, 특히 배비장의 경우 이러한 호색성과 도덕적 위선이 맞물리면서 보다 신랄하고 가혹한 공격이 이루어지고 있음을 확인할 수 있다. 이에 이들 중간층 인물에 대한 서술자의 어조를 '풍자적 발화'14)로 규정할 수 있을 것이다. 그러나 서술자의 발화는 단지 배비장을 격하시키는 데에서 멈추지 않는다. 거기에는 배비장의 처지에 대한 비극적 인식과 연민의 태도도 나타난다. 이러한 서술자의 발화 양상으로 보아 〈배비장전〉에서 중간층 인물을 대하는 시각은 그 권위에 대한 회의(懷疑)를 드러내면서도 어느 정도 이들의 처지에 대한 공감의 태도를 견지하고 있음을 추론할 수 있다.

3) 애랑과 방자에 대한 조롱적 발화

〈배비장전〉에서 애랑과 방자는 피지배층인 민중을 대표하는 존재로서 배비장과 같은 지배층에 도전해 풍자하는 주체적이고 긍정적인 인물들이라고 보는 것이 선행 연구들의 지배적 입장이다.15)

---

14) '풍자(諷刺)'는 Corbyn Morris에 의하면 "진정으로 해가 되는 습관에 대한 '위트 있는 가혹한 공격'"인데, 그 의도는 "악덕에 대한 혐오감을 불러일으키는 것"에 있고, "침이 날카로우면 날카로울수록 '풍자'는 더 우수한 것인 바, 그 의도가 전적으로 악덕을 뿌리뽑고 파괴하는 데 있기 때문"이다. (P. K. Elkin, 앞의 논문, Ronald Paulson, 앞의 책, 237쪽)

15) 애랑과 방자를 '민중의식의 발로로서 비장에 공격을 가하는 인물'(김용희, 앞의 논문, 205쪽), '독자적인 행동으로 광대나 민중의 요구를 대행하는 인물'(김종철, 앞의 논문, 223쪽)로 파악하거나, '애랑은 민중의 보복을 대행하는 영웅적 존재이고 방자는 수탈층에 대한 대결의식을 표현하는 인물'(박일용, 앞의 논문, 107~8

그런데 이와 관점을 달리하는 견해도 존재한다. 김동협 교수는 <배비장전>에서 방자와 애랑은 부정, 비리, 여색을 거부하는 벼슬세계의 신출내기인 배비장을 파멸시키는 구조악의 하수인적 기능을 담당하고 있으며, 이 기능의 수행과정에서 주체적으로 작품을 전개시키고 웃음을 주고 상전을 우회적으로 풍자하기도 하지만 이것이 방자와 애랑의 본질적인 성격과 기능은 아니라고 지적했다.16) 특히, 방자의 경우 기존에 작품의 구조에 주동적으로 개입해 주인공의 성격을 변용, 결정하는 작중화자로서 작가군의 목소리를 대변하는 인물로 평가되어 왔으나, 장면에 따라서는 방자도 부분적이나마 비판의 대상이 될 수 있다고 보았다.17)

이렇게 애랑과 방자가 부패한 지배층을 풍자하는 주체적 인물이 아니라, 그 하수인이라고 보는 시각은 이 글의 주된 관심사인 '인물에 대한 서술자의 발화 양상'을 통해 볼 때에도 설득력 있다고 판단된다. <배비장전>에서 애랑과 방자에 대해 진술하는 서술자의 어조를 보면, 이들을 향한 비판의 시각이 상당수 목격되기 때문이다. 이에 이 글에서는 애랑과 방자 또한 <배비장전>에서 비판대상이 되고 있다고 보는데, 그 첫 번째 근거로 애랑과 방자의 품행에 대한 서술부터 살펴본다.

쪽)이라고 평가한 논의가 그 대표적인 예이다.

16) 김동협, 「<배비장전> 연구」, 『동양문화연구』 제11집, 경북대 동양문화연구소, 1984, 140~141쪽.

17) 같은 논문, 139~140쪽.

㉺ 익랑이 원리 간특흔 계집이라 청ㅎ라는 말 업드라도 정비장을 물 오른 송긔쩌 볏기드시 몰슈탈취홀 마음인디 소원디로 말ㅎ라 ㅎ니 그 욕심 마는 마음에 믈욕이 팽창ㅎ야 (362)

㉻ 방즈놈 다년 관문 속에셔 단연ㅎ야 그러흔 신부름은 썩 지게 ㅎ는 터에 돈 쥰단 말을 드르니 위션 션급부터 으더 쓸 싱각이 나셔 지그시 미디는 슈작으로 나온다 (375)

위의 인용문 ㉺는 원하는 것을 소원대로 말하라는 정비장의 말을 들은 애랑의 내면을 묘사한 서술자의 발화이다. 여기에서 애랑은 '간특한 계집'이자 '욕심 많고', '물욕이 팽창'한 존재로 그려진다. 뿐만 아니라 이후 정비장이 입고 있던 옷가지를 모두 빼앗아 알몸을 만든 애랑에 대해 서술자는 '익랑이 겻헤 안져 이 광경을 보니 제 아무리 도적년의 마음인들 웃지 면란치 안ㅎ리오'라고 진술하고 있는데, 여기에서도 애랑은 '도적년'이라고 불리우고 있다. 이러한 예들을 통해 서술자는 애랑에 대해 부정적 시선을 건네고 있음을 확인할 수 있으며, 그녀를 묘사하는 데 '욕심', '물욕', '도적년' 등의 어휘가 동원되는 것으로 보아 서술자의 비판적 시각의 초점은 그 물질적 욕망에 맞추어져 있음을 짐작할 수 있다. 한편, ㉻에서 묘사되고 있는 방자 역시 서술자의 부정적 시선으로부터 자유롭지 못하다. '선급부터 얻어쓸 생각'에 사로잡힌 그는 돈 욕심으로 상대방(배비장)의 심리를 이용하는 인물로 묘사되고 있는 것이다.

이처럼 서술자는 애랑과 방자를 공히 물욕(物慾)에 견인된 품성과 행동을 보이는 부정적 존재로 묘사하고 있다. 그리고 이 점은

애랑과 방자를 지배계급에 대항하는 민중의 대표자로 보기 어렵게
만든다. 오히려 물질적 보상을 좇아 행동하는 인물들로 부각되는
것으로 미루어 볼 때 이들 역시 서술자의 비판적 시선 안으로 포섭
되고 있음을 알 수 있다. 기생과 방자는 양반의 경제적 기반에 의지
해 행동하면서 생계를 유지해나간 존재들이라는 점에서 이미 일반
민중과는 다르며, 상층의 권력과 경제력에 기생하여 자신들의 이득
을 챙기는 인물군으로서 비판의 대상이 되고 있는 것이다.

한편 애랑과 방자는 부정적 품행 묘사뿐만 아니라, 서술자로부터
비속한 어감의 대명사로 불림으로써 부정적 시선을 부여받고 있다.
여기에서는 그 구체적인 대명사의 용례를 살펴보고, 그것이 사용된
텍스트 전후 문맥(co-text)을 함께 점검해보기로 한다.

우선 애랑과 방자가 비속한 어감의 대명사로 지칭되기 시작하는
것은 배비장이 애랑을 만난 이후부터라는 점이 지적될 필요가 있
다. 배비장 훼절 계획에 수행자로 나선 애랑과 방자가 배비장을 속
이는 사건이 본격화되면서, 서술자에게 애랑은 '녀인'이 되기도 했
다가 '계집'이 되기도 하며, 방자의 경우 '방즈'라고 불렸다가 '~놈'
으로 불리기도 하는 것이다. 이중 서술자가 애랑을 '녀인', 방자를
'방즈'로 칭하는 경우는 모두 배비장의 시점을 취한 데서 비롯된 것
이라 할 수 있다. '이이 방즈야 (…) 네 져 건너 빅포장 박게 가셔
문안 흔 번 드리고 그 녀인게 니 말로 젼갈ㅎ되…'라는 배비장의
발화에서 확인할 수 있듯이, 배비장은 자신이 속고 있다는 사실을
전혀 눈치채지 못하고 있기에 애랑에 대해 '여인'이라 정중히 일컫
고, 방자를 '이애 방자야'라며 일상적으로 부르고 있다. 배비장이 봉

욕을 당하는 장면에서 서술자의 시점은 이러한 배비장의 시점으로 종종 이동하고 있음이 발견되는데, 이 같은 시점의 전이(轉移)는 무엇보다 인물 모방에 충실하고자 하는 판소리의 연행적 성격에서 연유한 현상이다.[18]

그런데 배비장의 사고, 감정, 태도에 대한 감정이입에서 빠져나온 서술자가 애랑과 방자에 대해 '계집' 또는 '~놈'이라고 칭하는 것은 이들 인물을 바라보는 서술자의 시각과 관련해 주목해 볼 만한 부분이라고 생각된다.[19] 대표적 사례로 두 대목만 뽑아 제시하면 다음과 같다.

> ㉖ **져 계집** 흉계 닉여 큰 즈로 흐나를 흐야 두엇든 것이엿다 (…) (…) 비비장이 졀에 간 시아씨 모양이 되야 방식도 못흐고 드러가니 **그 계집이 비비장을 즈루에 담은 후 즈루 꼿을 모두와 상토에 가머 미여 등잔 뒤 구석에 셰워노코 불 켜노니 방즈놈이 왈칵 문을 열고 셧봇 드러셔 스면을 둘너보더니** 음성을 변흐야 (381)

> ㉗ **져 계집** 흐는 말이 그 궤가 밧그로 보기는 젹스오나 속이 디단 널너 은신은 홀 만흐니 잔 말슴 마르시고 어셔 밧비 드가오

---

18) 이러한 판소리서사체의 서술시점에 관한 논의로는 김병국, 「고대소설 서사체와 서술시점」, 『현상과 인식』 5권 1호, 한국인문사회과학원, 1981, 31~37쪽과 김현주, 「판소리의 다성성, 그 문체적 성격과 예술·사회사적 배경」, 『판소리연구』 제13집, 판소리학회, 2002, 130~134쪽을 참조할 수 있다.

19) Boris Uspensky는 "자기의 주인공에 대해 작가가 갖는 태도는 기본적으로 주인공을 명명하는 방법에서 드러나며, 주인공의 이름의 변화는 작가가 그를 명명하는 방법상의 변화들에 의해 표시된다"고 이야기한 바 있다. (Boris Uspensky, 김경수 역, 『소설구성의 시학』, 현대소설사, 1992, 56쪽.)

서 '알～비비장 탄식ᄒ고 궤문 열고 드러가니 가위 함졍에 든 범이오 독 안에 든 쥐로구나
방즈놈 박으로부터 드러오며 ᄒ는 말이 (…)
(…) 이놈이 톱질을 ᄒ다가 궤 속에셔 말ᄒ는 소리를 듯고 가장 쌈작 놀나는 체ᄒ고 톱질을 짜에 내던지며 (382~3)

위의 인용문들에서 굵은 글씨로 표시된 것처럼 서술자는 애랑과 방자를 '계집'과 '~놈'으로 지칭하고 있는데, 이들 대명사의 사용은 서술자가 애랑과 방자에 대해 비판적 시선을 지니고 있음을 암시한 다. 물론 이러한 비속한 어감의 대명사가 곧 인물에 대한 부정적 시각을 보여준다고 확언하기에는 다소 미진한 감이 없지 않다. 그 래서 좀 더 유심히 살펴볼 것이 바로 이들 대명사가 발화된 텍스트 내적 맥락이다. 우선 위에서 인용한 ㉛와 ㉕는 애랑이 배비장을 위 하는 척하면서 각각 '자루'와 '궤' 속에 밀어넣는 모습과 공범자인 방자가 그녀의 남편인 체 행세하는 모습을 그린 장면이다. 여기에 서 밑줄 친 부분을 참조하면 애랑이 사전에 '흉계를 내어'두었다거 나 꼼짝없이 놀란 '배비장을 자루에 담는다'거나 하는 모습, 그리고 방자가 '음성을 변하'거나 '깜짝 놀라는 체'하는 모습은 모두 배비장 을 교묘하게 속이는 면모를 보여준다.[20] 이처럼 애랑과 방자를 비 하하는 대명사가 사용되는 텍스트 전후 맥락은 모두 이들 인물이 상전인 배비장을 욕보이고 있음을 서술자가 편집자적 위치에서 부

---

20) 이는 인용문 ㉕에서 '가위 함졍에 든 범이오 독 안에 든 쥐로구나'라는 서술자 논평을 통해서도 드러난다.

감하고 있을 때이다. 자신이 모시는 상전의 뒤통수를 치는 행위가 문제되고 있는 것이다.

위에서 살핀 것처럼 서술자는 애랑과 방자에 대한 부정적 품행 묘사와 그들에 대한 부정적인 지칭 대명사의 활용을 통해 이들 하층 인물에 대해서도 비판의 시선을 보내고 있음을 알 수 있다. 그리고 그 비판의 표적은 두 인물이 물욕에 추동되어 바로 윗 상전을 우롱하는 점에 놓여 있음을 보게 된다.

이러한 애랑과 방자에 대한 서술자의 비판적 어조는 앞서 살핀 제주목사에 대한 '조소'보다는 더 공격적이고, 정·배비장에 대한 '풍자'보다는 덜 공격적이라는 점에서 '조롱적 발화'[21]로 칭할 수 있을 것이다. 그리하여 〈배비장전〉에서 그려지는 애랑과 방자는 물질적 보상을 노리고 보다 상위의 권력자에게 편승하거나, 인간의 본능 중 하나인 색(色)을 이용해 상전을 욕보이는 일그러진 모습으로 형상화된다. 이렇게 볼 때, 〈배비장전〉에서 애랑과 방자가 피지배계급(민중)을 대변하는 존재들로 그려지고 있다고 보는 관점은 다소 무리가 있다고 판단된다. 신분제 사회인 조선에서 최하층 신분(천민)에 해당하는 기생과 방자는 공히 관료들의 경제적 기반에 기생해 생계를 도모해나간 존재들이었으며,[22] 〈배비장전〉의 서술자 역시 이 점

---

21) '조롱(嘲弄)'은 '조소'와 '풍자'와 비교해 볼 때, "전자보다는 더 신랄하게 여겨지고, 후자보다는 덜 가혹한 것으로 여겨"지며, "'조소'보다 더 독설적임에 의해서 '풍자'와 유사해진다"고 한다. (P. K. Elkin, 앞의 논문, Ronald Paulson, 앞의 책, 238~239쪽.)

22) 배비장의 값비싼 말을 담보로 배비장에게 내기를 거는 방자, 중상(重賞)을 내리겠다는 제주목사의 말을 듣고 배비장 훼절 계획에 나서는 애랑의 모습이 이를 잘

을 겨냥해 비판의 시선을 보내고 있다고 보이기 때문이다.

소설 전개상 애랑과 방자의 주도적 행위를 통해 배비장이 표방한 가치의 허위성이 폭로되고 있는 측면이 있는 것은 사실이다. 그러나 위의 논의를 통해 다른 인물군과 상대적인 정도의 차이는 있지만 이들 애랑과 방자 역시 서술자의 비판적 시선에서 자유롭지 않다는 점을 발견할 수 있었으며, 이에 이 두 인물의 시각을 서술자의 시각과 일치시키는 것은 적절치 않음을 확인했다.

4. 서술자의 비판적 시선이 지닌 다면적 성격과 그 출처

지금까지 <배비장전>에서 인물에 대한 서술자의 발화 양상을 세 가지 층위의 어조로 나누어 각각 살펴보았다. 이를 통해 <배비장전>의 서술자는 인물 전반에 거리를 두고 있는 비판주체로 기능하고 있으며, 이때 서술자의 비판적 시선은 인물(군)에 따라 거리감을 달리하고 있다는 특징을 발견할 수 있었다. 여기서는 앞서 분석한 내용을 토대로 서술자의 발화에서 엿보이는 비판적 시선의 성격을 종합·정리해보고, 이를 통해 이 작품의 주된 담당층 및 그 의식세계를 추론해보고자 한다.

우선 <배비장전>에서 상층 사대부에 대한 시선은 비판적 성격을 지니되, 그 비판의 강도가 상대적으로 약한 편임을 알 수 있었다. 제주목사에 대한 서술자의 어조는 '조소'로서 위트 있는 가벼운 공

대변해준다.

격이며, 대상의 권위를 손상시키려는 의도가 보이지 않는다는 사실
에서 이 점이 확인된다. 다음으로 중간층(중인)에 대한 시선은 강력
한 비판의 성격을 띠면서도, 연민의 시각도 혼합되어 있음을 살필
수 있었다. 정·배비장에 대한 서술자의 어조는 기본적으로 '풍자'
라고 지칭할 수 있는데, 대상의 권위에 대한 회의와 거부의 시각이
나타나고 있다. 그러면서도 한편으로 대상에 대한 철저한 배격이
아닌, 공감의 시선도 나타나고 있음은 일반적 풍자와 다소 차별적
으로 이해해야 할 부분이다. 한편, 하층 천민에 대한 시선의 경우
서술자의 시각이 배비장을 몰락시키는 데 있어서는 애랑과 방자의
시각과 동일한 궤에 놓이기도 하지만, 이들 천민의 계급적 속성에
대한 비판적 거리두기 역시 행해지고 있음을 볼 수 있었다. 이에
가벼운 공격인 조소와 가혹한 공격인 풍자 사이에 있는 '조롱'으로
서 이들에 대한 서술자의 어조를 규정해 볼 수 있었다.

이렇게 〈배비장전〉에서는 상층, 중간층, 하층 인물군상들이 고루
나타나고 있으며, 각각의 계층에 대한 서술자의 비판적 거리두기
역시 균질적이지 않고, 나아가 비판적 시선의 성격 또한 대상에 대
한 완전한 거부가 아닌 양면성 내지 이중성을 보여줌으로써 상당히
복합적인 특성을 지니고 있음을 볼 수 있다. 그렇다면 이들 각 계층
에 대한 비판적 시선이 다면적(多面的) 성격을 띠게 된 배경은 무엇
일까? 여기에는 〈배비장전〉의 생산·소비·유통에 현저하게 관여
한, 작품의 주된 담당층의 계층의식이 상당 부분 영향을 미쳤으리
라 생각된다. 무엇보다 신분(계층)과 관련된 문제는 조선후기 사회
구성원들의 현실적 관심사였을 것이기 때문이다.

이 같은 논점과 관련해 이 글에서 주목하는 <배비장전>의 주(主) 담당층은 중간계층[23]이다. 한글 방각소설, 특히 경판/완판본 판소리 소설의 생산·소비·유통에 크게 간여한 집단이 이들 중간계층이라는 점은 잘 알려진 사실일 뿐더러, <배비장전>에 나타난 서술자의 다분화된 시선과 관련해 이들 집단은 더욱 주목될 필요가 있다고 본다.[24] 조선후기 중간계층은 양반과 평민 사이에 놓인 집단으로, 그들은 한편으로 평민과는 다르다는 인식에 기반해 양반문화를 지향하기도 하고, 다른 한편으로는 현실적인 신분상의 한계로 인해 양반에 대한 반감 내지 비판적 거리를 두기도 했다.[25] 그런가 하면 그들은 일상에서 평민과 밀접한 곳에 위치하면서 이른바 서민문화를 대변하고 선도하기도 했다.[26] 이러한 중간자적 또는 경계적 위치로 인해 중간계층은 그만큼 다원적인 시선을 지닐 수밖에 없었

23) 여기에서 말하는 중간계층이란 양반과 상한(常漢) 사이에 위치한 중인(中人)을 말한다. 좁은 의미의 중인은 주로 중앙관청에 소속되어 있는 고급기술관원을 가리키지만, 넓은 의미에서는 향촌에 거주하는 교생(校生)을 비롯한 향리와 서얼도 중인에 포함된다. (한영우, 앞의 책, 65~66쪽 참조.)

24) 이 글에서 텍스트로 삼은 신구서림본 <배비장전>에서 '그 형상을 활동사진으로 한 번 박어 너여 연극을 쑤몃스면 장안장외 구경군들이 못되여도 빅만 명 이상은 되겠더라', '제주 성내성외 지구동료간에 치하가 비 쌓치듯 흐며'와 같은 구절에서 쓰인 '활동사진', '지구동료'와 같은 어휘는 20세기 들어와 구활자본으로 찍어내는 과정에서 손질이 가해졌음을 알려준다. 그러나 이것은 구절상의 단편적 개작일 뿐 19세기 사본과의 큰 차이를 보여주는 것은 아니라고 짐작된다. 20세기 판본들은 약간의 개작이 이루어지지만 거의 대부분 19세기 사본을 바탕으로 하고 있다는 점을 감안할 필요가 있을 것이다. 이에 여기에서는 <배비장전>의 담당층을 19세기의 시대 상황 속에서 논하고자 한다.

25) 김현주, 「경판과 완판의 거리」, 『국어국문학』 제116호, 국어국문학회, 1996, 162쪽 참조.

26) 같은 논문, 161쪽 및 165쪽 참조.

다고 판단되는 것이다.

〈배비장전〉에서 서술자가 제주목사에 대해 조소의 시선을 내비
치면서도 그 양반으로서의 지위가 훼손될 정도의 비판을 가하지는
않는 양상, 애랑과 방자에게 배비장을 몰락시키는 역할을 부여하면
서도 그들을 조롱하는 양상은 바로 이런 중간계층의 복합적인 의식
성향의 측면에서 이해될 수 있다. 즉, 제주목사에 대한 비판이 존재
하지만 그 비판의 강도가 약화되어 있음은 한편으로 상층 사대부에
대해 거리를 두면서도 다른 한편으로는 상층문화를 지향하는 중간
계층의 양면적 의식을 보여준다. 또, 애랑과 방자에게 상전을 욕보
이는 권한을 부여하면서도 그 행위를 비판적으로 관망하고 있음은
한편으로 하층의 시선을 취하면서도 다른 한편으로는 그러한 하층
(특히 천민)을 이질적 계층으로 인식하는 이중적 의식이 작용한 것
이라고 판단된다.

그렇다면 〈배비장전〉에서 서술자가 중간층 인물인 정비장과 배
비장에게 건네고 있는 풍자적 시선에 대해서는 어떻게 이해해야
할까? 서술자의 발화에서 정·배비장에게 가장 혹독한 공격이 가해
지고 있는 한편, 그들의 처지에 대한 비극적 연민과 공감의 태도도
발견된다는, 앞에서 언급한 바 있는 이 두 가지 측면에 다시금 주목
해 볼 필요가 있다. 조선후기 중간계층은 평민보다는 상위에 있지
만 양반과는 대등하지 못한 어중간한 위치를 점하고 있는 집단이었
다. 피지배층도 아니고 지배층도 아닌 이들의 경계인으로서의 정체
성은 이들 중간계층의 분열적 의식을 초래했으리라고 생각된다. 양
반이라고 자처하면서[27] 상층 사대부로서의 가치관과 행동규범을

표방하지만, 하층 천민에 의해 그 표리부동의 실체가 여지없이 폭로되고마는 배비장의 모습에 대한 날카로운 비판과 비극적 연민의 이중적 시각은 바로 이런 점에서 이해될 수 있다.

이제까지 <배비장전>의 서술자 발화에서 엿보이는 비판적 시선의 다면적 성격을 중간계층의 의식과 관련지어 논해보았다. 특히 소설 속 중간층 인물에 대한 비판(풍자)은 중간 신분의 의식과 관련지어 볼 때, '자기비판' 내지는 '자기풍자'로 이해될 수 있을 것이다. 이러한 자기비판(풍자)이 주체가 느끼는 현실적 조건과 관념적 지향 간의 불일치에 연원을 두고 있다고 본다면, 배비장에 대한 서술자의 풍자적 어조가 단순히 모진 공격에서 그치는 것이 아니라 연민과 공감의 시각을 함유하고 있는 이유도 설명이 가능하다고 믿어진다. 나아가 이는 소설의 결말부에서 배비장이 정의현감으로 승직하여 대대로 명예가 자자하게 되었다는 화해적 결말 내용과도 일정한 연관을 맺는 것이라고 생각된다. 그가 완전히 파멸하기 직전에 구제되는 데에서 대상에 대한 완전한 부정이나 배격이 아닌 애정과 포용의 시선을 읽어낼 수 있기 때문이다.

5. 맺음말

이 글에서는 <배비장전>에서 각 인물(군)을 대하는 서술자의 발

---

27) 방자에게 '올타 인제에 보앗단 말이냐 상놈의 눈이라 양반의 눈보다 더단 무듸구나' 라고 하는 배비장의 발화에서 그가 양반을 자처하고 있음이 단적으로 확인된다.

화, 특히 어조(tone)에 초점을 맞추어 구체적인 양상을 살핀 뒤, 거기에서 엿볼 수 있는 작품의 주된 담당층과 그 시선의 성격, 의식에 대해 논해보았다. 기왕에 〈배비장전〉은 애랑과 방자가 민중의 대표자가 되어 배비장으로 표상되는 지배층의 위선을 풍자하는 소설로 이해되어 왔는데, 인물들을 대하는 서술자의 발화 양상을 살펴보았을 때 비판주체의 역할은 서술자에게 부여되어 있으며, 비판대상 또한 배비장(정비장 포함)만이 아닌 제주목사, 애랑·방자도 포함되어 있음을 지적했다. 이때 각 인물(군)의 계층에 따라 서술자의 비판적 어조가 달리 나타나고 있는 것은 서술자의 시선이 다분화되어 있다는 점을 보여주는 것으로서, 이는 그만큼 당시 작품 담당층의 복합적인 계층의식을 반영하고 있는 현상이라고 파악했다.

분석의 결과, 서술자의 시선이 지닌 다면적 성격으로부터 유추해 볼 수 있는 작품의 주담당층으로 중간계층을 설정해보았는데, 그 이유는 이들이 실제로 한글소설의 판각에 주도적인 역할을 했음은 물론, 양반문화에 대한 동경과 반감, 서민문화에 대한 친밀성과 이질감을 동시에 지님으로써 복합적인 의식세계를 형성할 수밖에 없었던 집단이었기 때문이다. 그런 가운데 현실적 조건과 관념적 지향 간의 모순과 갈등을 경험한 이들 중간 신분의 분열적 정체성이 〈배비장전〉의 중간층 인물(특히 배비장)에 투사되어 일종의 자기비판, 자기풍자의 양상을 낳은 것이라고 추정해 볼 수 있었다. 물론 이러한 자기비판(풍자)의 시선이 의식적이고 객관적인 관점에서 이루어진 자기각성 정신이 발현된 결과인지, 아니면 무의식적으로 표출된 비극적 자기인식 내지 현실인식의 결과인지는 섣불리 확언할 수 없지만, 적어도 19세기의 전환기적 사회상황과 중간계층이 겪는 내적 갈등과 분열이 맞물린 결과가 소설에도 반영되었을 것이라고 본 것이다.

이 글은 <배비장전>의 인물에 대한 서술자의 발화 양상에 초점을 맞춤으로써 각 인물들의 발화 양상에 대해서는 충분히 주의를 기울여 논급하지 못했다. 그렇지만 서술자의 발화에서만큼이나 인물들의 발화에서 나타나는 어조나 시선의 성격 또한 면밀한 분석을 통해 서술자의 발화와 유기적인 관련 속에서 논급되어야 할 필요가 있다고 본다. 또한 서술자의 다면적 시선의 출처를 중간계층으로 추론해보았는데, 중간계층의 스펙트럼이 워낙 넓을 뿐만 아니라 지역의 성격에 따라 그 지향의식의 내용도 다르다는 점[28]도 보다 섬세하게 고려될 필요가 있으며 이는 앞으로 정밀한 탐구가 필요한 부분이라고 본다.

---

28) 김현주(1996), 앞의 논문, 159~183쪽에서는 서울과 전주의 사회문화적 상황을 통해 당시 서민문화를 주도한 계층으로 중간신분계층을 주목하고, 지역에 따른 이들의 지향의식 차이가 경판본과 완판본 소설에서 발견되는 내용적 차이와 관련되는 양상을 고찰했다.

『심청전』에 나타난
심학규의 체면 책략 발화 연구

백수연

1. 들어가며

이야기에 있어서 그 이야기를 이끌어나가는 중심 주체를 어떤 인물로 파악할 것인가 하는 문제는 작품 해석에 중요한 차이를 가져 오기도 한다. 중심인물의 심리 및 행동이 작품의 주제를 결정하는 데 핵심적인 요소가 될 수 있기 때문이다. 이처럼 이야기를 인물 중심으로 파악할 때, 이야기의 사건은 주요 인물이 다른 인물 및 사물과의 관계 속에서 어떻게 정체성을 확립하고 욕망을 실현해나 가는지와 긴밀하게 연관되어 드러난다.[1] 따라서 텍스트에 드러난 인물들이 어떤 관계를 형성하고 있고 그들의 심리 및 행동의 기저에 욕망이 어떻게 작동되고 있는지를 살펴보는 문제는 인물 중심의 연구에 있어 무엇보다 중요하다고 할 수 있다. 이 문제는 『심청전』에

---

1) 최시한, 「가련한 여인 이야기 연구 시론」, 『한국소설연구』 제3집, 한국소설학회, 2000, 53쪽 참고.

대한 최근 연구에서도 중요하게 인식되어 왔다.2) 그러한 연구들 중
에서도『심청전』을 효성이 깊은 심청의 이야기로 보는 것을 문제로
삼은 기존 논의들은 심청이 자신의 욕망을 실현해나갈 수 있는 상황
임에도 불구하고, 특히나 심청이 '효'를 행하는 상황인 경우에는 자
신의 욕망을 포기하고 심학규의 욕망을 실현하는 방향을 선택한다
는 점을 문제로 삼는다. 달리 말하자면,『심청전』에서 심청이 어떤
욕망을 가진 인물인지, 심청을 입체적 인물로 볼 수 있는지, 또는
심청의 효성이 이야기의 어떤 맥락에서 작동하고 있는지에 대한
면밀한 검토가 필요하다는 것이다. 이러한 시각에서 기존에는 심청
의 행위를 추동하는 동기에 사실상 심학규의 욕망이 투영되어 있다
고 보는 논의들이나,3) 심학규와는 다른 삶이 요구되는 심청과 다른
여성 인물들에 초점을 맞추어 여성 인물들의 위상을 새롭게 점검하
고자 한 논의들이 더러 있어왔다.4) 이러한 논의들은『심청전』에 나

---

2) 지금까지『심청전』이라는 표제를 붙일 수 있는 작품군들은 중심 주체를 누구로
   파악하느냐에 따라 심청 중심의 이야기 또는 심학규 중심의 이야기로 해석되어
   왔다. 장석규는 '작품군'을 같은 표제를 붙일 수 있는 모든 작품을 가리키는 용어
   로 쓴다. 장석규,『심청전의 구조와 의미』, 박이정, 1998, 21~24쪽.
3) 성현경은 경판 24장본의『심청전』에 나오는 인물, 배경, 주요 줄거리 등을 거의
   그대로 수용하는『심청전』작품들이 심학규의 결핍과 충족 상황에 대한 이야기로
   전개된다는 점에서,『심청전』대부분의 작품군들을 사실상 '심학규전'으로 보는
   것이 타당하다고 주장했다.(성현경,『한국옛소설론』, 새문사, 1995, 319쪽.) 김동건
   또한『심청전』을 심학규의 이야기로 파악해 봄으로써 심학규의 욕망과 그 실현에
   초점을 맞추어 살펴보고 있는데, 김동건은 심학규가 가지고 있는 욕망을 '개안욕
   망', '자식욕망', '성적 욕망'으로 나누어 살핀다.(김동건,「<심청전>에 나타난 욕망
   과 윤리의 공존 방식」,『판소리 연구』제32집, 판소리학회, 2011.) 본고는 심학규의
   욕망을 담화 차원에서 살펴보고자 한다.
4) 주형예 또한 심청이 '효'를 실천하는 과정을 사실상 심학규의 욕망을 내면화해나

타난 심학규와 심청의 관계에 대한 재고(再考)의 필요성을 강조하고
있다.

　그러나 『심청전』은 무엇보다 담화 분석을 행할때 심학규의 욕망
을 실현해나가는 과정의 이야기로 볼 수 있는 보다 분명한 근거들
을 발견해낼 수 있다. 담화의 구성 요소들인 어휘들 내지 문장들의
차원에서 그 맥락에 대한 면밀한 분석을 시도할 때,5) 심학규가 자
신의 욕망을 실현하기 위해 행하는 발화 전략을 살펴볼 수 있기 때
문이다.6) 또한 『심청전』에 나타난 심청과 심학규의 관계 내지 위상

　가는 과정이라고 본다는 점에서 위의 논의들과 동일하다. 이 논문은 심학규와 다
　른 경험이 요구되는 여성 인물에 주목해 여성 경험의 서술 전략과 재현 양식을
　분석한다.(주형예, 「19세기 판소리계 소설 <심청전>의 여성 재현-공감과 불화의
　재현양식-」, 『한국고전여성문학연구』 제14집, 한국고전여성문학회, 2007, 490쪽
　참고.) 진은진은 비교적 후대본으로 추정되는 『효녀실기심청』이 표제에서부터 효
　를 강조하고 있듯이 심청의 효를 더욱 적극극적으로 강조한다고 보았다. 이 논문
　은 심청의 효행을 분석하는 것에만 집중한다면 남성 이데올로기에서 자유롭지 못
　할 것이라 보고 『효녀실기심청』에 여러 어머니가 등장한다는 점에 초점을 둔다.
　이로써 『심청전』을 아버지와 딸의 관계가 아니라 어머니와 딸의 관계로 읽어낸
　다.(진은진, 「<심청전>에 나타난 모성성 연구-<효녀실기심청>을 중심으로」, 『판
　소리연구』 제15집, 판소리학회, 2003, 239쪽 참고.)
5) "담화의 구성요소는 (문자적) 문장(sentences)이나 (구술적) 발화(utterances)이
　다. 담화의 이러한 가장 작은 단위 안에서 동일한 내용을 여러 가지의 다른 방식으
　로 전달하는 것이 가능하다." Jan Renkema, *Introduction to Discourse Studies*,
　John Benjamins Publishing Company, 2004, p.87.
6) 존 오스틴(John Austin)은 언어의 모든 표현을 '행위(acts)'로 봐야한다고 주장
　하면서 발화를 세 가지 종류의 행위로 구별했다. '발화를 생성하는 물리적 행위'
　로서 '발화행위(locution)'와 '발화를 생성함으로써 이루어지는 행위'로서 '발화수
　반행위(illocution)', '발화행위와 발화수반행위를 통해 만들어지는 효과'로서 '발화
　효과행위(perlocution)'가 바로 그가 말하는 발화들이다. 본 논문에서는 이러한 오
　스틴의 화용론에 의거하여 심학규의 발화를 하나의 행위로 보고, 발화와 동시에
　이루어지는 행위와 그로 인한 효과까지 고려해 살펴보고자 한다. 이는 심학규의

의 문제와 심청의 '효'를 어떻게 해석할 것인가라는 문제를 규명하기 위해서도, 담화 분석을 통해 이야기 속에서 인물들 사이에 작동하는 권력(power) 관계가 어떻게 나타나는지를 살펴볼 필요가 있다.7) 요컨대, 심청과 심학규의 관계를 엄밀히 재규명하기 위해서는 우선적으로 텍스트의 담화 분석을 통한 면밀한 재독(再讀)이 이루어져야 한다는 것이다. 담화 연구의 궁극적인 목적은 어떻게 세계 지식이 텍스트 내에 구축되어서 그러한 담화를 만들어냈는가를 밝혀내는 것이다. 간단히 말해, 담화 연구는 텍스트의 입체적인 맥락(context)을 밝혀내는 작업이라 할 수 있다. 특히 판소리는 "언어 형식이나 예술형식과 당대 사회문화의 구조 사이의 상동성을 담지하고 있는 장르"8)로 판소리의 내밀한 구조와 언어와 사회문화 구조의 관계를 밝혀내기 위해서는 담화 분석과 같은 입체적인 시각의 접근법이 요구된다. 이 논문은 판소리 문학 연구에 있어 담화 연구의 유용성을 밝혀내는 작업의 일환이기도 하다.

초기 이본들에 비해 효가 강조되고 있는 『효녀심청실기』를 살펴보면, 효를 발현하는 인물이라 할 수 있는 심청이 겪는 고난과 그

발화가 청자에게 어떠한 행위를 이끌어내는지, 그의 발화가 어떤 행위로 이행되는지에 대한 분석을 포함하며, 이를 분석함으로써 심학규의 발화 전략을 밝혀내고자 한다. *Ibid*, p.13.

7) "우리는 권력이 어떻게 텍스트와 대화(talk)에 연관되는지 이해하기 위해서, 그리고 대개 담화가 어떤 방식으로 사회구조를 재생산하는지 알아내기 위해 복잡한 맥락을 살필 필요가 있으며 전체적으로 통찰할 필요가 있는 것이다." T. A. Van Dijk, *Discourse And Context : A Socio-Cognitive Approach*, Cambridge Univ Press, 2008, p.7.

8) 김현주, 『판소리 담화분석』, 한국학술정보, 2008, 29쪽.

고난의 극복 과정보다는, 오히려 심학규가 안맹(眼盲)이라는 결핍 상태로 인해 계속적으로 겪게 되는 고난과 그러한 고난을 극복하고 해결(개안(開眼))해나가는 과정이 더욱 더 비중 있게 다루어지고 있다.9) 본고는 『효녀심청실기』를 중심으로, 『심청전』을 심학규의 이야기로 볼 수 있는 근거들을 담화 연구를 통해 면밀히 살펴보고자 한다. 이러한 작업은 또한 『심청전』에서의 효의 의미와 작품의 주제를 다시 검토해 보는 계기를 가져다 줄 것이다.

2. 어휘와 문장 구조를 통해 본 심학규의 체면 책략 발화 양상

『심청전』의 서두에서는 양반 출신의 심학규가 가운(家運)의 '불행'을 입어 이십 살에 '안맹(眼盲)'이 된 처지와 남편 대신에 생계를 책임지게 된 곽씨부인의 상황이 드러나는데, 서술자는 자식이 없고 노속(奴屬)이 없는 그들을 '가련'하다고 이야기한다. 『심청전』은 심학규, 곽씨부인을 비롯해 어머니를 일찍이 여의고 눈 먼 아버지를 모시게 된 심청 또한 '가련'한 인물로 등장시킨다. 『심청전』의 주요 인물들이 이처럼 '가련'한 이유는 무엇보다도 그들이 훌륭한 성품과 특질을 타고났음에도10) 외부 환경에 의해 불행한 상황에 놓이게

---

9) 본고는 박순호 소장의 46장본 『효녀심청실기』를 주된 분석 텍스트로 삼는다. 김진영·김현주 역주, 『심청전』, 박이정, 1997. 본문 및 주석에 텍스트 인용 시 쪽수만 표기한다.

10) 심학규를 "양반의 후예로서 힝실이 단정ᄒ고 재조가 출중ᄒ야 일동일정을 규모

되었기 때문이라 할 수 있다. 이로써 독자들은 『심청전』의 인물들
이 처한 문제 상황을 두고 그들을 가련하게 생각하게 되고, 문제의
해소 상황을 염두에 둔 채 작품을 읽게 된다.

특히 작품의 초반부에는 심학규의 문제 상황과 문제 해소 상황이
두드러지게 제시된다. 이에 대해 성현경은 심학규가 가지고 있는
결핍과 충족의 상황을 일곱 가지로 분류한 바 있다.11) 성현경의 분

의 맛게 ᄒ니 셰상이 군ᄌ라 칭ᄒ더라"(32쪽)로 이야기하는 부분이나, 곽씨부인을
"현슉ᄒ야 임ᄉ지덕과 쟝강ᄌ티와 목난의 졀기와 녜의범졀이며 쳐신ᄒᆡᆼ동의 말할
것 바이 읍셔 봉졔졉빈과 오윤의 화목ᄒ고 가쟝공경 치ᄉ범졀 빅집ᄉ무가감이
라"(34쪽)라고 말하는 부분, "심쳥이ᄂᆞᆫ 쟝녀 귀의 될 사람이라 쳔신이 감동ᄒ고
귀신이 암조ᄒ여 잔병읍시 ᄌ라나셔 뉵칠셰 당ᄒ더니 효힝이 지극ᄒ여 그 동녀
이웃집의셔 음식오면 져넌먹지 아니ᄒ고 경결한 ᄃᆡ 두엇다가 시쟝ᄒ신 쩌럴 알아
부친 압희 갓다노코"(68쪽)와 같은 대목 등에서 확인할 수 있다.

11) 성현경은 판소리 문학본 『심청전』들을 심학규의 이야기로 파악하면서 그 전개
과정 및 짜임새를 결핍상황과 충족상황으로 분석하고 아래와 같이 도표로 정리한
바 있다. 성현경은 심학규가 황성가는 길에 '목욕행위'를 한 이후 갑자기 "결핍적
상황"이 호전되기 시작하면서 "충족적·긍정적 상태"로 이야기의 끝을 맺게 된다
고 보고 있다. 성현경, 앞의 책, 320~321쪽 참고.

	결핍	←	→	충족	
1	눈 잃음	←	→	눈 얻음	15
2	부귀 잃음 (벼슬길 끊김)	←	→	부귀 얻음	14
3	아들 못 얻음 (딸만 얻음)	←	→	아들 얻음	13
4	아내 잃음	←	→	정식 아내 맞음 (안씨 맹인)	12
5	딸 잃음	←	→	딸 찾음	11
6	뺑덕어미 잃음	←	→	안씨 맹인 얻음	10
7	의관봇짐 잃음	←	→	의관봇짐 얻음	9

8 시냇물 목욕

류에 따랐을 때 이야기에서 심학규가 본래 가지고 있던 결핍은 1(눈 잃음), 2(부귀 잃음), 3(아들 못 얻음)이라 할 수 있다. 특히 1에 해당하는 안맹(眼盲)의 경우가 사실상 생계에 영향을 미쳐 2에 해당하는 결핍도 불러왔다고 할 수 있으며, 3의 경우에 있어서 심학규는 심청을 얻음으로써 대리적인 충족을 얻지만 본질적인 충족의 상황(아들을 얻음)을 이룬 것은 아니기 때문에, 계속적으로 결핍을 떠안게 된다고 할 수 있다. 그러나 이러한 과정에 대해 좀 더 자세한 맥락을 짚어낼 필요가 있다고 생각된다. 즉, 심학규가 '어떻게' 결핍 상황을 맞닥뜨리게 되고 '어떻게' 자신의 욕망을 충족시키게 되는지 그 과정에 대한 면밀한 설명이 필요하다는 것이다.

가령 3의 경우와 관련하여, 심학규가 자식을 얻고자 하는 자신의 욕망을 이야기할 때, '한'과 '탄식'으로 표출된다는 점("평싱 한을 풀게소 ᄒ며 슬피 탄식ᄒ니", 38쪽)에 주목할 필요가 있다. 또한 이러한 '한'과 '탄식'이 표출된 이후에 곧 곽씨부인이 적공(積功)을 드림으로써 심학규의 결핍 상황을 해결하는 데 도움을 주고 있다는 점도 주목할 필요가 있다. 말하자면, 심학규는 '탄식'함으로써 결과적으로 자신의 한을 풀고 원하는 바를 이루게 되는 것이라 할 수 있는데, 왜냐하면 심학규의 탄식 이후 심학규가 아닌 다른 인물들의 행위에 의해 심학규의 결핍이 해소·충족되기 때문이다.

이는 『심청전』에 나타난 심학규의 감정 발화 양상과 발화의 구조 양상을 살펴볼 때 일관되게 나타난다는 점에서 주목을 요한다. 심학규가 곽씨의 적공 이후 심청을 얻었을 때 즉 자신의 결핍이 어느 정도 해소되었을 때 '반가운'이나 '즐거운'과 같은 감정 발화로 이야기된다면, 자신의 결핍 상황을 이야기하거나 새로운 문제 상황에 봉착했을 때에는 '한', '탄식', '애통', '가련', '자탄' 등의 어휘를 통해 드러남을 알 수 있다. 심학규는 자신의 결핍 상황을 '한탄'함으로써, 곽씨부인의 적공이라는 행위를 이끌어낸다. 이로써 심청을 얻게 되고 자신의 결핍을 해소할 수 있었지만 자식을 얻은 즐거움을 제대로 누려보기도 전에 아내의 죽음이라는 또 다른 결핍 상황에 맞닥뜨리게 된다. 즉 아내의 죽음 상황에 봉착함으로써 심학규는 지금까지 품을 팔아 생계를 유지하던 아내를 대신해 식량과 의복을 스스로 구해야 하며, 어렵게 가진 딸 심청을 홀로 키워내야 하는 실질적인 문제 상황에 처하게 되는 것이다. 그러나 사실상 곽씨부인이 자신의 유언을 이야기하는 장면에서 알 수 있듯이, 성정이 깊은 곽씨부인은 죽기 전에 동네사람들에게 양식을 구하고 초종(初終)에 보태쓸 돈을 미리 빌려 마련해 둠으로써 심학규가 겪어야 할 문제들이 어느 정도 자연스럽게 해소될 수 있게끔 한다.

이후 심학규가 직면하게 되는 문제 상황에서 심학규의 행위에 대해서도 주목할 필요가 있다. 곽씨부인의 죽음을 맞이하게 된 심학규는 자신의 슬픔을 표출할 때, "가삼을 쌍쌍 치며 목져비질 하랴 ᄒ고 얼골도 한디 디고 문질 문질 문지르"(54쪽)거나 "가심을 쌍쌍 두다리며 머리도 쌍쌍 부듸지며 죽기로만 작정한다"(62쪽). 이와 같은 심학규의 '자학'의 행위는 동네사람들의 위로와 원조를 이끌어낸다. 심학규가 심청을 홀로 키워내야 하는 상황에 봉착했을 때에 있어서는 자학과 더불어 '애걸', '동냥' 등의 행위를 보여준다. 이러한 심학규의 행위들은 『심청전』을 심학규가 처한 문제를 해결하거나 욕망을 실현하는 과정의 이야기로 파악할 수 있게 하는 맥락적 근거를 제공한다고 할 수 있다.

이러한 맥락적 근거는 텍스트에 반복적으로 나타난 '(이러트시) 심학규가 ~할 제, X가 ~한다.'라는 문장 구조를 통해 좀 더 명확하게 알 수 있다.

> ① 심봉스 아모란 줄 모로고 이윽키 안져다가 여보 마누라 여보 마누라 아모리 부른덜 죽은 스람 디답할가 심봉가 긔가 막혀 마누라 죽어심나 어허 죽을 줄 몰느더니 이제 와서 참 죽어늬 <u>가삼을 쌍쌍 치며 목져비질 하랴</u> 호고 얼골도 한디 디고 문질 문질 문지르며 죽단 말이 원말이요 니가 죽고 그디 살면 져 즈식을 살녀실 걸 그디 죽고 니가 사러 스즈 호니 고성이요 죽자 호니 어미읍넌 어린 거슬 구츠이 뉘 졋 먹여 살녀닐가 마오 마오 죽지 마오 평싱의 졍한 뜻이 빅년히로 호즈더니 황천이 어드라고 죽단 말가 청춘작반호환향의 봄을 조쳐 오랴는가 청천뉴월너긔시예 달을 싸라 오랴넌가 꼿도 졋다 다시 피고 달도 졋다 다시 돗건만 사람은 한번 가면 다시 오기 어려운가 삼천벽도 요지연의 셔왕모럴 츠져간가 월궁항아 짝이 되어 치약하러 올느간나 황능묘의 니비묘와 회포말슴 흐러 간가 회스 호쳔호던 사씨 두 부인 츠져간가 이고 이고 니 일이야 <u>이러트시 익통할 제 동화동 상하초 노소안민 모와 셔셔 낙누호고 하는 말리 현찰호신 곽시부인 지질도 귀묘호고 힝실도 엄졀호고 인심도 즈륵호더니 늑도 졈도 아니호야 불상이 죽어구나 심봉스의 가긍경상 츰아 보지 못하게네 우리 촌 천여 호의 십시일반 슈렴너여 감장호면 엇더호고 공논이 여출일구라</u> (54, 56쪽, 밑줄은 필자가 표시한 것이며 이후 인용문의 밑줄도 마찬가지로 필자가 표시한 것을 밝힌다).

· ② 심봉ᄉ는 무덤을 금쳐 잡고 이통ᄒ여 우넌 말이 여보 마누라 여보 마누라 날 다려가오 날 다려가오 황천가넌 길이 쳘리 말리 어듸민지 만쳡산중 고혼이 쳐량하다 왼갓 고셩 다 하것시니 진작 황천길을 작반ᄒ여 가셰 ᄌ식도 귀치 안코 살기도 원치 안녀 <u>가심을 쌍쌍 두다리며 머리도 쌍쌍 부듸지며 죽기로만 작정한다</u> 호상군 상두군이 심학규럴 썩 부들고 만단으로 위로ᄒ는 말리 죽은 가속 싱각말고 산 ᄌ식 싱각ᄒ여 고분지통 노무 말고 어셔 가옵시다 다리고 드러올 제 심학규 정신차려 동늬사람의게 빅빅치사 ᄒ고 집이라고 가셔 보니 부억은 쓸쓸ᄒ고 방안은 젹젹ᄒ다 어린 아희 품의 안고 후유 한심 길게 쉬며 이 ᄌ식을 어이할고 기발 무러 던진 드시 홀노 안져 우난구나 이고 이고 늬 일이야 덥던 이불 독슉공방 찬 바람의 혼자 덥기 가련하다 아가 아가 우지 마라 너의 우룸 한 마듸의 구곡간장 다 녹넌다 우지 마라 우지 마라 너의 모친 멀니갓다 가넌 날은 잇것만은 도로올 날 묘연ᄒ다 너의 눈이 눈물나면 늬 눈의넌 피가 난다 아가 아가 우지 마라 목마르면 물을 먹고 비곱흐면 밥을 먹ᄌ 명ᄉ십리 히당화야 나뷔 옵다 셔러 말라 명년츈 다시 오면 꼿도 피고 나뷔 온다 불상할수 우리 아희 어늬 시졀 다시 오랴 아가 아가 우지 마라 방시도록 우너라니 아기도 귀진ᄒ고 눈 어두운 이너 마음 놀듸 젼여 읍다 동방이 미명ᄒ야 우물가의 인젹소리 들니거날 문을 열고 박긔 나셔 우물길의 오신 부인 뉘신 쥴은 모로오나 일칠일도 못된 아희 어미일코 죽게 되니 활인젹덕 ᄒ옵소셔 져 부인 이른 말이 나넌 과연 졋시 읍고 아희잇넌 녀인더리 이 동늬도 만ᄉ오니 그 아희 안고 가셔 비진사졍 ᄒ오면 누가 감히 괄셰할가 심학규 그 말 듯고 어린 아희 품의 안고 한 손으로 막듸 집고 아기 잇넌 집을 차져가셔 여보시오 부인임니 여보시오 아씨님니 되집의 귀한 아기 먹고 나문 졋 한 통 이 아희 좀 먹여쥬오 비곱파 우넌 소리 참아 듯지 못ᄒ것소 졔발 덕분의 존 일 ᄒ옵소셔 <u>이러틋 의걸할 졔 졋잇넌 녀인덜은 쳘셕인덜 아니 쥬랴</u> (62, 64, 66쪽)

③ 포닥기 덥퍼 잠드리고 시이 시이 <u>동양할 졔</u> 삼배로 견디 지어 드러메고 남촌북촌 다니며셔 <u>가가문전 이걸할 졔</u> <u>철셕인덜 아니 쥬랴</u> 한편의년 쌀을 밧고 한편의년 벼럴 바다 조반셕죽 연명ᄒ고 한 달 뉵작 젹거두고 한 푼 두 푼 뫼와셔 어린 아희 암죽가지 미월 삭망 소딕긔럴 그렁져렁 다 지닐 졔 (하략) (68쪽)

①은 곽씨부인의 죽음 후 심학규가 '애통'했을 때, 동네 사람들이 자금을 모아 곽씨부인의 장례를 치러 주면서 심학규가 처한 문제를 해결해 주는 장면이다. ②에서는 곽씨부인의 장례를 치르고 자신의 방에 돌아온 심학규가 홀로 아이를 돌봐야 하는 자신의 처지에 대해 하소연을 하며 동네사람들에게 젖을 '애걸'했을 때, 동네 아낙네들이 아이에게 젖을 물려줌으로써 심학규의 문제를 해결해 주는 장면이다. ③은 심학규의 '동양(동냥)'과 '애걸'로 동네사람들에게 아이에게 물릴 젖을 얻음과 동시에 쌀과 벼 등의 식량을 얻게 되는 장면이다. ①, ②, ③의 인용문들에서 '~할 제'가 포함된 부사절의 주어가 생략되어 있다할지라도 이 부사절이 심학규의 감정 발화와 행위에 관해 드러내준다는 점에서, 이 부사절의 주어는 심학규임을 어렵지 않게 알 수 있다. '~할 제'가 포함된 부사절 이후 서술되는 부분은 심학규의 처지와 상황을 알게 된 다른 인물들이 심학규의 문제 상황을 해결하기 위해 도움을 주는 부분이라 할 수 있다. 이를 볼 때, 심학규가 어떤 문제 상황에 봉착했을 때 '애통', '애걸', '동양(동냥)'의 감정 발화 및 행위를 하면, 다른 사람들이 적극적으로 나서서 그 문제 상황을 해결해주고 있음을 발견할 수 있다.

〈1〉 심학규의 문제 해결 과정을 드러내는 문장 구조

<u>심학규가 A 할 때, X(다른 누군가)가 B(심학규의 문제를 해결) 한다.</u>
　　(1)　　　　　　　　　　　　　　　　　(2)

　　위의 문장 구조를 좀 더 세밀히 설명해 보자면, 앞 절 (1)에 해당하는 절에서 심학규라는 주어가 동일할 때, 심학규가 '탄식', '애통', '애걸', '동양(동냥)' 등의 A의 행위를 하면, (2)의 해당 절에서 X(누군가)가 심학규의 문제를 해결할 수 있는 B를 준다는 것(B를 한다)을 의미한다. 이를 표로 다시 나타내면 다음과 같다.

〈2〉 심학규의 문제 해결 과정

문제 상황	심학규의 감정 발화 및 행위 (A)	X의 문제 해결 (B)
부인의 죽음 장례 치루기	애통해한다.	동네 사람들(X)이 곽씨부인의 장례 절차를 책임지고 그 비용을 대준다.
심청에게 젖 물리기	애걸한다.	동네 아낙네들(X)이 심청에게 젖을 물려준다.
식량 구하기	애걸·동냥한다.	동네 사람들(X)이 쌀, 벼 등의 식량을 준다.

　　"~할 졔"가 '~할 때'를 의미하는 시간적 부사절이라고 할 때, 주어가 심학규이고, 뒤에 이어지는 절의 주어가 심학규가 아닌 다른 사람들로 바뀐다는 점에서 이야기의 시점은 자연스럽게 심학규에서 X의 시점으로 변환된다고 할 수 있다. 한편, 이러한 시점의 변화뿐만 아니라 이야기 시간(story time)의 압축도 이루어짐을 알 수

있다. 즉 심학규가 자신의 처지에 대한 한탄과 애통, 애걸을 하는 장면에서 심학규의 넋두리가 서술되고 있는 부분은 이야기 시간에 비해 길게 서술되고 있는 반면, X의 해결 행위 관련 부분에 대한 서술은 이야기 시간에 비해 압축되어 서술되는 것이다.

예컨대 ①의 경우, 곽씨부인의 죽음을 겪은 심학규가 자학 행위를 하면서 곽씨부인과의 이별 상황에 대해 한탄하는 과정이 이야기 시간에 비해 길게 서술된다. X(동네사람들)로의 시점 변화가 일어나면서부터는 동네사람들이 모은 돈으로 곽씨부인의 장례가 일사천리로 진행되어 심지어 인용된 부분 바로 뒤에는 상여꾼들 뒤로 심학규가 뒤따르는 모습을 묘사하고 있음을 알 수 있다. ②의 경우도 마찬가지로, 곽씨부인의 무덤 앞에서 심학규가 자신의 애통함을 토로하면서 자학의 행위를 할 때 호상군, 상두군(X)의 위로가 이어지고, 심학규가 심청을 안고 집으로 돌아오는 과정이 빠르게 진행되게끔 서술되어 있다. 이후 자신의 처지에 대한 심학규의 넋두리가 길게 이어지고 심청에게 젖을 물리기 위해 동네사람들에게 애걸하는 장면이 이어지는데, 이후 동네사람들(X)로의 시점 변화가 일어나면서 심청에게 젖을 물리는 문제 해결 장면이 압축적으로 전개되고 있다. ③의 경우 또한 심학규의 동냥이 이루어지고 난 후, 동네사람들이 심학규에게 쌀과 벼를 줌으로써 문제를 해결해 준 장면, 구체적으로 보자면 한 달 동안의 식량 문제를 해결해주는 과정이 압축적으로 서술되고 있는 것이다. 이로써 독자들은 심학규의 결핍의 상황에 동정심과 안쓰러움을 느끼게 되고, 심학규가 겪는 문제가 심학규가 아닌 다른 이에 의해 간단히 해결되는 데에 큰 의혹을

품지 않게 되는 것이다.12)

　이러한 문장 구조는 전체 이야기의 흐름으로 확장시켰을 때도 유사한 구조로 드러나고 있음을 발견해낼 수 있으며 이를 통해『심청전』이 가지는 풍부한 맥락들을 발견할 수 있게 된다.

　　④ 너럴 죽이고 니 눈 쓴덜 누구럴 보자 ㅎ고 눈을 쓰랴 너의 모친 너럴 나코 친일 만에 죽은 후의 압못보는 늘근 거시 너럴 품의 안고 이 집 져 집 다니면서 동양젓 어더 먹여 근근 즈라나셔 너의 모친 죽은 셔름 츠츠로 잇져더니 이제 와서 이게 웬 말이야 못가리라 못가리라 안히 죽고 즈식 쥬고 나 스러셔 무엇ㅎ랴 너고 나고 함긔 죽자 네 이놈 스공덜아 장스도 죵ㅎ거니와 싱스람을 죽이는디 어듸셔 보아년야 (중략) 션인더리 그 경숭을 공논ㅎ되 심쳥의 효성과 봉스의 신세럴 싱각ㅎ니 가궁ㅎ야 춤아 못보게쓰니 싱젼 굶고 벗지 아니ㅎ게 한 모계럴 ㅎ여 주면 엇더ㅎ요 공론이 일출여구하여 빅미 빅셕 돈 슴빅양 빅목 마포 각 한 동 식 동즁의 막기면서 슴빅양 돈을 논을 사셔 동즁의 두고 병죽바다 양식ㅎ고 나무 양식은 즁니 노와 영낙읍시 츄심ㅎ여 먹게 ㅎ고 빅목 마포 각 한 동은 스쳘의복 장만ㅎ여라 (112, 114쪽)

　　⑤ 심봉스 심쳥 숭각 쥬야로 간졀ㅎ야 실름읍시 우넌 말리 허망한 즁의 말의 눈쓴단 말을 고지 듯고 고양미 슴빅셕의 쌀도 죽고 눈도 쓰지 못ㅎ니 셰샹쳔하의 날갓튼 팔즈 쪼 잇슬가 젹막ㅎ고 소슬한 빈 방안의 쳐량이 누어 눈물노만 벗슬 슴어 누어시니 그 동늬스람더러 모와 안져 심봉스의 일 의논할 제, 불쌍한 심쳥이 동즁의 부탁ㅎ고

---

12) "짧은 이야기 시간을 길게 진술하는 묘사와 대화는 시간의 팽창으로 인해 상황이 장면화되면서 독자들을 장면 속에 끌어당기는 흡입력을 준다." 이러한 묘사와 대화를 통해 "장면의 이면에 존재하는 배경적 맥락"이 추구되는 경향이 있다. 김현주, 『연행으로서의 판소리』, 보고사, 2011, 120쪽.

간 말이 잇스니 (중략) 맛둥한 과부 ᄒ나럴 지시ᄒ여 쥬어시면 편이
안져 먹을 거시오 노럭의 말벗시라도 헐 거시오 동즁의도 시비 읍실
거시니 그리ᄒ자 ᄒ고 과부럴 구할 졔 (하략) (172쪽)

④의 인용문에서 심학규는 그간 자신이 겪은 고난의 이야기, 즉
심청의 모친이 심청을 낳고 이틀 만에 죽은 이야기나 심청에게 젖
을 먹이기 위해 동냥짓을 하고 다닌 경험의 이야기를 하면서 자신
의 처량한 신세를 한탄한다. 특히 선인들이 심청을 데려가려 할 때,
심학규는 자학 어투의 발화를 하게 되고, 이러한 심학규의 자학 섞
인 이야기를 들은 선인들(X)은 심청을 자신들이 데려가는 대신 심
학규에게 공양미 삼백석뿐만 아니라 다른 금전적인 보상도 해주자
는 논의를 빠르게 진행한다. ⑤에서도 ④에서처럼 심학규의 신세한
탄을 살펴볼 수 있다. 심학규는 공양미 삼백석을 얻고 딸이 죽은
후에도 자신이 개안(開眼)을 이루지 못했음을 생각하면서 자신의
팔자타령을 하기 시작한다. 이러한 타령을 들은 동네사람들(X)은
부인이 없는 심학규의 적적함을 덜어주기 위해 과부 뺑덕어멈을
일사천리로 소개시켜 준다.

이로 볼 때, 심학규의 감정 발화 및 행위는 실제 자신이 봉착한
문제 상황에 대한 해결을 가져올 뿐만 아니라, 이러한 문제 상황과는
별도로, 누군가의 원조와 보상까지 이끌어내고 있음을 알 수 있다.
앞서 살펴본 ④와 ⑤의 인용문들에서 심학규가 자신의 처량함을 이
야기하는 행위는 다른 이들로 하여금 기존에 가지고 있던 심학규의
결핍을 해소하게 할 뿐만 아니라 물질적 보상이나 제도적인 보상과

관련된 행위를 하도록 만들고 있기 때문이다. 심학규가 봉착하게
된 문제라는 것은 심학규가 아닌 다른 이들이 해결해주는 부분과
대조해 볼 때, 엄밀히 말해 양반 혹은 한 집안의 가장으로서 심학규
가 가져야 할 "체면 유지(face work)" 문제와 얽혀있다고 할 수 있
다.13) 물론 심학규가 결핍 상황 내지는 문제 상황에 직면했을 때
보여주었던 한탄이나 자학의 발화행위들은 사실상 자신의 겉모습에
손상을 입힘으로써 '표면적' 체면을 잃게 하는 행위로 볼 수도 있다.
그러나 이러한 행위가 이루어질 때, 심학규의 "체면 위협 행위(face
threatening acts : FTAS)"의 강도 내지 부담은 오히려 줄어든다고 할
수 있다. 사대부 선비로서, 더구나 군자라 칭해지던 심학규가 금전적
욕망이나 개가의 욕망을 노골적으로 드러냈을 때 발생되는 체면
손상은 더할 나위 없이 크기 때문이다. 요컨대 실제 심학규가 염두에
두고 있는 '체면 유지'는 우회적으로, 즉 표면적 체면의 손상을 통해

---

13) 젠 렌케마(Jan Renkema)는 사회학자 어빙 고프먼(Erving Goffman)에 의해 도입
된 '체면(face)' 개념에 주목해 공손법(politeness theory)을 이야기한다. 고프먼은
사회 과정에 참가하는 모든 참여자들은 다른 사람에 의해 '인정받고자 하는 욕구'와,
'자유롭고자 하는 욕구', 그리고 '간섭받지 않으려는 욕구'를 가진다고 이야기한다.
고프먼은 인정받고자 하는 욕구를 '적극적 체면', 그리고 방해받지 않으려는 욕구를
'소극적 체면'이라 불렀는데, 본고에서 주목하는 것은 대화 참여자가 자신의 체면
손상을 최소화하기 위해 행하는 '체면 유지 책략(face work techniques)'에 관한
것이다. 이와 관련된 젠 렌케마(Jan Renkema)의 논의 부분을 인용하면 다음과
같다. "대화 참여자들은 다른 사람들의 체면을 손상해서는 안 되는데, 가령 요청을
거절하거나 누군가를 꾸짖는 것은 다른 사람들의 적극적 체면이나 소극적 체면에
위협이 될 수 있는 행위들이다. 그리고 '체면 위협 행위(face threatening acts,
FTAS)'가 행해지는 경우 체면의 손상을 최소화하여 가급적 안정을 유지시키기
위한 무엇인가가 필요한데, 이는 '체면 유지 책략(face work techniques)을 사용함
으로써 가능하다." Jan Renkema, op.cit., p.25.

실현된다고 할 수 있다. 즉 표면적 체면이 손상될지라도 본질적 체면
은 유지하는 "체면 유지 책략(face work techniques)"의 태도를 지님
으로써 양반으로서 거쳐야 할 절차와 체면도 지킬 수 있게 되고 몰락
한 집안의 대를 잇고 한 가정의 가장으로서의 역할도 할 수 있게
되는 것이다. 이로써 다른 이가 이루어낸 심학규의 결핍의 해소 과정
에는 사실상 심학규의 욕망이 투영, 내포되어 있다고 볼 수 있다.
요컨대 『심청전』은 심학규의 결핍의 해소와 보상의 방향으로 전개
된다고 봐도 무방한 것이다.

　이와 관련해 『심청전』에서 심학규의 욕망이 양반으로서 체면을
세우면서도 실질적으로는 '금전 내지는 물질'을 얻기 위한 것임을
노골적으로 드러내는 대목이 있다는 점에 주목할 필요가 있다.

　　그 관장이 분부ᄒ되 그러ᄒ면 무엇시야 일어넌야 심봉ᄉ 그잔말노
　조곰만 하여볼가 자세이 드르시오 슘복줄 통양갓과 슌금 동곳 셕셩
　망근의 ᄃ모 관ᄌ와 ᄉ빅열줄 경쥬 탕건 가진 졔규럴 모도다 일어ᄉ오
　니 차져쥬옵고 가소셔 관장이 분부ᄒ되 너 ᄒ는 말이 쏠이 물그림이
　뷘다 거진말 ᄒ여도 어지간니 ᄒ지 소경놈이 안경이 당ᄒ며 안장마
　부담마 타넌 놈이 형여장은 웃지 집넌야 어우 슌잡놈이러고 네 모양을
　보디도 봉격하기넌 젹실한 듯ᄒ나 그 실물한 거슬 찾ᄌ ᄒ면 부지하세
　월이오 지금 황셩 잔치는 늦겨 가니 어셔 밧비 올나가되 네 사정이
　벗고 갈 슈 읍는 테기로 고의젹슴 한 벌 쥬난 거시니 입고 어서 올나가
　게 ᄒ여라 (108쪽, 182쪽)

　이 장면은 황성으로 봉사잔치에 가고 있던 심학규가 뺑덕어미에
게 사기를 당해 옷짐까지 빼앗긴 상황에 만나게 된 관장(官長)과의

대화 장면이다. 관장은 심학규의 남루한 옷과 처량한 행세를 보고
무엇을 잃었냐고 물어보는데, 심학규는 금전 내지는 물질에 대한
자신의 욕심을 채우기 위해 관장에게 거짓말을 한다. 심학규는 관장
에게 이러한 내밀한 욕망을 들키게 되지만, 관장은 그를 나무라면서
도 그가 황성 잔치에 정해진 시간 안에 도착할 수 있도록 친절한
안내를 해준다. 심학규가 뺑덕어멈과 옷짐을 모두 잃고 고의적삼을
겨우 얻어 입은 채 처량하게 걷는 거동이 묘사되고서는, 또 다시
보상이 주어진다. 결핍되었던 뺑덕어멈 대신 여맹인을 만나게 되기
때문이다. 이처럼 이 이야기에서는 심학규가 체면 책략적인 발화
방식으로 자신의 원하는 바를 우회적으로 얻게 되는 과정을 살필
수 있다. 이러한 발화 방식에서, 『심청전』을 심학규의 이야기로 보기
에 충분한 담화 차원에서의 중요한 단서들을 확인할 수 있는 것이다.

3. 심학규의 욕망과 보상 심리를 통해 본 심청의 효성과 효행

심청은 "효행이 지극"해 6~7세부터 자기 자신의 욕구를 채우기
보다는 자신의 부친 심학규를 공경하는 것을 우선시하는 인물로
제시된다.[14] 심청은 커갈수록 자신의 행위를 추동하는 효의 정당성

---

14) "심청이는 장닉 귀의 될 사람이라 쳔신이 감동ᄒ고 귀신이 암조ᄒ여 잔병읍
시 ᄌ라나셔 뉵칠셰 당ᄒ더니 효ᄒᆼ이 지극ᄒ여 그 동닉 이웃집의셔 음식오면
져넌먹지 아니ᄒ고 정결한 디 두엇다가 시장ᄒ신 ᄲᅥ럴 알아 부친 압회 갓다노
코 아바님 잡슈시오 심봉스 조아라고 엇젼 음식 싱겨넌냐 너도 어셔 먹어라

을 이전의 고사(故事)나 옛날이야기에서 찾는다. 그러한 고사나 옛날이야기가 근거하고 있는 '아비 공경'과 같은 유교적 이데올로기를 심청이 체득한 것으로 나타내고 있는 것이다. 심청이 10세가 되던 무렵에는 앞을 보지 못하는 부친 대신 자신이 직접 식량을 구해오겠다는 선언을 한다. 이러한 부분은 심청이라는 인물을 본래부터 효성이 깊은 인물, '자발적'으로 효를 실천하는 인물로 파악하게 하거나 『심청전』을 심청이 죽게 되는 수난에 주목해 읽게 하는 근거로 활용되어왔다. 그러나 '심청의 자발성을 어떻게 해석할 것인가'라는 문제는 보다 면밀한 접근을 필요로 한다. 무엇보다도 심청과 심학규의 관계 속에서 작동하고 있는 권력(power)이 인물들의 행위를 좀 더 복잡한 방식으로 유발하기 때문이다. 요컨대, 심청이 효를 실천하는 과정은 다양한 맥락을 고려해 심청과 심학규의 관계를 보다 세밀하게 파악하면서 살펴볼 필요가 있다는 것이다.

심청과 심학규의 관계 내에서 그들의 역할은 심청이 생계를 주도적으로 꾸려감에 따라 이전과는 다른 양상을 보인다. 심청이 심학규를 대신해 생계를 책임지기 시작하면서부터 심청은 본격적으로 집 밖으로의 외출을 감행하게 된다. 이러한 심청과 심학규의 전환된 관계는 심청이 집 밖으로 나가는 상황을 나타내는 '~할 제'의 절을 포함한 문장 상에서, 주어가 심청인 경우에서 심학규인 경우로 바뀌는 단락에서 쉽게 파악될 수 있다.

(하략)" (68쪽)

① 모친이 셰상을 바리시고 우리 부친 눈어두운 줄 모르시요 십시일 반 한 술 밥을 쳐분디로 쥬압소셔 압 못보는 우리 부친 긔한을 면ᄒᆞ여 보오리잇가 보고 둣년 져 녀인덜이 마음이 비감ᄒᆞ야 한 그릇밥 김치쟝을 악기잔코 더러 쥬니 밥을 마니 어더 들고 집으로 도라올 졔 ᄉ립문 안의 드러셔며 아바님 나 다녀와ᄉ오이다 그 시이 칩지나 아니ᄒᆞ며 시장키나 오작 ᄒᆞ오릿가 심봉ᄉ 반겨 듯고 방문 펄젹 열쩌리고 하난 말이 이고 닉 쌀아 어셔 어셔 드러오ᄂᆞ라 (72쪽)

② 심쳥이 엿자오디 나의 팔ᄌ 긔박하야 낙지ᄒᆞ온 졔 칠일만의 모친을 여의고 눈어두운 우리 부친님이 동양졋 어더 먹여 근근히 ᄉ라ᄉ오나 부친이 지금가지 닉 얼굴을 모로시고 오날날 승샹부인게셔 미쳔홈을 혐의안코 쌀을 숨으랴 ᄒᆞᆸ시니 닉 부모를 먼져 싱각ᄒᆞ와 남의 부모 공경호미 응당 올습고 감츅한 말숨층양 못ᄒᆞᆸ고 너의 모친 다시 뵈온 듯시 일희일비ᄒᆞ오나 안혼ᄒᆞ온 우리 부친 조셕공디 ᄉ철의복 누구 막겨 ᄒᆞ오릿가 부인 ᄯ한 측은이 여겨 왈 츌쳔지효가 네러구나 그렁져렁 날져무니 심쳥이 엿ᄌ오디 부인의 관디ᄒᆞᆸ심을 감격무지ᄒᆞ와 종일토록 모셧다가 일넉이 다 가오니 급히 도라가거ᄂᆞ이다 부인 마음의 이연ᄒᆞ여 치단과 긔물이며 양식을 후이 쥬어 시비로 함긔 보닐 져긔 네 나을 잇지 말고 모녀간갓치 알어라 심쳥이 디답ᄒᆞ되 부인의 너부신 덕틱 일신들 잇ᄉ오리잇가 ᄒᆞ직ᄒᆞ고 도라올 졔 잇 디 심봉ᄉ넌 홀노 안져 자탄ᄒᆞ며 쌀 오기만 기다릴 졔 비고하셔 비넌 등의 붓고 방은 치워셔 턱이 썰니것다 (80쪽, 82쪽)

③ 아모리 이통ᄒᆞᆫ덜 죽은 모친 디답할가 슬피 통곡ᄒᆞ니 강산초목이 다 슬러하는 듯ᄒᆞ고 일월이 무광ᄒᆞ더라 슬피 통곡ᄒᆞ니 강산초목이 다 슬러하는 듯ᄒᆞ고 일월이 무광ᄒᆞ더라 합장비려 ᄒᆞ직ᄒᆞ고 나려올 졔 심봉사가 심쳥오는가 젼젼반측 기다릴 졔 긔소리 듯고 하는 말이 시문

의 문견폐호니 풍셜야귀인이라 (102쪽)

위의 인용문들의 '~할 제'의 부사절에서 심청이 주어가 될 때
그 술어는 모두 심청이 집으로 돌아온 행위를 나타낸다. 구체적인
맥락을 살펴보자면 ①에서는 심청(주어)이 생계를 유지하기 위해
동네사람들에게 식량을 구한 후 집으로 돌아오는 행위를, ②에서
는 심청이 자신의 처지에 대해 이야기하고 심청을 측은히 여긴 승
상댁 부인이 준 채단(綵緞)과 기물(器物), 양식을 받아 집으로 돌아
오는 행위를, ③은 심청이 곽씨부인의 묘에 들렀다가 자신의 처지
를 한탄하고 집으로 돌아온 행위를 나타낸다. 반면 그 뒤에 이어지
는 '~할 제'의 부사절에서 심학규가 주어가 될 때의 술어는 '기다
리다'와 같은 수동적 행위로 드러난다. 이처럼 사실상 한 가정의
생계를 심청이 책임지게 됨에 따라, 심학규는 상대적으로 안정적
인 집 안에 머물면서, 생활면에서 심청에게 전적으로 의지하는 면
모를 보인다.

한편 심청이 동네사람들이나 승상댁 부인에게 자신의 팔자의 기
구함을 말하는 부분이나 자신의 처지에 대해 하소연하는 독백 부분
이 발견되는데, 이 때 부친 심학규의 결핍, 특히 안맹(眼盲)의 상황
을 이야기한다는 점과, 이러한 하소연 부분이 이야기 시간에 비해
길게 서술되고 곧이어 다른 이들의 원조가 이루어지고 있음도 살펴
볼 수 있다. 즉 심청은 앞을 못 보는 부친 심학규를 봉양하기 위해
아비와 같은 방식으로 자신의 곤란한 처지를 내세워 다른 이들에게
애걸을 하거나 신세한탄을 함으로써, 다시 말해 아비의 처지를 심

청이 대신 이야기하고 다른 이들의 해결 행위를 유도함으로써 아비의 결핍과 욕망을 채워주고 있는 것이다. 이처럼 발화 상황에서 심청이 심학규의 처지 내지 관계를 고려하고 있다는 점에 주목해 접근해 본다면, 심청이 자신의 신념에 따라 자발적으로 효를 실행한다고 보는 해석은 작품을 충분히 설명해주지 못한다. 그보다는 오히려 심청이 심학규의 관계 속에서 그의 욕망을 대신 실현해주고 있는 방향으로 행위하고 있다고 볼 여지가 더 많기 때문이다.

앞 장에서 살펴본 것처럼 심학규의 체면 유지 책략의 발화는 심학규 자신의 표면적 체면을 손상시킴으로써 자신이 지키고자 하는 가장으로서, 사대부 선비로서의 본질적 체면을 지키는 일종의 전략이라 할 수 있다. 이러한 심학규의 발화가 이루어졌을 때, 청자에게는 심학규가 겪고 있는 어려움을 외면하기 어렵게 하는 일종의 효과, 내지는 심학규의 처지를 측은하게 여기게끔 하는 효과를 가져온다. 즉 청자에게 일종의 '부담(weight, W)[15]을 발생시키는 것이다. 유교적 문화 속에서 부모와 자식 관계 내의 권력(power)이 불가피한 변수로 작용한다고 본다면, 딸의 입장에서 아비가 양반으로서, 가장으로서의 체면이 손상당하는 것을 목격하는 일은 굉장한 부담으로 작용할 수 있다. 이러한 시각에서 본다면, 심청은 특히 심학규

---

15) 브라운(Brown)과 레빈슨(Levinson)의 분석에 따른다면 이러한 부담(weight, W)은 강요율(Rate of imposition) + 사회적 거리(social Distance) + 힘(Power)의 총합에 의해 결정된다. 젠 렌케마(Jan Renkema)는 브라운(Brown)과 레빈슨(Levinson)의 분석에 따라 강요율과 사회적 거리, 힘에 어떻게 수치가 부여되는지에 따라 체면 위협 내지 부담의 강도가 달라진다고 이야기한다. Jan Renkema, op.cit., p.25.

의 안맹(眼盲)이라는 결함으로 인한 체면 손상을 막기 위해 자신이
직접 집 밖에서의 수고로움을 견뎌내면서, 즉 자신의 체면 손상을
감수하면서 아버지를 봉양하고 가정을 꾸려나가는 것이라 할 수
있다. 달리 말하자면, 심청의 효 행위는 사실상 심학규의 체면 손상
의 강도를 약화시키는 데 초점을 두고 있는 것이다.

이는 심청의 감정 발화가 심학규와의 관련 상황 속에서 이루어지
고 있음을 살펴볼 때 좀 더 이해하기 쉬워진다. 심청의 감정 발화는
안맹으로 인한 심학규의 체면 손상에 대한 '염려', '애통', '답답', '설
움' 등으로 드러난다. 이러한 심청의 감정 발화는 특히 심학규가 개
천에 빠져 죽음의 고비를 넘기고 난 후에 더욱 더 짙게 드러난다.

봉스를 건져서 봉스집 차져가셔 져진 옷 버셔노코 흔 누덕이 덥퍼
뉘인 후 곡졀을 무른디 심봉스 정신차려 전후수연 말고셔 무슈이 치하
할 졔 경상도 참읍하고 팔즈도 귀엄하다 신세자탄 ㅎ올 졔 잇 디 심청
이는 승상딕의 갓다오난 길의 져의 부친이 빙판의 미기러져셔 물의
빠즈다는 말 풍편의 얼는 듯고 천방지방 드러오며 이고 아바님 엇지ㅎ
야 문밧 츌닙ㅎ시다가 길이 나문 기천의 빠져 큰일날본 하와소 ㅎ며
손도 쥬무루고 발도 만지며 정신을 진졍ㅎ오 귀운을 슈습ㅎ옵소셔 ㅎ
며 부엌으로 드러가셔 부인이 쥬시던 음식 다시 데여 시장즌케 봉양ㅎ
고 부친신셰 싱각ㅎ고 셜니 이통ㅎ는 말리 천지신명이 스람을 니실
져긔 후박 읍시 니여시되 아바님 팔즈 왜 이리 괴박ㅎ신고 압 못보는
소경되여 도쳐의 욕을 보시니 엇지ㅎ면 일월이 남과 가치 발가 볼고
천지만물 오식단청의 분별을 못ㅎ시니 이런 지원극통한 일 죽어도 못
잇거니 의복의난 혹칠이요 두 귀밋터 눈물 홀녀시니 셰샹의 답답 스른
지고 불숭ㅎ신 경경을 뉘다려 셜원할고 명천이 ㅎ감하셔셔 한 눈만

보게 하셔 천지만물 보게 ᄒᆞᆸ소셔 익고 익고 스른지고 (86쪽, 88쪽)

이처럼, 심학규가 계속적으로 '신세자탄'을 하거나 처량한 모습을 보일 때 심학규의 결핍상황에 대해 심청이 느끼는 측은함은 더욱 커진다. 이는 심청의 감정 발화가 그전보다 뚜렷이 표현된다는 점에서 그 근거를 찾을 수 있다.

이후 시주승의 말에 따라 권선문에 이름을 올리는 장면은 이본들마다 차이를 보이는데, 가령 경판 20장본과 완판 71장본에서 심학규가 적극적으로 공양미 삼백석을 권선문에 올린 후 심청이 이 문제를 적극적으로 수습하고 해결해 나간다면,16) 초기 이본에 비해 심청의 효가 더욱 강조되었다고 보는 『효녀심청실기』에서는 화주승의 이야기를 들은 심청이 적극적으로 권선문에 이름을 올리려 할 때 심학규가 나서서 이를 말리는 장면이 나온다. 이에 심청은 효행이 강조된 고사를 이야기하며 다른 이본에서보다 더 적극적으로 권선문에 이름을 올리는 모습을 보여준다. 이러한 이본들 간의 차이는 심청과 심학규의 관계 내에 작동하는 힘이 어떻게 설정되어 있고, 그 힘이 어떻게 발휘되고 있는지에 따라 생긴 차이라고 볼 수 있다.

심청이 시주승의 말대로 공양미 삼백석을 구할 방도를 생각하고 있을 때, 공양미 삼백석을 해결해 줄 수 있는 선인(船人)들이 곧바로 나타나 심학규의 개안(開眼)을 위한 조건을 마련해주기도 한다. 이로써 심청은 기꺼이 남인들에게 자신의 목숨을 내놓는다. 심청이 시주승의 말에 의지하면서 심학규의 개안(開眼)을 이루기 위해 적극

---

16) 김진영 외, 『심청전전집』 3, 박이정, 1998, 192쪽, 292쪽 참고.

적으로 죽음을 택하는 행위는 지금까지 다양하게 해석되어 왔다.17)
심청은 아비의 결핍 문제를 해결해나가는 동안 아비와 자신이 처한
현실 문제를 고려하면서 선택을 하고 행위를 한다. 하지만, 이러한
과정 속에서 심청의 욕망은 심학규의 욕망에 가려지거나 사라진다.
즉, 심청이 보다 적극적으로 아비를 위해 효를 실천하면 할수록 심청
의 욕망은 더더욱 숨겨지거나 사라진다. 반면 심학규의 결핍은 해소
되고 별도의 보상을 얻는 것이다. 이로써 『심청전』은 점차 심학규의
결핍을 해소시킬 수 있는 우연적인 보상의 사건들로 전개된다.

> 심청이 그날부텀 간간이 싱각흐니 눈어두운 부친 영결흐고 죽을
> 일과 스람이 세상의 나다가 십오세 계오 술고 죽을 일이 긔가 막혀
> 아모 일도 뜻시 읍셔 식음을 젼폐흐고 슈심으로 지니다가 다시 싱각흐
> 되 업질는 물이요 쏜 활이라 날이 졈졈 갓가오니 이리흐여 못쟈것다
> 니 아직 죽기 젼의 부친의 의복이나 망동 다하리라 (98쪽)

위 대목에서 심청은 인당수에 빠져 재물이 되기 전, 15세라는 청

---

17) 이러한 심청의 행위에 대해서는 기존논의들에서도 다양한 차원으로 해석되어 왔
다. 그중에서도 『심청전』을 심청의 '입사식' 소설로 보는 논의들이 있어왔는데, 대
표적으로 최인자는 『심청전』이 '효'보다는 '출가'의 의미에 초점을 두고 있다고 보
면서 『심청전』을 심청이 성숙한 여인으로 거듭나는 입사식 소설로 파악한다. 이
논의에서 또한 심청이 시주승의 말을 듣고 심학규의 개안을 이뤄주기 위해 죽음까
지 택하는 행위를 '효' 차원으로만 해석하는 것은 불충분하다고 본다. 이러한 심청
의 행위를 '희생효'가 아닌 집을 나와 '아버지와 분리되어야만 하는 결혼 적령기의
여성이 갖는 체험'이라고 파악하고 있다. 이러한 해석은 본고에서 논의하고자 하는
방향과 초점이 다르다고 할 수 있지만 심청의 행위가 단순히 자발적인 '효'로 추론
되고 있지 않다고 본다는 점에서 참고해볼 수 있다. 최인자, 「크로노토프의 문화적
해석을 통한 소설독서」, 『독서교육』 제1집, 한국독서학회 1996, 231쪽.

춘의 나이에 목숨을 버려야 하는 자신의 신세에 대한 수심을 내비친다. 이러한 대목은 심청의 좌절된 욕망을 간접적으로 살펴볼 수 있는 부분이라 할 수 있다. 『심청전』을 읽고 독자가 감동을 느끼는 이유는 심청이 단순히 천상계의 사람으로서 본래부터 타고난 효성을 발휘하고 있기 때문이 아니다. 심청이 자신과 심학규의 관계 속에서 자신을 희생하면서까지 수난을 견뎌내고 결과적으로 천상의 도움으로 그 수난을 극복해 보상받고 있기 때문이다. 그러나 『심청전』에서 심청에게 주어지는 보상이란 사실상 개안(開眼)이라는 아비의 궁극적인 욕망이 실현되는 계기가 된다. 결말에 이르러 심학규는 황후가 된 심청 덕에 수궁의 자하주를 얻어 개안(開眼)을 이루게 될 뿐만 아니라, 심청과 혼인한 황제의 도움으로 부원군의 자리까지 얻게 된다. 이로 볼 때 『심청전』은 심학규의 욕망의 실현과 보상을 염두에 둔 이야기로 볼 여지가 큰 여러 중요한 단서들을 명백히 제시해주는 것이다.

3. 심학규의 욕망과 보상 심리를 통해 본 심청의 효성과

효행

4. 나가며

본고는 지금까지 담화의 기본 요소에 해당하는 어휘와 문장구조를 중심으로 『심청전』을 살펴봄으로써 『심청전』을 심학규의 이야기로 볼 수 있는 맥락적 요소들을 발견하고자 하였다. 심학규의 '애통'과 '탄식', '애걸'과 '동냥', '신세 한탄'과 '자학'의 발화행위들이 자신의 욕망을 실현하고 보상을 받기 위한 일종의 전략으로 활용되고

있음을 살펴보았고, 이러한 전략으로 자신의 '표면적' 체면을 손상
시킴으로써, 궁극적으로 양반으로서, 한 집안의 가장으로서 갖추고
자 하는 체면을 유지하는 방식의 우회적 책략을 실행하고 있음 살
펴보았다.

이러한 분석을 통해 『심청전』을 심학규의 이야기로 읽을 여지가
충분하다고 했을 때, 심청의 효성과 효행에 대한 재검토도 이루어져
야 한다고 보았다. 심청은 자발적으로 자신이 생각한 대로 효를 실천
하는 자로 제시되는 것처럼 보이지만, 심청의 그러한 효 행위는 사실
상 심학규와의 권력(power) 관계 속에서 파악해야 한다. 유교적 사회
속에서 아비 심학규의 체면 손상은 심청에게 큰 부담(weight, W)으
로 작용한다. 심청의 효 행위는 사실상 심학규의 체면 손상의 강도를
약화시키는 데에 초점을 맞추고 있다고 볼 수 있다. 이로써『심청전』
은 심학규의 결핍을 해결해줄 수 있는 보상이 우연적으로 주어지는
과정으로 전개된다.『심청전』에서 심청의 욕망이란 개안이라는 아
비의 욕망과 결핍의 충족 상황과 결부되지 않는 이상 허락되지 않는
것이다.

논증 방식을 통해 본 〈장끼전〉 설전 담화의 양상

손동국

1. 머리말

판소리계 소설 〈장끼전〉에 대한 기존 연구에서 논의의 쟁점은 주로 작품의 해석적 국면에서 형성되었다. 이와 더불어 작품 해석의 결과를 통해 작품이 담지하고 있는 사회·문화적 의미와 주제적 가치에 대해 접근하려는 노력도 수반되었다. 대부분의 논자들은 장끼의 고집스러운 면모와 그 결과 장끼가 죽게 되는 설정을 지목하며, 이를 가부장 질서의 붕괴 조짐으로 읽었다. 이와 대칭적으로 까투리의 개가 욕망은 중세적 윤리에 도전하는 새로운 가치관을 제시한 것으로 해석한다.[1]

그런데 이와 같은 연구 결과는 작품 전반부의 주요 내용이라 할 수 있는 콩을 두고 벌이는 장끼와 까투리의 '꿈 설전 담화'와, 후반

---

1) 〈장끼전〉을 가부장제에 대한 풍자로 본 논의는 김태준이 『조선 소설사』에서 〈장끼전〉을 이와 같이 논의한 이후, 많은 연구자들의 공통된 것이라 할 수 있다.

부의 주요 내용인 장끼가 죽은 이후 까투리가 자신에게 청혼하러온 동물들과 벌이는 '개가 설전 담화'를 바탕으로 이루어졌다. <장끼전>의 두 설전 담화는 양적으로 많은 비중을 차지하거니와, 또 일정한 경향의 사회·문화적 의미를 담지하고 있다는 점에서 중요하게 취급되었던 것이다.

그러나 설전 담화의 이 같은 중요도에 비해 정작 설전 담화 자체에 대해 본격적으로 구체적인 분석을 시도하려는 움직임은 지금까지 미미한 편이었다. 그러다보니 사회·문화적 의미의 도출도 상당 부분 연구자의 직관에 의존해 있다. 물론 이러한 연구 결과가 잘못되었다고 할 수는 없을 것이다. 직접적으로 장끼의 고집불통을 비판하고 있는 까투리의 대사와 결과적으로 까투리의 판단이 옳아 장끼가 죽음에 이르게 된다는 점을 통해 가부장 권위의 허위성을 폭로하고 있는 것으로 해석하는 것은 무리한 일이 아니다. 마찬가지로 가부장제 사회에서 여성을 대표하는 까투리의 개가여부가 토의 대상이 되고 있다는 것 자체에서, 또 상당수의 판본에서 결국 까투리의 개가가 이루어지고 있다는 것 자체에서 중세 윤리에 대한 도전 정신을 읽어내는 것도 가능한 일이다. 서사를 '이야기'와 '담화'라는 층위로 나누어 바라보는 서사학적 관점에 의거해 본다면, 이러한 연구 결과는 주로 <장끼전> 서사의 이야기 층위의 연구에서 달성된 것이라 할 수 있다. 그러나 이처럼 이야기 층위에 치우친 연구 경향으로 인해, 설전 담화의 구체적이고 세부적인 면모에 대한 다양한 접근이 상당 부분 제한되고 있다는 사실 역시 부정하기 힘들다. 실제로 지금까지의 연구 결과에서 <장끼전>의 설전 양상을

포함한 서사 전체에 대해 대부분 유사한 주제적 가치를 발견하고
있다는 점에서 이러한 한계는 분명해 보인다. 가부장제의 모순, 그
에 대한 비판의식이라는 주제적 틀은 거의 화석화되고 있는 실정이
며 그 틀을 구성하는 세부 가치 구조, 또는 그 틀 밖의 선호되는
가치들에 대해서는 제대로 논의가 이루어지지 않고 있는 것이다.
기존 논의의 이러한 한계는 특히 장끼와 까투리에 대한 불균형적
인 시각을 거의 무비판적으로 수용 및 유지하고 있다는 점에서 확
인된다. 대부분은 장끼를 가부장제 이념에 젖어 있는 고집불통으로
보며, 극중 사태의 원인이 오로지 장끼의 이러한 경향에 있음을 의
심하지 않는다. 반면 까투리는 장끼의 억압적이고 폭력적인 경향으
로 인해 하루아침에 남편을 잃어버린 일방적인 피해자로 그려지며
까투리의 개가는 가부장제 이념에 대한 긍정적인 도전으로 평가되
기까지 한다.
물론 〈장끼전〉을 가부장제 이념과 어느 정도 동떨어진 작품으로
본 연구 경향도 몇몇 있어 왔다. 즉 이러한 논의에서는 장끼가 죽는
설정을 통해 유랑민의 비참한 현실을 강조하고, 까투리의 개가 욕
망을 하층 여성이 자신의 삶을 긍정한 결과에서 비롯한 것으로 파
악하는 것이다.[2] 그러나 이러한 논의에서도 장끼와 까투리에 대한
불균형적인 시각의 틀은 거의 그대로 유지된다. 장끼에 대한 부정
적인 시선은 변하지 않으며 까투리에 대한 긍정적인 시선은 오히려

---

[2] 다음의 연구가 대표적이다.
정출헌, 「조선후기 우화 소설의 사회적 성격」, 고려대학교 박사학위논문, 1992.
정학성, 「우화소설연구」, 서울대학교 석사학위논문, 1972.

강화되기까지 한다. 다만 장끼가 가진 문제의 원인으로 가부장제 이념이 아닌 당대의 처참한 사회 현실에 더욱 비중을 두게 된다는 점에서 차이를 보이게 된다. 장끼의 고집불통은 일종의 사회적 병리 현상으로 이해되며, 까투리의 개가 욕망은 삶에 대한 긍정적인 전망과 의지로까지 파악되는 것이다.

이렇게 장끼와 까투리에 대한 이분법적이고 고정적인 시선이 빚어진 데에는 인물론에 대해 지대한 관심을 보였던 고전 소설의 연구사적 경향으로 인해 야기된 측면을 무시할 수 없다고 생각된다. 장끼와 까투리가 겪는 갈등과 그로 인해 벌이는 논쟁 담화가 서사의 큰 비중을 차지한다는 점에서, 두 동물의 성격과 형상화 방식에 집중한 논의를 펼치게 된 연구 경향은 오히려 자연스러워 보인다. 그런데 이러한 연구에서 전제하고 있는 바는 인물을 사회적 현상이나 이념을 추상적으로 지시하는 지시체로 간주한다는 것이다. 이런 점에서 논의의 궁극적이고 실제적인 초점이 <장끼전> 텍스트 자체가 아니라 <장끼전>이 담지하고 있는 당대 사회 현상 및 이념에 맞춰져 있다.

물론 문학 텍스트를 통해 당대 사회 현실을 재구하는 것은 가능한 일이며 또한 가치 있는 작업이기도 하다. 문제는 작품을 둘러싼 외부 맥락에 대한 지나친 집중으로 인해, 문학 연구에서 모든 논의의 시작점으로 삼아야 할 문학 텍스트 자체에 대한 구체적이고 실제적인 관심이 희석되어서는 곤란하다는 것이다. 담화 분석에서는 텍스트와 사회의 관계가 언어 유추적이고 확대생산적이며 구조적 상동성에 입각해 있다. 즉 텍스트의 언어 구조는 현실 사회의 구조

적 문제와 일종의 동질 관계를 갖고 있다3)는 점에서 무엇보다도
텍스트의 언어 구조 자체에 관심을 기울인다. 〈장끼전〉에 대한 기
존 논의의 쟁점이 거의 대부분 가치 판단의 요소가 다분히 내재하
는 주제 해석에 관련된 것이라는 점을 상기할 때, 담화 차원의 구체
적인 분석의 필요성은 더욱 커진다고 생각된다. 텍스트를 접하고
쉽게 인지할 수 있는 몇몇 정보로부터 형성된 직관이, 곧장 텍스트
의 주제적 가치로 직결되어 버리는 연구 패턴에서 어느 정도 벗어
날 필요가 있다고 하겠다. 텍스트의 해석은 무엇보다도 텍스트에
대한 객관적이고 세밀한 분석에 의거하여 이루어질 때 설득력을
얻을 수 있을 것이기 때문이다.

　이 글에서는 〈장끼전〉에 나타난 설전 담화에 대한 구체적인 분
석을 시도하고자 한다. 이는 설전의 표면적 양상과 그 결과를 통해
작품의 사회적 의의를 쉽게 도출하는 것을 지양하고자 함이다. 그
리고 작품에서 주요하게 다뤄지는 두 설전 담화, 즉 '꿈 설전 담화'
와 '개가 설전 담화'에서 설전 화제와 사회 문제 의식이 서로 다르다
는 것을 지적하기 전에, 담화의 구체적 국면자체가 서로 다르다는
점을 우선적이며 중요하게 취급하고자 한다. 후에 살펴보게 되겠지
만, 이 차이는 각 설전 담화에 참여하는 인물들의 논증 방식의 차이
에서 기인하는 바가 크다. 이 글에서는 두 설전 담화의 논증 방식에
대한 고찰을 중심으로 하여 양자 간의 차이를 밝히고, 이것이 각
설전 담화의 양상과 특성을 어떻게 규정짓게 되는지를 살피고자

---

3) 김현주, 『판소리 담화분석』, 한국학술정보, 2008, 27쪽.

한다. 장끼와 까투리의 논증 방식에 대한 고찰은 그동안 거의 화석화되어왔던 두 등장 동물에 대한 이분법적 시각 틀에 균열을 일으키고 이를 재구도화할 것이다. 이러한 인물 관계의 재구도화는 단순히 기존의 인물론에 대한 개량적 수용을 의미하는 것이 아니라, 설전 담화를 형성하는 주된 동력에 대한 관심을 오히려 인물에서 텍스트의 다른 요소로 옮겨갈 것을 요청하게 된다. 그리고 이러한 분석 결과를 통해 <장끼전>에서 그동안 주로 지적되어왔던 사회적 가치 및 의의를 재점검해보고자 한다.

<장끼전>의 이본은 상당수 존재한다. 꿈 설전 담화는 모든 이본에서 존재하는 공통적 요소이다. 이에 반해 개가 설전 담화는 실려 있지 않은 이본이 몇몇 존재하는데, 장끼의 죽음 이후를 아예 다루지 않는 이본들이 그러하다.[4] 그러나 세창서관본을 비롯한 구활자본들, 경성서적조합본(1925), 장끼전(사재동본), 화츙션싱젼(서울대본), 장끼전(최상수 교주본) 등, 대부분의 이본들은 까투리가 다른 새들의 청혼을 거절하고 장끼의 청혼을 받아들이는 내용까지 담고 있다. 즉, 개가 설전 담화가 존재하는 이본이 대부분을 차지하는 것이다. 이 글에서는 그중 일반적으로 많이 알려진, 까투리가 개가하

---

4) 장치젼단이란(박순호본), 쭹졍단니라(김동욱본), 자치가(김광순본)이 그러하다. 그리고 다음의 이본들은 까투리가 뭇새의 청혼에 대해 거절하는 내용을 다루고 있다.
  쟈치가(국립도서관본), 장끼젼(자치젼)(김동욱젼), 자치기라(김광순본), 쭹으즈치긔권계단이라(김광순본), 쟈치가(김광순본), 까토리가(역대가사문학전집 359번), 쭹자치가(역대가사문학전집 1118번), 자치가(장정룡본), 쭹젼이라(김종철본)
  또한, 까투리가 수절하는 내용을 다룬 이본도 있는데 다음이 그러하다.
  화츙젼(조동일본), 쭹으자치게라(김광순본), 쭹자치기라(홍욱본)

는 내용을 다루고 있는 세창서관본5)을 분석텍스트로 삼을 것이다.

2. 설전 담화의 논증 방식 분석에 대한 이론적 접근

〈장끼전〉에 나타난 설전 담화는 설전에 참여하는 동물들이 서로 상대에게 어떤 행위를 하도록 요구하거나 금지하고, 또 이에 반박하는 설득과 논쟁의 장이라 할 수 있다. 꿈 설전 담화의 경우, 장끼와 까투리는 우연히 발견한 콩을 먹어도 될 것인지, 먹어서는 안 될 것인지에 대한 문제 앞에 놓이게 되는데, 여기에서 까투리가 어젯밤 꾼 꿈을 길몽으로 해석할 것인지 흉몽으로 해석할 것인지가 중요한 쟁점이 된다. 까투리는 자신의 꿈을 흉몽으로 보고 장끼가 콩을 먹으려는 것을 말리려 하고, 장끼는 까투리의 해몽을 반박하여 이를 길몽으로 보고 까투리의 만류를 뿌리치려는 것이다. 개가 설전 담화의 경우, 까마귀·물오리·장끼가 까투리에게 청혼을 하고 까투리가 이에 대해 거절 또는 허락하는 과정에서, 각 동물들이 윤리적 문제 및 자연 이치를 논하며 서로를 설득하고자 한다.

상대에게 자신의 의견을 피력하고 일정한 행위를 하도록 요구하거나 하지 못하도록 금지하기 위해서는 자신의 주장을 논리적으로 뒷받침하고자 하는 노력이 필수적으로 요구된다. 어떤 판단의 진리성의 이유를 분명히 하는 일을 논증6)이라고 하는데, 설전 담화는

---

5) 분석 텍스트의 출처는 다음과 같다. 김진영·김현주 외 편저, 『실창 판소리 사설집』, 박이정, 2004. 285~300쪽.

참여 동물들의 논증 과정으로 구성되고 있다고 해도 과언이 아니다. 따라서 설전 참여 동물들의 논증 방식에 초점을 맞추어 설전 담화의 분석을 행하는 일은, 설전 담화의 진상에 다가가기에 적합하고 핵심적인 연구 방편이라고 생각된다.

논증 방식과 관련하여 가장 잘 알려진 논증 모델로서 대전제와 소전제, 결론으로 구조화된 형식삼단논법이 있다. 그런데 형식삼단논법의 형식적 타당성이란 개념적 함축관계이기 때문에 형식삼단논법을 합리적인 논증의 전범으로 삼고 있는 형식 논리학은 오로지 수학과 같은 엄격한 연역법에만 적용될 수 있다. 따라서 형식 논리학은 과학의 귀납적 합리성이나 "땅이 젖었네, 비가 왔나 보다"와 같은 일상적인 논증을 평가할 수 없거나 이 모두를 타당하지 않은 논증으로 환원할 뿐이다.7) 이에 반해 툴민(Toulmin)은 일상생활에서 평범하고 진부한 실제 사람들의 주장과 정치인들의 주장과 과학자들의 주장과 일상적으로 부딪히게 되는 도덕적·윤리적 주장에 대해 관심을 기울였다. 그는 형식 논리학이 이러한 실제적인 주장들과 논증을 평가할 수 있는 적절한 기준을 제공할 수 없다고 생각했다.8)

---

6) 인터넷 판 두산백과 사전에서 논증을 이와 같이 정의내리고 있다.

7) 이병주 외 2명, 「사설의 논증적 분석: 툴민의 논증이론과 반 다이크의 텍스트 이론 간의 접합과 논거-토포스 분석의 방법」, 『스피치와 커뮤니케이션』 제4호, 한국스피치커뮤니케이션학회, 2005, 131쪽.

8) "그러나 나는 한 가지를 확신할 수 있다. 철학자들의 이상적인 논증이 아니라 실제적인(actual) 논증-평가의 과정에 맞추어 논증을 평가하고 논리를 일반화된 사법과정(jurisprudence)으로 취급함으로써, 우리는 결국 전통적인 논리에 대한 그림과는 아주 상이한 그림을 그리게 될 것이다." Toulmin, S. E, *The use of*

그리하여 그는 '사실(Data)', '논거(Warrant)', '주장(Claim)' 개념을 골자로 하는 논증 구조 모델을 제시한 바 있다. 어떠한 '주장'이 설득력을 가지기 위해서는 주장의 증거 또는 근거가 되는 '사실'을 제시해야만 하며, 사실과 주장의 연결을 정당화해주는 '논거'가 함축되어 있거나 명시적으로 제시되어야만 한다. 이 논증 과정의 형식은 모든 분야에 걸쳐 공통된 반면에 이 형식을 메우는 내용은 각각의 분야에 따라서 달라질 수 있다. 이에 따라서 각각의 분야에 따라서 논증의 합리성과 타당성의 기준이 달라질 수도 있다는 것이 툴민의 논지이다.[9] 즉 형식 논리학이 경험적 반증에 대해 닫혀 있는 반면에, 툴민의 논증 구조는 경험적 반증에 열려 있으므로 보다 유연성을 지니고 있다고 하겠다.

툴민의 논증 구조 모델에서 취급되는 사실과 주장의 개념이 추상적인 차원에서 그치지 않고 경험적이고 실제적인 차원으로 확장 적용되고 있는 점은, 이 모델이 〈장끼전〉의 설전 담화를 분석하는 데 유용한 틀을 제공할 수 있음을 시사하고 있다. 설전 담화에서 설전 참여 동물들이 펼치는 논증 방식을 이 모델을 통해 적절하게 구조화할 수 있는 방법론이 마련될 수 있는 것이다. 그리고 이 작업이 타당하게 수행된다면, 설전 담화의 진면모에 보다 객관적이고 구체적으로 접근할 수 있게 될 것이다. 그리하여 이 글에서는 이 개념들의 위상 및 구조를 바탕으로 설전 담화에 나타나는 논증 양상을 파악하고자 한다.

---

argument. New York : Cambridge University Press, 1958, p.10.
9) 이병주 외 2명, 앞의 논문, 132쪽.

그런데 툴민의 논증 구조 모델을 설전 담화에 곧바로 적용시키는 것은 분명히 무리가 따른다. 그것은 툴민 모델이 지니고 있는 심각한 약점과 깊은 관련이 있다. 그것은 "툴민이 그의 모델을 텍스트가 아닌 개개의 문장에만 응용하고 있으며, 적용 규칙들뿐 아니라 비공식적인 변형 기술들을 제대로 제시해 주지 못하고"[10] 있다는 점이다. 즉 툴민의 모델은 2-3개의 문장 단위에는 쉽게 적용될 수 있지만 이보다 긴 문단들의 계열로서 구성된 텍스트 분석에는 적용이 쉽지 않다는 것이다. 설전 담화에서 동물들이 주로 펼치는 논증은 복수의 문장으로 이루어지고 있는 경우가 다반사이고 사실과 주장의 관계가 명시적으로 드러나지 않고 함축적으로 제시된 경우도 더러 존재한다. 따라서 툴민의 모델을 설전 담화에 제대로 활용하기 위해서는 여러 문장으로 이루어진 논증 과정을 요약 정리하여 최소의 명제로 적절히 환원할 수 있어야 하며, 경우에 따라서는 사실과 주장의 관계를 명확하게 도출시킬 필요가 있다고 하겠다. 이 과정에서 반 다이크(Van Dijk)가 언급한 거시 규칙은 적절한 도움을 주고 있다. 반 다이크의 거시 규칙은 개별명제들을 하나의 결속성으로 묶는 규칙을 의미한다. 그는 거시 규칙을 생략, 선택, 일반화, 구성 혹은 통합의 네 가지로 제시하고 있다.[11] 이러한 규칙들을 통

---

10) Brinker. K, 이성만 역, 『텍스트 언어학의 이해』, 도서출판 역락, 2004, 105쪽.
11) 여기서 생략과 선택은 삭제규칙이라는 보다 큰 범주로 묶이고 일반화와 구성 및 통합은 대체규칙이라는 범주로 묶이게 된다. 생략은 모든 잉여적인 정보가 제거되는 과정이며, 선택은 미시정보를 일정한 의미론적 규칙에 의해 생략하는 과정이라 할 수 있다. 일반화가 외연과 내포의 변증법에 의한 개념적·의미론적 연역 과정이라면 구성 및 통합은 각각의 행동이나 상태·사건·결과를 하나의 전체적인

해 여러 개별 명제들을 의미의 구심점을 잃어버리지 않으면서도
요약·정리하여 단일한 명제 구조로 변환할 수 있게 된다. 이에 충
실히 따르게 된다면 설전 담화에 나타난 동물들의 비균질적인 논증
과정 역시 명약관화하게 드러날 것이다. 따라서 반 다이크의 거시
규칙은 툴민의 논증 구조 모델이 지니는 약점을 어느 정도 보완하
여 설전 담화에 적절히 적용될 수 있도록 한다는 점에서 이 글의
논지에 유용한 도움을 준다.

그러면 이제 〈장끼전〉 설전 담화에 나타난 논증 과정 중 두 가지
사례를 들어, 툴민 논증 구조 모델과 반 다이크의 거시 규칙의 구체
적인 활용법을 제시해보고자 한다.

ㄱ)아즉 그 콩 먹지마소 ㄴ)설상의 유인적하니 수상한 자취로다 ㄷ)
다시금 살펴보니 입으로 훌훌 불고 ㄹ)비로 싹싹 쓴자취 심이 고이하미
ㅁ)제발 덕분 그 콩 먹지마소

위 인용문은 눈 위에 놓여 있는 콩을 먹으려는 장끼를 까투리가
만류하기 위해 건넨 첫 번째 대사이다. 즉 이 대사는 장끼가 콩을
먹지 않도록 설득하기 위해 까투리가 펼치는 논증 과정을 담고 있다.
이 논증 과정은 ㄱ)에서 ㅁ)에 이르는 5개의 개별 명제로 이루어져
있다. 이 과정을 툴민 모델과 반 다이크의 거시 규칙을 활용하여
보다 간명하게 나타내면 다음과 같은 논증 구조가 드러나게 된다.

사건이나 행동으로 표현해주는 귀납과정이라 할 수 있다. Van Dijk, 정시호 역,
『텍스트학』, 민음사, 1995, 81~85쪽 참조.

ㄴ) ㄷ) ㄹ)	→ (선택)	ㄴ	사실	논거 ⇓
ㄱ) = ㅁ)		주장		

실선 : 드러난 논증 과정
점선 : 숨겨진 논증 과정

ㄱ)과 ㅁ)은 동일한 명제가 반복된 것이며 별 다른 거시 규칙의 활용 없이 위 논증 과정에서 '주장'으로 파악된다. 그런데 '사실'의 확정에 있어서 거시 규칙의 활용을 필요로 한다. 입으로 훌훌 불고 비로 싹싹 쓴 자취는 결국 사람의 자취라는 점에서 ㄴ)은 ㄷ)과 ㄹ)을 의미론적으로 함축하고 있다. 이 때 거시 규칙 중 '선택의 원리'가 작동하여 ㄴ)을 이 논증 과정의 최종적인 '사실'로 삼을 수 있게 된다. 즉 까투리는 눈 위에 사람의 자취가 있다는 사실을 근거로 하여 그 콩을 먹어서는 안 된다고 장끼에게 주장하고 있는 셈이다. 여기서 '논거'는 사실과 주장을 잇는 추론과정에 해당하는데, 위의 경우처럼 <장끼전>의 설전 담화에는 표면상 거의 드러나지 않는 편이다. 그러나 그렇다고 해서 위 논증 과정에서 논거가 생략된 것은 아니다. 담화 표면에서 드러나지 않을 뿐 논증 과정의 인식론적 국면에서 여전히 작동하고 있다. 위의 경우를 예로 들자면, '눈 위에 사람의 자취가 있다는 것은 그 콩이 사람에 의해 마련된 것이며, 이 때 그 사람은 장끼를 죽이고자 하는 사냥꾼이다'라는 추론 과정이 논거인 셈이다. 이 논거는 설전 참여자들이 매우 당연하게 취급하여 서로 공유하고 있는 것이므로 굳이 말을 더할 필요가 없어서

담화상 드러나지 않을 뿐이다. 이어서 다음 사례를 보자.

ㄱ)안자님 도학염치로도 삼십밧게 더 못살고 ㄴ)백이숙제의 충절염
치로도 수양산의 굴머 죽어잇고 ㄷ)장양의 사병벽곡으로도 젹송자를
짜라갓스니 ㄹ)염치도 부지럽고 맛난 거시 웃듬이라 ㅁ)호타하 보리밥
을 문숙이 달게 먹고 중흥텬자 되어잇고 ㅂ)표모의 식은 밥을 한신이
달게 먹고 한국대장 되엿스니 ㅅ)나도 이 콩 먹고 크게 될 줄 뉘 알소냐

위 인용문은 까투리가 장끼에게 위인들의 행적을 본 받아 근신하
기 위해 그 콩을 먹지 말라고 한 데에 대한 장끼의 반박이다. 이는
다음과 같은 논증 구조를 함축하고 있다.

ㄱ) ㄴ) ㄷ)	→ (일반화)	ㄹ)	사실 1	논거 ⇩
ㅁ) ㅂ)	→ (일반화)	ㅅ)	사실 2	
			주장	

실선 : 드러난 논증 과정
점선 : 숨겨진 논증 과정

위의 장끼의 대사에서는 '논거'뿐만이 아니라 '주장'도 생략되어
있다. 먼저 고사 속 위인들이 유가적 덕목을 잘 실천했으나 결국
죽음을 맞게 되는 경우를 나열하면서 군자로서의 염치보다 먹는
일이 더 중요하다는 '사실'을 이끌어낸다. 이어서 위인들이 특정 음

식을 먹고 신분 상승을 겪게 되는 경우를 예로 들며 자신 역시 콩을 먹음으로써 높은 지위에 오를 수 있음을 얘기한다. 여기서 적용되는 반 다이크의 거시 규칙은 '일반화의 원리'이다. 여러 가지 구체적인 사례들이 나열되지만 그것은 결국 하나의 명제로 일반화할 수 있다. 따라서 이 논증 과정에서 ㄹ)과 ㅅ)이 장끼가 각 사례를 통해 공통적으로 지목하는 사실이 되며, 이 사실을 통해 장끼는 '콩을 먹어도 된다'는 주장을 합리화시키고 있다. 위 장끼의 대사에서는 이 주장이 생략되어 있으나 맥락을 참조한다면 이 주장은 거의 명시화된 것이나 다름없다고 봐야할 것이다.

　이와 같이 툴민의 논증 구조 모델과 반 다이크의 거시 규칙은 <장끼전> 설전 담화에 나타난 각 동물들의 개별적인 논증 과정을 보다 객관적이고 정밀하게 분석할 수 있는 토대가 될 수 있다. 그런데 이것만으로는 여전히 설전 담화의 전체적인 구성과 흐름을 파악하기는 힘들다. 설전 담화는 동물들의 개별적인 논증 과정들이 각각 따로 존재하는 것이 아니라, 이들이 서로 엮이면서 비로소 하나의 담화를 구성하기 때문이다. 툴민과 반 다이크의 도움으로 각 개별 논증 과정을 전체 설전 담화에서 떼어내어 이를 분석 가능한 단위로 변환하였다면, 이제 이 개별 단위들이 어떻게 서로 연결되어 전체 설전 담화를 조직하게 되는지를 파악할 수 있는, 좀 더 거시적인 틀이 필요해진 셈이다.

　이러한 담화의 개별 단위들을 정렬하여 조직화시키는 데는 일정한 기준이 필요한 법이다. 기준이 무엇이냐에 따라 설전 담화의 조직 양상은 각양각색으로 비춰질 수 있을 것으로 생각된다. 그러나 그렇다고 해서 이 모든 조직 양상들이 본 논의의 중심 논지를 초점화하는 데 적절한 도움을 주는 것은 아니다. 그러므로 가능한 한 장끼와 까투리의 대화에 나타난 논증적 성격을 가장 잘 드러내 보일 수 있는 기준을 마련하는 일이 중요하다고 생각된다. 이러한 점을 염두에 둔 결과, 이 글에서는 장끼와 까투리를 비롯한 설전 참여 동물들의 논증 방식에 주목하여, 논증 과정 속에 드러난 '사실 화제'의 지속 및 전환 여부를 기준 삼아 설전 담화를 재구성해 보이고자 한다.

비테(Witte)는 텍스트에서 의미의 복잡성을 살펴보기 위해 텍스트를 이루는 각 문장에서 '문장 화제'를 뽑아내고 각 화제들의 연결 양상에 주목했다. 그는 이 연결 양상을 세 가지 화제구조(병렬 진행, 순차 진행, 확장된 병렬적 진행)로 유형화하여 설명하고 있다.12) 이 글에서는 비테의 문장 화제 구조 분석 틀을 필자가 나름대로 응용하여 창안한 모델을 제안하려고 한다. 이 글은 설전 담화에 대해 다루므로 문장 화제 단위가 아닌, 주장에 대한 사실에 해당하는 화제를 등장동물들의 대화에서 추출하고자 한다. 즉, 설전 참여 동물의 대사에서 주장의 출처에 해당하는 '사실 화제'13)를 분석 단위로 삼는다. 그리하여 대화가 진행되면서 이전의 사실 화제가 그대로

---

12) 비테는 동일한 화제로 전개되는 구조는 "병렬적 진행", 서로 다른 화제로 전개되는 문장들의 연쇄를 "순차적 진행", 화제가 반복되기는 하지만 인접하지 않은 복수의 문장들을 가리켜 "확장된 병렬적 진행"이라고 하였다. Stephen Witte(1983), Topical Structure and Revision : An Exploratory Study, *College Compisition and Communication*, Vol. 34, NO. 3.

13) '사실 화제' 개념은 비테의 논의에서 주로 사용되고 있는 '문장 화제' 개념을 필자 나름대로 응용하여 표현한 개념이다.

지속되거나 또는 새로운 사실 화제로 전환하는 양상에 주목하고자
한다. 다음 장에서 이 모델은 도표화되어 설명된다. 이 때 사실 화
제의 지속 및 전환 여부는 각 설전 참여 동물들의 논증 방식을 핵
심적으로 구성하며, 나아가 꿈 설전 담화와 개가 설전 담화의 특성
을 규정하는 데 있어서 보다 명료하고 가시적인 성과를 드러내보
이게 한다. 이 모델에 대한 구체적인 활용 방식은 다음 장에서 본
격적으로 설전 담화를 분석하면서 충분히 설명될 수 있을 것이라
생각된다.

3. 논증 방식을 통해 본 설전 담화의 양상

장끼와 까투리는 서로의 주장을 내세우는 과정에서 다수의 '사실
화제'를 사용하여 설전을 벌이게 된다. 여기서 사실 화제란 각 개별
'사실'들이 공통적으로 기인하고 있는 출처상의 성격을 바탕으로
이들을 좀 더 큰 의미 범주로 묶은 개념이다. 예를 들어 다음 인용문
을 살펴보자.

까투리 : 아즉 그 콩 먹지마소 설상의 유인격하니 수상한 자최로다
　　　　다시금 살펴보니 입으로 훌훌 불고 비로 싹싹 쓴자최 심이
　　　　고이하미 졔발 덕분 그 콩 먹지마소
장끼 : 네 말이 미련하다. 잇째를 의론컨대 동지섯달 설한이라 쳡쳡
　　　이 싸인 눈이 곳곳지 덥혀시니 쳔산의 조비졀하고 만경의 인
　　　족진이라 사람의 자최 잇슬소냐

2장에서 살펴보았듯이 까투리의 대사에 나타난 논증과정에서 '사실'은 '설상의 유인적하니'가 된다. 장끼는 까투리의 이러한 요청을 '잇째를 의론컨대 동지셧달 설한이라'라는 사실을 통해 기각하고 있다. '눈 위에 사람의 자취가 있다'는 명제와 '지금은 동지섣달 설한이다'는 명제는 명백히 서로 다른 것이므로 장끼와 까투리는 각각 다른 사실을 제시하고 있는 것이다. 그러나 이 사실들은 공통적으로 '현실 조건에 대한 판단'이라는 점에서 보다 큰 의미 범주의 하위 요소로 들어설 수 있다. 이 때 이 큰 의미 범주를 '사실 화제'로 지칭하기로 한다. 설전 담화에서 사실은 매 논증마다 달라질 수밖에 없으나, 그보다 적은 개수의 사실 화제는 지속 및 전환이 반복적으로 이루어진다.

물론 어느 한 '사실 화제'의 층위는 단독적으로 결정되는 것이 아니라 해당 설전 담화의 다른 사실 화제들과 동등한 층위에서 마련된다. 위 인용문의 바로 다음 부분을 계속해서 살펴보자.

> 까투리 : 사긔난 그러홀 뜻 ᄒ나 간밤에 꿈을 ᄭ우니 대불길ᄒ온지라
> 자량쳐사하시오
> 장끼 : 내 거야의 일몽을 어드니 황학을 빗기타고 하날의 올나가 옥
> 황긔 문안하니 나를 산림쳐사 봉하시고 만셕고의 콩 ᄒ 셤을
> 상급ᄒ셧시니 오날 이 콩 ᄒ나 그 아니 반가올가

바로 전에 눈 위의 상황을 보고 장끼를 만류하려던 까투리는 자신의 꿈을 새로운 '사실'로 제시하게 된다. 자신이 간밤에 흉몽을

꾸었으니 콩을 먹은 예후가 불길하다는 것이다. 이에 대해 장끼는 마찬가지로 자신의 꿈을 사실로 제시하며 콩을 먹고자 하는 자신의 입장을 관철한다. 여기서 까투리가 꾼 꿈과 장끼가 꾼 꿈은 분명 내용도 다르고 그것을 꾼 주인도 다르므로 서로 다른 사실임이 틀림없다. 그러나 이 사실들은 꿈의 내용과 주인이 어찌됐든 현실조건에 대한 판단이 아니라 꿈의 해석이라는 점에서 동일한 '사실 화제'를 공유하고 있는 셈이다. 즉 이 대사 국면에서는 '현실조건에 대한 판단'에서 '꿈의 해석'으로 사실 화제의 전환이 일어나고 있다. 사실 화제는 고정적이고 절대적으로 규정될 수 있는 개념이 아니라 상대적이라는 점을 강조하고 싶다. '현실조건에 대한 판단'을 사실 화제로 파악할 수 있는 것은 그 자체가 독립적으로 사실 화제의 조건을 갖추고 있기 때문이 아니라, 뒤따라 나오는 논증의 사실 화제를 '꿈의 해석'으로 특정할 수 있기 때문이다. '꿈의 해석'을 사실 화제로 볼 수 있는 것 역시 마찬가지로 앞에 등장한 '현실조건에 대한 판단'이라는 사실 화제에 입각하여 대등한 층위에서 출처상의 조건이 마련됨으로써 이루어지는 것이다.

1) '꿈 설전 담화'의 선형(線型)적 양상

<장끼전>의 설전 담화는 크게 나누어 작품 전반부의 주요 내용이라 할 수 있는 콩을 두고 벌이는 장끼와 까투리의 '꿈 설전 담화'와, 후반부의 주요 내용인 장끼가 죽은 이후 까투리가 자신에게 청혼하러 온 동물들과 벌이는 '개가 설전 담화'로 각각 살펴볼 수 있다.

  꿈 설전 담화는 까투리가 꾼 꿈에 대해 장끼와 까투리가 각각
이를 길몽과 흉몽으로 해석하게 됨으로써 서로 대립하여 언쟁하는
양상을 그리고 있다. 그런데 사실은 이 꿈 설전 담화에서 꿈의 올바
른 해석 여부가 중요한 것은 아니다. 진짜 중요한 문제는 우연히
발견하게 된 콩을 먹느냐 마느냐의 여부이다. 까투리는 어제 자신
이 꾼 꿈을 장끼의 죽음을 예견하는 흉몽으로 해석하여 장끼가 그
콩을 먹어서는 안 된다는 주장을 펼치고, 장끼는 그 반대로 길몽으
로 해석하여 콩을 먹으려 하는 것이다. 따라서 꿈 설전 담화를 분석
하기 전에, 이 담화가 놓인 상황적 맥락에 대해 관심을 기울일 필요
가 있을 것이다. 그러기 위해서 장끼와 까투리가 콩을 두고 벌이는
설전 담화의 전체적 경향을 우선 살피고 그 중 핵심적인 비중을 차
지하는 꿈 설전 담화를 다시 논할 필요가 있다고 생각된다.

  콩을 두고 벌이는 설전 담화는 작품 본문 중 까투리의 대사 '아즉
그 콩 먹지마소~'에서 시작하여 장끼의 대사 '~나도 이 콩 달게
먹고 태공갓치 오래 살고 태백 갓치 샹텬하야 태을션관 되오리라'
로 끝을 맺는다. 다음 도표는 지금까지 살펴본 여러 이론들을 응용
하여 이 설전 담화의 양상을 그려본 것이다.

〈콩 설전 담화의 사실 화제 구조〉

대화 진행	사실 화제			지속/전환
	현실조건에 대한 판단	꿈의 해석	유교적 가치	
까투리	눈 위에 사람 흔적~ ↓			
장끼	지금은 동지섣달 설한			지속
까투리		꿈을 꾸니 크게 불길 ↓ ⋮		순전환
장끼		⋮ 까투리가 바람남		
까투리			장부의 근신, 군자의 염치 ↓	순전환
장끼			염치보다 먹는 것이 중요	지속

* 박스 속에 있는 내용이 '꿈 설전 담화'

위의 도표에서 세로축은 장끼와 까투리의 대화가 진행되는 순차적인 시간을 가리킨다. 위에서 아래로 내려가면서 두 동물의 논쟁이 진행되고 있는 것이다. 가로축은 대화를 이어가면서 발생하는 '사실 화제'의 지속 또는 전환을 다루고 있다. 즉 장끼와 까투리는 가장 왼쪽에 있는 사실 화제인 '현실조건에 대한 판단'을 기반으로 하여 자신의 주장을 입증하려고 하다가 까투리에 의해 '꿈의 해석'으로, 그리고 연이어 '유교적 가치'로 전환하며 설전을 펼치게 된다.

이처럼 콩을 두고 벌이는 설전 담화는 크게 세 가지의 '사실 화제'로 구성된다.

그런데 여기서 눈에 띄는 것은 '사실 화제'의 전환을 이끄는 동물이 까투리라는 사실이다. 까투리는 눈 위에 사람의 흔적이 있다는 사실을 제시하다가 장끼의 반박에 부딪치자 바로 자신의 꿈을 새로운 '사실'로 제시한다. 꿈의 해석 층위의 사실을 통해서도 장끼를 설득시키지 못하자 까투리는 장끼에게 또 다시 유교적 덕목을 사실로 새롭게 제시하며 논의의 전환을 모색한다. 이에 반해 장끼는 까투리가 사실 화제를 제시 및 전환할 때마다 그 사실 화제를 지속시키며 반박을 펼친다.

그런데 두 번째 사실 화제 '꿈의 해석'의 층위에서 벌어지는 장끼와 까투리의 논쟁 국면, 즉 꿈 설전 담화에서는 한동안 동일한 '사실 화제'를 가지고 논쟁을 연속적으로 벌이게 된다는 점에서, 까투리와 장끼의 위와 같은 논증 경향에 변화가 일어날 조짐이 예상된다. 즉 더 이상 사실 화제가 변경되지 않고 어느 정도 동일한 사실 화제 속에서 지속적인 논쟁이 벌어질 가능성을 짐작해볼 수 있는 것이다. 그런데 후술하겠지만, 실상은 그렇지 못하다. 위의 도표에서는 지면의 한계상 꿈 설전 담화의 국면은 생략하였다. 다른 사실 화제들이 한번 대사를 주고받는 데에서 그치는 데 비해 꿈 설전 담화는 다수의 대사로 이루어져 있고 콩을 두고 벌이는 설전 담화에서 대부분의 비중을 차지한다. 따라서 꿈 설전 담화의 내부에서는 그 하위 부류의 사실 화제를 또 다시 설정할 수 있게 된다. 이 점에 입각하여 꿈 설전 담화만을 따로 떼어내어 도표로 나타내면 다음과 같다.

〈꿈 설전 담화의 사실 화제 구조〉

대화 진행	사실 화제					지속/전환
	장끼 꿈	까투리 이경 꿈	까투리 삼경 꿈	까투리 사/오경 꿈	까투리 새벽녘 꿈	
① 장끼	옥황상제 문안					
② 까투리		쌍무지개 =칼				순전환
③ 장끼		쌍무지개= 어사화				지속
④ 까투리			무쇠가마, 물에 빠짐			순전환
⑤ 장끼			투구, 물 건너 중원 평정			지속
⑥ 까투리				구름장막/ 별 떨어짐		순전환
⑦ 장끼				화초병풍/ 태기 있음		지속
⑧ 까투리					청삽사리	순전환
⑨ 장끼					까투리가 바람 남	지속

　　꿈 설전 담화는 장끼의 대사 '내 거야의 일몽을 어드니~쥬린 양을 채여보자'에서 시작된다. 장끼는 꿈에서 자신이 옥황상제를 만나 온갖 영화와 부귀를 약속받았다는 것을 '사실'로 제시하며 이는 길

몽이니 콩을 먹어도 된다고 주장한다. 이러한 장끼의 꿈에 대해 까투리는 별 다른 토를 달지 않고 자신이 이경에 꾼 흉몽을 사실로 제시하며 그 콩을 먹어서는 안 된다고 장끼를 만류한다. 까투리가 자신의 꿈을 흉몽으로 파악하는 이유는 꿈에서 쌍무지개가 칼로 변해 장끼의 머리를 베어버리는 광경을 보았기 때문이다. 그런데 장끼는 쌍 무지개를 어사화로 파악하며 그 꿈은 자신이 죽을 꿈이 아니라 장원 급제할 꿈으로 해석하며 까투리의 만류를 뿌리친다. 까투리의 이경 꿈에 대해서 까투리와 장끼는 한 대사씩을 주고받는데 이 두 대사가 진행되는 동안에 사실 화제는 지속되는 셈이다. 그런데 이경 꿈에 대한 장끼의 또 다른 해석에 대해 까투리는 이번에도 별 다른 토를 달지 않는다. 까투리는 바로 삼경에 꿨던 자신의 꿈을 새로운 사실로 제시하는 것이다. 삼경 꿈에서 까투리는 장끼가 무쇠가마를 머리에 쓰고 물에 빠져 죽는 모습을 보았다고 얘기하지만 이 역시 장끼는 머리에 무쇠가마가 아닌 투구를 쓰는 것이며 자신이 중원을 평정하는 것을 의미하는 것이라고 해석한다. 까투리는 바로 사경과 오경 꿈을 제시하는데 각각 구름 장막이 둘의 머리 위에 떨어져 죽게 되는 장면과 장끼의 죽음을 예고하듯 별이 떨어지는 장면을 언급한다. 이에 질세라 장끼는 이 꿈들을 각각 둘이 합방하는 것과 연이어 까투리가 임신을 하게 된다는 태몽으로 해석하며 반박한다. 마지막으로 까투리는 청삽사리가 자신들을 헤치는 새벽녘 꿈을 제시하는데 이 역시 장끼가 까투리가 바람이 나는 것으로 해석하고 이내 흥분하여 설전을 일방적으로 끝맺게 된다.

위 도표에서도 마찬가지로 까투리에 의해 '사실 화제'가 계속해서 전환되는 패턴은 그대로이며 오히려 심화되기까지 한다. 까투리는 지난밤에 꾸었던 꿈을 '사실'로서 시간대별로 새롭게 제시하고 있다. 이에 반해 장끼는 까투리의 사실 화제를 그대로 지속시켜 대화를 진행해나간다. 즉 까투리가 자신이 꾼 꿈에 대한 해석을 내놓으면, 장끼는 같은 꿈에 대한 다른 해석을 지속적으로 제시하고 있는 것이다. 이를 다른 말로 바꾸면, 까투리는 자신의 꿈 해석이 장끼에게 받아들여지지 않자 금방 포기하며, 장끼의 꿈 해석에 대한 재반박을 하지 않은 채 곧바로 다른 꿈을 제시한다는 것이다.

우리는 여기서 사실 화제가 꾸준히 지속되거나 또는 자주 전환되는 논증 경향이, 논쟁의 질적 수준에 끼치는 영향에 대해 생각해볼 필요가 있다. 논증 과정에서 사실 화제가 꾸준히 지속된 채로 대화가 진행된다는 것은 아무래도 어느 한 가지 논점에 대한 성찰이 진지하게 이루어지고 있을 가능성이 높다고 할 수 있다. 반대로 사실 화제가 자주 전환된다는 것은 다양한 논점이 제시됨으로써 논쟁이 다각적으로 이루어질 가능성은 높아지나, 그만큼 한 논점에 대해 진지한 성찰이 이루어질 가능성은 낮아진다고 할 수 있다. 그런데 꿈 설전 담화에서 까투리로 인해 벌어지는 잦은 사실 화제 전환은 논쟁의 목적이 문제 해결이라는 점을 고려할 때 장점보다는 단점이 많이 부각되고 있다. 장끼가 까투리의 꿈 해석에 대한 반박을 적극적으로 행하는 반면에, 까투리는 이에 대한 재반박이나 또 다른 관점에 입각한 재해석을 전혀 이루어내지 못하고 있기 때문이다. 즉 까투리의 이러한 논증 경향은 장끼의 고집스러운 면모만큼이나 둘 간의 꿈 해석상의 합치를 가로막고 있고 따라서 콩을 둘러싼 문제

역시 해결되지 못한 채로 끝을 맺게 되는 데 일조한다.

꿈 설전 담화에 대한 기존 논의는 대부분 장끼의 고집불통에 주로 초점을 맞추며, 이를 가부장 권위의 경직성을 설파하고 있는 것으로 받아들인다. 그리고 이러한 장끼의 성격적 결함으로 인해 둘 간의 설전이 합의될 수 없는 방향으로 치닫게 되고 종국에는 콩을 먹어 장끼 스스로 죽음이라는 비극을 불러온 것으로 조명된다. 반면에 까투리는 장끼의 이러한 부정적 성향에 의해 억압받는 연약한 피해자로 그려진다. 그런데 사실 화제 구조를 통해 살펴보면 잦은 화제 전환을 일삼는 까투리의 논증 경향 역시 논쟁의 합의에 도달하지 못하게끔 만드는 요인이 되고 있다. 다음은 꿈 설전 담화 중 일부를 옮겨 놓은 것이다.

> 까투리 : 그대 꿈 그러하나 이내 꿈 해몽하면 무비 다 흉몽이라 어제 밤 이경초의 첫잠드러 꿈을 꾸니 북망산 음지작의 구진비 훗 뿌리며 청텬무지개 홀지의 칼이 되여 자내 머리 뎅겅 베여 내리치니 자내 죽을 흉몽이라 제발 그 콩 먹지마소
>
> 장끼 : 그 꿈 염녀마라 츈당대 알셩과의 문관장원 참례하여 어사화 두 가지를 머리 우의 슉여꼿고 장안대도상의 왕내할 꿈이로다 과거나 심써보세

위 인용문에서 까투리는 이경초에 꾼 꿈에 대해서 장끼에게 자신의 해석을 곁들여 설명하고 있다. 이에 대한 장끼의 재해석에서 유의하여 주목할 점은 장끼가 까투리가 제시한 꿈에 대해 주의를 그대로 유지하되, 이 꿈에 대한 해석을 까투리와 다르게 하고 있다는 점이다. 까투리가 꿈에 보이는 액면 그대로의 사건을 현실 세계에 곧바로

벌어질 일로 보았다면, 장끼는 이 꿈을 실제적인 사건에 대한 일종의 비유로 파악하고 그 원관념에 해당하는 일을 나름대로 해석하고 있다. 대부분의 기존 논의에서는 장끼의 이러한 면모를 두고 억지이며 고집으로 바라보고 장끼를 비판의 대상으로 여기고 있는 셈이다. 그러나 이러한 비판은 다분히 현실 논리의 기준에서 행해진 것임을 반성할 필요가 있다. <장끼전>의 세계는 꿈이 논증 구조의 '사실'로 제시될 수 있는 세계관을 바탕으로 하여 성립되고 있다. 흉몽을 꾸었으니 콩을 먹어서는 안 된다는 인과 관계가 성립될 수 있는 인식 자체가 이미 현실 논리에서 저만치 멀어져 있는 셈이다.

같은 꿈을 바라본 상태에서 각자의 해석을 펼친다는 것은 같은 '사실'에서 서로 다른 '주장'을 제기하는 것이다. 다시 말하면 이는 꿈 해석에 있어서 장끼와 까투리의 '논거'가 서로 다르다는 것을 의미한다. 이는 단순한 의견 차이가 아니라 사실 심각한 수준에서의 인식론적 대립이라고 할 수 있다. 2장에서 전술한 바 있듯이, 논거는 사실과 주장을 논리적으로 매개하는 추론 과정으로서 설전의 참여자들이 당연시하고 있는 전제들이기에 담화 표면상에 굳이 드러나지 않는 논증구조 요소다. 꿈 설전 담화에서 마땅히 주목해야 하는 것은 장끼의 고집스러운 '일방향적인 소통 방식'과 이에 대한 까투리의 '반박 능력의 부재' 이전에 둘 간의 공유하는 세계관이 부재하고 있다는 점일 것이다.

둘 간의 세계관의 공유지점이 없다는 것, 이는 위 꿈 설전 담화의 도표에서처럼 선형(線型)적 유형을 양산하게 되는 근본적인 원인으로 작용한다. 한 사실 화제에 대한 진지한 성찰 없이 전환만 자주 일어나서 논의의 끝없는 횡적인 이동을 부추기고, 얼마간의 지속 역시 어떤 가치 있는 성과를 내지 못하여 논의 양상은 대각선의 형태를 그리게 된다. 이때 꿈 설전 담화의 선형적 유형은 그 자체로 이미 〈장끼전〉이 지니는 문제의식을 노정하고 있다. 이러한 담화의 선형성을 양산하는 데 장끼와 까투리 모두 각자의 논증 방식으로 기여를 하고 있다는 점에 착목한다면, 진정한 문제는 장끼를 통해 표상되어 있는 것이 아니라 이러한 담화적 양상 자체에 이미 내재하고 있는 것이라 생각된다. 즉 이러한 설전 담화의 유형적 양상은 현실 사회의 구조적 문제를 '지시'한다기보다는 그 자체로 현실 사회와 '상동'하다고 보는 편이 적절할 것이다.

이렇게 볼 때 콩을 두고 벌이는 설전 담화에서 가장 문제시되는 것은 장끼나 까투리와 같은 인물의 형상이 아니라 콩을 먹느냐 마느냐의 문제 그 자체에 있다. 장끼와 까투리에게 있어서 콩을 먹느냐 마느냐는 곧 죽느냐 사느냐의 문제와 직결된다. 꿈 설전 담화의 선형성은 콩을 먹고 말고의 문제가 결코 타협하고 합의될 수 없는 절실하고 지대한 문제라는 점을 그 자체로 보여준다고 판단된다. 단지 콩 하나를 먹느냐 마느냐가 이토록 문제시되고 서사체의 주요 화제로 떠오르며, 이러한 비정상적인 논증 구조 유형을 양산해낸다는 점이야말로 〈장끼전〉을 통해 지각할 수 있는 사회 현실적 심각성의 총체라고 할 수 있다.

2) '개가 설전 담화'의 환형(環型)적 양상

이어서 살펴볼 것은 개가 설전 담화이다. 개가 설전 담화는 장끼가 죽고 난 뒤 상을 치르고 있는 까투리에게 여러 동물이 청혼하러 오면서 시작된다. 까마귀가 가장 먼저 찾아와서 까투리에게 하는 말 '그 친구 풍신죠코 심덕조아~'에서부터 까투리가 장끼의 청혼을 결국 허락하면서 하는 '~상사로다 아모커나 살어보세'로 맺어진다. 꿈 설전 담화 분석과 마찬가지로 툴민의 논증 구조 모델과 반 다이크의 거시 규칙을 바탕으로 하여 사실 화제 구조를 도표로 나타내면 다음과 같다.

〈개가 설전 담화의 사실 화제 구조〉

대화 진행	사실 화제			지속 /전환
	1. 자연이치	2. 사회 관례	3. 삶의 이점	
① 까마귀	삼물조합이 맞음			
② 까투리		여필종부라 하였으니		순전환
③ 까마귀		미물에게 수절이		지속
④ 물오리	자연궁합, 이성지합			역전환
⑤ 까투리	음흉한 말			지속
⑥ 물오리			좋은 생애 물 밖에	순전환
⑦ 까투리			육지 생애 당할 손가	지속
⑧ 장끼	천정배필을 하늘이			역전환
⑨ 까투리	음란지심	죽은 낭군~야박하나		지속

까마귀는 까투리가 상부(喪夫)할 때 마침 자기가 여기 온 것을 두고 서로 혼인하는 것이 삼물조합에 맞는 일이라며 까투리에게 청혼한다. 까마귀는 자연 이치를 들어 까투리가 자신에게 개가하는 것의 정당성을 주장하는 셈인데 이에 대해 까투리는 삼년상을 마치지도 않고 개가하는 것은 사회 관례에 맞지 않는 일이라 하여 청혼을 거절한다. 이에 대해 까마귀는 한낱 미물이 수절을 지키는 것이 가당치 않다고 비난하며 물러난다. 그 후 까마귀와 부엉이, 기러기 간에 벌어지는 논외의 설전(누가 더 어른인가를 두고 벌이는 설전)이 삽입되고 이어 물오리가 등장하여 까투리에게 청혼함으로써 개가 설전 담화가 재개된다. 물오리는 과부가 홀아비를 만나는 것 자체가 자연궁합이 절로 이루어진 것이며, 자신과 이성지합(異姓之合)을 이룰 것을 까투리에게 설득한다. 까투리가 물오리의 음침함을 탓하는 것으로 말을 되받지만 그렇게 싫은 내색은 보이지 않자, 물오리는 물 밖의 삶의 이점에 대해 늘어놓으며 까투리를 유혹한다. 이에 까투리는 마찬가지로 육지의 삶의 이점을 들며 물오리의 청혼을 거절하게 된다. 이어 장끼가 등장하는데 장끼는 까투리가 과부되고 자신이 조상한 것이 하늘이 정해준 인연이라 언급하며 청혼하고 까투리는 이를 받아들여 개가하게 된다.

꿈 설전 담화와 비교해서 가장 눈에 띄는 점은 까투리가 다른 동물들이 제시한 '사실 화제'를 지속시키는 경우가 발생했다는 것이다. 개가 설전 담화에서 까투리는 까마귀의 청혼 요청에 대해 거절하면서 오직 한번 사실 화제를 전환시켰을 뿐 그 이후, 물오리와 장끼의 주장에 대해서는 사실 화제를 반복적으로 지속시키고 있다. 이는

꿈 설전 담화에서와는 달리 까투리가 개가 문제에 대해서 다른 참여
동물들과의 태도에서 '대화적'인 면모를 보였다는 것을 의미한다.

또 하나 개가 설전 담화에서 유의해야 할 점은 '역전환'이 이루어
지고 있다는 것이다. '역전환'은 사실 화제가 전환되긴 하되, 이전에
한번 논의되었던 '사실 화제'로 되돌아간다는 것을 뜻한다. 물오리
는 까마귀와 같은 사실 화제로서 자연이치를 설파하며 까투리에게
자신과 결혼해 줄 것을 설득한다. 마지막에 등장하는 장끼가 까투
리에게 청혼하기 위해 든 '사실 화제' 역시 까마귀나 물오리의 그것
과 동일하다. 결국 장끼의 청혼을 받아들이면서 자신의 결정을 합
리화하기 위한 근거로 까투리는 자연 이치와 사회 관례에 해당하는
사실 화제를 모두 지목하기도 한다. 그리하여 꿈 설전 담화와는 달
리 개가 설전 담화의 경우 순전환이 줄어들고 지속과 역전환이 늘
어나고 있어 비교적 환형(環型)적 양상이 그려지고 있다.

개가 설전 담화의 이러한 환형성은 이미 그자체로 과부의 개가
문제에 대한 당대의 인식 경향을 어느 정도 그려내고 있다고 생각된
다. 당대에 과부의 개가 문제는 특정한 몇 가지의 논점에서 반복적으
로 논의될 수 있는 논제로 받아들여졌던 것이다.14) 위 도표에 나타난

---

14) 서유석은 <장끼전>의 이본에서 나타난 까투리의 개가 여부에 대한 다양한 결말
을 가부장제에 은폐된 다양한 여성적 시선의 구현으로 바라보았다. 그런데 필자의
논지에 따르면 개가 여부에 대한 다양한 논의의 확보 가능성은 비단 여러 이본의
각양각색의 결말부의 존재로만 파악될 성질은 아닐 것으로 생각된다. 하나의 판본
에서도 개가 설전 담화에 참여하는 동물들의 다양한 시선이 확보되어 있고 이들
대화의 총집인 설전 담화가 환형성를 띠게 될 때, 이미 개가 문제는 그 자체로
많은 시선이 투영되고 이들 시선간의 적절한 합의가 이루어질 가능성을 보여주고
있다고 생각되기 때문이다. 서유석, 「<장끼전>에 나타나는 '뒤틀린' 인물 형상과

세 가지의 사실 화제가 바로 이 논점들을 구성하고 있다. 대화를 진행
해도 끝없이 서로 평행선만을 그리며 사실 화제의 횡적 이동이 촉진
되기만 했던 꿈 설전 담화의 경우, 양자 간의 결코 타협될 수 없는
세계관의 차이가 부각된다. 이에 반해 개가 설전 담화는 사실 화제의
종적 이동을 촉진시키는 경향이 상대적으로 더 두드러지고 있다. 이
는 그만큼 반복적으로 동일한 논점에 대한 논의가 이루어진다는 것
으로서 개가 문제가 사회 구성원간의 합의에 의해 조정될 수 있는
성질의 논제임이 문학적 형식으로 드러나고 있다고 생각된다.

　장끼의 청혼을 받고 까투리가 음란한 마음을 품게 되어 개가를
이루게 된다는 점에서 까투리를 이념 및 관례적 한계를 벗어 던지
고 자연스러운 인간의 욕망을 실천하는 인물로 평가할 수 있다. 그
런데 위 설전 담화의 환형적 양상은 이와 더불어 놓치지 않아야 할
중요한 문제를 제기하고 있다. 까마귀와 물오리, 장끼가 '자연 이치'
라는 같은 '사실 화제'를 통해 까투리를 설득시킴에도 불구하고 까
투리가 장끼의 청혼만을 받아들인다는 것은, 까투리가 까마귀와 물
오리에게 취했던 절부(節婦)로서의 태도에 대해 진정성을 의심할
수밖에 없게 만든다. 까투리는 오로지 '음난지심이 발동'하여 장끼
를 택하는데, 이는 까투리가 그 동안 까마귀와 물오리에게 해보였
던 태도와 모순되기 때문이다. 까투리는 처음부터 개가 자체에 대
해 거부감을 갖고 있지는 않아 보인다. 까마귀와 물오리의 청혼을
거절한 것은 개가할 수 없어서가 아니라 단지 그들이 남편감으로서

여성적 시선」, 『서강인문논총』 29집, 서강대학교 인문과학연구소, 2010, 254쪽.

부족하다고 판단했을 뿐이라는 정황이 포착되는 것이다.

이러한 모순은 비단 까투리가 지닌 개인적인 허위성만을 지목하고 있지는 않다. 그보다는 담론 상황에서 가부장제 이념이 놓인 처지를 노정하고 있다고 보는 편이 더욱 적절할 것이다. 가부장제 이념 하에서 마땅히 지켜야져야 할 남편에 대한 아내의 절개는, 단지 진심을 숨겨 거절하거나 거절당하는 입장의 체면 상 손실을 줄이려고 에둘러 언급하는, 일종의 면피용 전략의 하나로까지 격하되고 있다. 이는 사실 꿈 설전 담화에서 장끼가 보여준 가부장제 속 남성의 비뚤어진 전형성보다도 더욱 효과적으로 가부장제 이념을 해체하는 데 한 몫 하고 있다고 생각된다. 해당 인물의 폭력성을 보여주며 거기에 비춰진 가부장제의 악영향을 넌지시 알려주는 것이 아니라, 구체적인 담론 상황에서 가부장제 이념이 전혀 진지한 취급을 받지 못하고 있음을 보다 직접적으로 드러내고 있기 때문이다.

4. 맺음말

기존 논의에서는 장끼의 부정적 형상에 대해 대체로 공감하면서[15] 장끼를 당대 사회 현실에 대한 하나의 언표적 지시체로 간주하려는 경향이 강했다. 장끼의 고집불통을 가부장제 이데올로기의 경직성으로 바라본 논의가 대부분을 차지하는가 하면, 장끼의 언동

---

15) 대표적으로 김종철은 장끼의 부정적 형상을 크게 허위의식, 고집, 허무주의, 폭력적인 성격, 뒤틀린 형상으로 파악한다. 김종철, 「<장끼전>과 뒤틀림의 미학」, 『판소리의 미학과 정서』, 역사비평사, 1997, 83~125쪽.

을 일종의 병리 현상으로 간주하고 당대 유랑민의 처절한 삶의 조
건에 기인한 것으로 판단한 논의16)도 일부 제출되었다. 이들 논의
는 고전 소설 연구사에서 관습적으로 활용되어 왔던 선/악의 이분
법적 인물 구도를 가해/피해라는 기준으로 치환하여, 장끼와 까투
리에게 적용하고 마찬가지로 이들을 구획한 혐의에서 완전히 자유
로울 수 없다고 생각된다. 〈장끼전〉 서사에서 주요한 갈등을 야기
하고 끝내 파국으로 몰고 가는 대부분의 동력을 장끼에서 찾고자
하는 것이다. 이때 까투리는 남편의 고집을 꺾지 못하여 어쩔 수없
이 남편을 잃은 가련한 여인으로서, 적어도 콩을 두고 펼치는 설전
담화에서는 장끼에 비해 주체적이지 못한 대상으로 전락한다.17) 그
러나 논증 구조를 바탕으로 한 위 분석 결과로 미루어 볼 때, 까투리
는 논쟁이 합의되지 못하고 파국으로 치닫게 되는 데에 분명 일조
하고 있으며, 까투리 역시 꿈 설전 담화의 이러한 양상을 빚어내는
데 주체적인 역할을 떠맡고 있음이 관찰된다. 따라서 장끼와 까투
리의 인물 구도를 이분법적으로 나누어 한쪽은 가해 남성으로, 한
쪽은 피해 여성으로 바라보았던 시선에서 어느 정도 탈피할 필요가
있다고 생각된다.

---

16) 정환국은 장끼의 그로테스크한 형상화와 관련하여 삶의 가장 기본적인 욕구가
병적인 집착으로 보인다는 당대 현실을 지목했다. 정환국, 「19세기 문학의 '불편
함'에 대하여-그로테스크한 경향과 관련하여」, 『한국문화연구』 36집, 동국대학교
한국문화연구소, 2009.
17) 기존 논의에 따를 경우, 까투리의 대상적 및 소극적 면모는 꿈 설전 담화로 제한
되어 설명되어야 할 것이다. 그 이유는 개가 설전 담화에서 까투리는 매우 적극적
이고 주체적인 모습을 보여주기 때문이다. 그런데 본 논의에서는 꿈 설전 담화에
서도 까투리의 역할 비중이 만만치 않음을 강조하고자 하는 것이다.

기존 논의에서 엿보이는 경직된 인물구도는 개가 설전 담화에 대해서도 약간 변형되어 유지되는 편이다. 기존 논의에서는 대부분 개가 설전 담화에서 까투리의 능동적이고 주체적인 태도를 주목한다. 꿈 설전 담화에서 장끼를 파국으로 이끈 장본인을 장끼의 고집 불통함이라고 바라보았듯이 개가 설전 담화에서 개가를 시도하고 성취하는 진취적인 태도를 까투리의 언동에서 읽어낸다. 그런데 이 담화가 환형성의 양상을 띠게 되는 데 기여하는 것은 까투리만이 아니다. 까투리가 사실 화제를 지속하는 비중이 꿈 설전 담화보다 훨씬 커진 것은 분명한 사실이지만 개가 설전 담화가 꿈 설전 담화와 결정적인 차이를 보이는 지점, 즉 사실 화제의 지속과 역전환을 이끄는 데 까마귀 및 물오리와 장끼의 역할이 만만찮음을 파악할 수 있다. 즉 개가 설전 담화 역시 꿈 설전 담화의 경우와 마찬가지로 표면상의 동력을 까투리라는 한 인물에게서 찾으려는 경향에 대해 재고할 필요성이 제기된다고 할 것이다. 즉 작품이 담지하고 있는 현실 세계에 대한 반성 또는 미래에의 긍정적 전망이 표상되는 매개체로서 인물을 주로 지적해왔던 관습적 인물론에 반성을 요하는 지점이라고 생각된다. 이를 다시 말하면 장끼와 까투리라는 인물 요소에만 매달릴 것이 아니라 장끼와 까투리의 역할을 재구도화하고 그에 따른 <장끼전>의 사회적 의미와 가치를 정당하게 자리매김하게 할, 또 다른 텍스트 층위로부터의 시선이 요청되는 것이다. 필자는 그중에서도 담화 층위의 분석에 입각한 시선이 주요한 자리를 차지할 수 있고, 또 그래야만 한다고 생각한다.

가문소설에서의 희학적 대화의 담화 공간

김현주

1. 머리말

우리 고전문학에는 희언 내지는 농필이라 부를 수 있는 담화적 형식이 광범위하게 존재한다. 비교적 이른 시기의 서사체인, 사물을 의인화하여 표현한 가전체의 전통에서부터 파자 형식을 포함하는 한시의 희작화 경향1)이라든지, 야담집 소재 소화(笑話)류라든지, 새로운 일상문체적 실험이랄 수 있는 소품문과 연암의 구전이라든지, 조선 후기의 사설시조와 판소리 사설에 이르기까지 대상을 우스꽝스럽게 표현하거나 언어를 가지고 말장난을 부리는 형태의 담화 방식은 일종의 문학전통으로 이어져 내려왔다.2) 그러한 전통

---

1) 임형택, 「이조말 지식인의 분화와 문학의 희작화 경향」, 『전환기의 동아시아 문학』, 창작과비평사, 1985, 11~54쪽.
2) 희언 또는 재담의 전통은 기술문학에서뿐만 아니라 구술연행에서도 찾아볼 수 있는데, 처용가를 비롯한 고려가요에서도 이러한 흔적을 찾아볼 수 있고, 조선시대 나례희에서 광대들이 행하던 소학지희(笑謔之戱)에서도 그 전통을 볼 수 있다.

은 장르 체계가 확장하면서 분화되는 과정의 산물이기도 하고, 창작층의 현실인식이 심화되는 과정의 산물이기도 할 것이다. 세계에 대한 사실주의적 재현방식이 강화되면서 거기에 동반되는 비판 풍자 정신에서 분비되는 측면도 있었던 것이다.

희언 내지는 농필이라 부를 수 있는 담화적 형식은 등장인물들간의 대화에서도 볼 수 있는데, 인물들 상호간에 희롱이 있고 그럼으로써 웃음이 일어난다는 점에서 우리는 그런 대화를 '희학(戲謔)적 대화'라고 부를 수 있을 것이다. 이 글은 국문장편 가문소설인 <조씨삼대록>과 <소현성록>을 대상으로 하여 희학적 대화가 지닌 성격과 거기에 담긴 함축적 의미를 분석해보고자 한다. 이들 가문소설에 나오는 희학적 대화는 우리 고전문학사상 야담의 소화류와 더불어 거의 최초의 대화체 유머라고 생각되며, 그리고 그것이 국지적인 현상이 아니라 편만화된 존재 양상을 보이고 있다는 점에서도 주목된다. 이들 희학적 대화를 살펴보면, 보통의 다른 대화와는 그것이 환기하는 정서도 다르고 대상에 대한 진술태도도 다르며 시공간적 인식도 다르다고 판단된다. 그리고 그것이 불러일으키는 유머적 자질이 우리 문학사상 독특한 위치 내지는 의의를 지닌다는 점도 중요하다. 조선 후기의 판소리문학에서 대거 등장하는 유머적 언술과는 또 다른 측면에서 독특함을 보이기 때문에 더욱 의미가 있지 않나 판단된다.

이 글은 가문소설에서의 희학적 대화가 일반적인 대화 자질에서 벗어나 특이한 공간적인 자질을 갖는다는 점에 특별히 주목하고자 한다. 대화체 언술이 어떤 공간성을 지닌다는 점에서 그것은 일종의 담화 공간이다. 우리는 고소설에 흔히 보이는 삽입시가나 배경 묘사와 같은 담화 형식이 환기하는 공간성과도 이를 비교해보고자 한다. 더욱 더 중요한 지점은 이러한 담화 공간이 가문소설의 서술 태도라든가 정신적 지향과 같은 문제와 접맥될 수 있는 가능성이 많다는 점이다. 다시 말해 가문소설의 이념적 지향과 접맥될 수 있다는 것인데, 우리는 이에 대한 해석적 지평을 타진해보도록 하겠다. 희학적 대화의 담화 공간이 갖는 함축 의미를 고찰하기 위해 이 글은 먼저 가문소설에 어떤 성격의 희학적 대화들이 나타나는지 살펴보고, 이를 미시적인 담화 분석을 통해 그 공간적인 성격에 접근해볼 것이며, 그리고 그러한 공간성이 갖는 문학사적이고 시대적인 의미를 궁구해보는 순서로 진행하고자 한다.

2. 희학적 대화의 유형과 담화 공간의 성격

가문소설에서 희학적 대화의 형식은 대화의 주체가 누구냐에 따라 나눠볼 수 있다. 즉, 대화의 주체가 누구이고 누구와 함께 대화를 나누고 있는지에 따라 유형화해볼 수 있는 것이다. 그리고 주로 어떤 주제를 초점으로 하여 희학적 대화를 나누고 있는지에 따라 그 하위 유형도 분류해볼 수 있다. 그렇다면 먼저 가문소설에서 희학적 대화를 주도하는 주체들은 1)주인공 세대의 서모가 되는 석파, 화파, 설파 등, 2)아들 세대의 고모가 되는 여자들, 3)매제와 처남 사이 혹은 동서지간이 되는 남자 형제들, 4)주인공과 막역지기 동료들, 이렇게 크게는 넷으로 구분할 수 있다고 본다.

먼저 가문의 서모들은 가문소설에서 희학적 대화를 주도하는 인물 가운데 하나이다. 그들이 가문 안에서 우스갯소리를 잘하는 인물이라는 것은 여러모로 주목할 만한 현상으로 생각된다. 그것은 그들이 가문 구성원들 사이의 갖가지 문제들을 제기하고 연결시키고 소통시키는 기능을 한다는 점과 연결되기 때문이다.3) 그래서 그들이 행하는 대화 속에는 분위기를 화기애애하게 만드는 작동기제가 필요한데, 그것이 바로 희학적 대화인 것이다. 간혹 가문의 어린 자식들 사이에서 희언을 잘하는 늙은이로 구박을 받기도 하지만, 농을 섞어 이야기를 잘하기 때문에 대체로 그들은 구성원들의 환영을 받는다. 서모들과 대화를 나누는 대상은 가문의 전 구성원이라 할 정도로 다양하다. 가문의 가장 어른인 태부인은 물론이고 그 자식대의 결혼한 아들들(주인공 세대)과 시집간 딸들(고모들), 그리고 주인공 세대의 반려자인 며느리들과 사위들도 서모와는 터놓고 대화하는 상대방이 된다. 그리고 손자대의 자식들과도 희언을 잘하는 인물로 그려진다. 특히 <소현성록>의 석파는 소운성과 격의 없이 희언을 하며, 그에 대해 운성 또한 희언으로 되받아치기를 잘하는 인물로 그려진다.

서모들은 태부인과 동렬의 세대 인물로서 가문의 대부분 구성원들보다는 어른이고, 또 여기저기 간여를 많이 해서 집안 사정을 꿰뚫고 있다는 점에서 아들과 딸, 손자, 그리고 그 며느리들과 사위들

3) 서경희, 「<소현성록>의 석파 연구」, 『한국고전연구』 12호, 2005, 69~100쪽.

을 비교 논평하는 데 능숙한 면모를 보인다. 그런데 인물들 간의
비교 논평에서 대체로 아들 세대보다는 주인공 세대, 손자 세대보
다는 아들 세대를 더 낮게 평가하는 경향을 보여준다.4) 며느리에
대해서도 아들 세대 며느리들보다는 주인공 세대의 며느리들, 손자
세대의 며느리들보다는 아들 세대의 며느리들에 대해 우위적인 평
가를 내리는 경향이 있다. 서모들의 희학적 대화에서 또 하나의 주
제는 아들 세대 또는 손자 세대의 인물들을 놀리는 것이다. 손자들
의 부인이나 첩에 대한 태도를 문제삼아 희롱하는 경우가 많다.5)
술을 먹거나 기생과 함께 놀다가 적발되어 그 아버지에게 벌을 받
게 되는 곤경에 처했을 때 서모들이 나타나 아까는 기세가 좋더니
지금은 왜 풀이 죽어 있느냐는 식으로 놀리기도 한다.6) 그러면 손
자들도 거기에 대거리하면서 험악한 분위기가 많이 풀어지는 모습
을 볼 수 있다.

　서모들의 희학적 대화의 또 다른 주제는 자기의 공치사에 관한
것이다. 특히 <소현성록>의 석파는 조카인 석부인을 소현성의 제2
부인으로 입가시키기 위해 온갖 노력을 하여 결국 자신의 중매가
성공하여 태부인과 소현성도 만족하므로 기회가 될 때마다 자신의
중매 사실을 강조한다. 소현성과 석부인 소생의 아들들이 결혼하고

4) <조씨삼대록> 2권 106~108쪽 ; <소현성록> 4권 43~46쪽, 10권 69~73쪽. 이는
　<소현성록>의 석파가 가문원들을 우열을 가려 평가한다는 지적과 맥을 같이 한
　다. 서경희, 앞의 논문, 88쪽.
5) <조씨삼대록> 3권 31~32쪽, 22권 59~60쪽 ; <소현성록> 8권 86쪽, 9권 39~41
　쪽, 9권 55~56쪽, 9권 58~60쪽, 9권 104쪽.
6) <조씨삼대록> 23권 110~112쪽, <소현성록> 5권 119~120쪽.

며느리가 들어오면 소현성에게 며느리를 보니 어떠냐고 물으면서
자기의 공치사를 한바탕 우스꽝스럽게 늘어놓는다. 며느리를 보고
손주를 보는 것이 모두 자기가 중매한 덕분이라는 것이다.[7]

가문소설에서 서모들 만큼이나 희학적 대화를 잘하는 인물이 주
인공의 아들들 입장에서 볼 때 고모가 되는 사람들이다. 그들은 그
집안의 주인공 세대와 남매가 되는 딸들인데, 시집을 갔으면서도
거의 친정에 상주하는 듯하게 그려진다. 그들은 혼정신성하고 조회
하는 식구들의 매일 매일의 모임에 거의 모습을 드러내고 있다. 숙
모들이 가끔 우스갯소리를 하는 경우가 있지만 그것은 좀 드물고,
한 집안에서 같이 사는 듯하게 그려지는 고모들이 우스갯소리를
주도하여 분위기를 잡는 역할을 한다. 특히 고모들은 숙모와 그 며
느리와 같이 여자들만 있는 장소는 물론이고, 자기의 남자 형제들
과 그 자식들과 손자들이 다 있는 장소에서도 형제나 자식들의 약
점을 활용하여 희언을 함으로써 좌중을 박장대소케 한다. 고모의
희언은 <소현성록>에는 별로 보이지 않고, 주로 <조씨삼대록>에
많이 나온다.[8]

고모들은 남자 형제인 가문의 주인공들의 옛일을 상기시키면서
치부를 들추는 희언을 한다. 고모들은 남매지간으로서 가문의 주인
공들이 자라온 세월을 잘 알기 때문에 그 자식들의 일을 처리하는

---

7) <소현성록> 5권 76~80쪽.

8) <소현성록>에서의 고모는 교영이 일찍 죽고 소월영 한 명뿐인데, 월영은 비교적
성격이 진중하고 여군자다워서 희언을 그다지 좋아하지 않기 때문에 비롯되는 현
상이라고 생각된다.

방법이 옛날과 다를 경우, 왜 자기 자신은 그렇지 않았으면서 자식들에게는 엄격하게 이중잣대를 들이대느냐며 희언을 한다.9) 또 고모들은 자신의 조카들에 대해서도 논평을 잘한다. 조카들의 행위를 자기 부인들과의 관계로 환원하여 해석함으로써 웃음을 유발하는데, 부인이 무서워서 쟤는 부인방에 가야만 한다든가, 쟤는 부인을 사랑해서 이 자리를 뜨지 못한다든가 하며 엉뚱하게 해석함으로써 좌중을 웃기는 것이다.10) 그리고 고모들은 며느리들을 칭찬하는 말을 많이 하는데, 항상 올케들과 비교하면서 아름다운 며느리들 때문에 올케들이 낯을 두기 어렵겠다며 농담을 한다.11) 또 고모들은 자기 남편들의 첩의 많음과 적음을 통해 자신들의 복록을 과시함으로써 좌중을 웃기기도 한다.12)

매제와 처남 사이가 되는 남자들 간의 희언도 많이 등장한다. 처남들은 자신의 누이를 매개로 하여 매제와 연결되는 관계이기 때문에 화제도 누이와의 사이에서 일어난 행동을 연결시켜 상대방의 약점을 들춰내는 방식으로 이루어지는 경향이 있다.13) 처남들은 자신의 누이 또는 다른 여자를 매제가 부모 몰래 취함으로써 결국 부모로부터 곤장을 맞은 사건을 환기하여 매제를 곤경에 빠뜨리는 것을 좋아한다.14) 또 처남들은 매제가 부인에게 쩔쩔 매고 쥐어살

9) <조씨삼대록> 2권 56쪽.
10) <조씨삼대록> 3권 16~17쪽, 5권 37~38쪽, 22권 65쪽.
11) <조씨삼대록> 1권 106~107쪽.
12) <조씨삼대록> 1권 94~98쪽.
13) <조씨삼대록> 14권 71~73쪽.
14) <조씨삼대록> 13권 1~14쪽.

기 때문에 부인을 너무 무서워하는 것으로 모든 상황을 결부시키면서 매제를 희롱한다.15) 매제가 첩이 없는 것도 부인을 두려워하기 때문이라고 소장부로 몰아붙인다.16)

그렇게 많은 사례는 보이지 않지만 가끔 집안의 남자 형제들이 희학적 대화를 나누기도 한다. 부모와 함께 있는 경우는 엄격한 가문의 위계질서상 희언이 발생되기 어렵지만 남자 형제들끼리만 있을 경우 종종 희언을 한다. 남자 형제들은 대체로 언행불일치와 같은 상대방의 약점을 화제에 올려 상대방을 반박하기도 하고 희롱함으로써 웃음을 유발한다. 특히 여자를 취한 일과 곤장을 맞은 일이 화제에 오르는 경향이 있는데, 이는 매제들하고 같이 있을 경우에도 늘상 행해지는 대화방식이기도 하다.

막역지기 동료들 간의 희학적 대화도 희언 발생 패턴의 하나를 차지한다. 대개 주인공 세대의 막역지기들 간의 대화중에 희언이 나타나는데, 자신의 아들 딸들이 혼령기에 있는 경우가 많기 때문에 청혼을 하는 과정에서 벌어진다. 한 쪽이 다른 쪽에게 양쪽의 자식들을 혼인시키는 게 어떠냐고 떠보면 상대방이 당신의 얼굴을 볼진대 딸의 사정을 알 수 있을 것이라고 농담을 하면서 거절한다. 그러면 상대방도 약점을 캐물어 흥겨운 언쟁이 벌어진다.17) 막역지기 동료들은 집안간에도 교류가 있어서 상대의 과거를 잘 알고 있기 때문에 상대가 옛날 행했던 비행이라든지 잘못을 들추어내 상대

15) <조씨삼대록> 6권 21~23쪽, 16권 31~35쪽 ; <소현성록> 2권 86~88쪽.
16) <소현성록> 4권 22~23쪽.
17) <조씨삼대록> 30권 60~61쪽.

를 공격하곤 한다. 그럴 때의 대표적인 소재는 여자를 몰래 취한 것과 그 대가로 곤장을 맞은 경험담을 꺼내 면박을 주는 것이다.[18]

이러한 희학적 대화들은 서사 상황 속에서 여러 가지 기능을 한다. 극중 상황의 분위기를 부드럽게 조성하여 그때 문제가 된 사건이나 상황을 무마하거나 자연스럽게 종결되도록 유도한다. 가문 구성원들 간의 갈등이나 악화된 관계를 완화시키는 윤활유 역할을 함으로써 구성원들 간의 화해가 촉진되고 소통이 원활하게 되기 때문이다. 대화를 매개로 하여 분위기가 전환되면서 결국 사건 상황이 반전의 계기가 마련되는 경우도 생긴다.[19] 이러한 점들은 플롯상에 나타나는 유머의 서사적 기능인데 이러한 서사 차원의 기능과는 별도로 희학적 대화 자체가 갖는 심층적 의미가 있을 것으로 판단된다. 희학적 대화가 어떤 담화적 결로 조직되어 있는지 파악하게 된다면 그것이 지닌 시대적이고 장르적인 의미에도 접근할 수 있으리라고 본다.

희학적 대화에서 대화하는 동안에는 시간이 흐른다. 일반적으로 대화가 이야기 시간(story time)과 진술 시간(narrating time)이 거의 비슷하게 흘러가는 담화 방식인 것처럼, 희학적 대화도 시간의 측면에서 보면 이야기 시간과 진술 시간이 거의 같이 흘러간다고 보아도 무방할 것이다. 그러나 희학적 대화는 다른 일반 대화와 시간의 성격에 있어 차이가 있다. 시간의 밀도 내지는 긴장도가 사뭇 다른

---

18) 〈조씨삼대록〉 1권 15~18쪽, 14권 61~65쪽.

19) 서경희는 이를 긴장의 이완과 파국의 무마라고 파악하였다. 서경희, 앞의 논문, 83~86쪽 참고.

것이다. 일반 대화가 사건의 진행 및 상황의 전개 등과 어떤 식으로건 관계를 갖고 있어 시간의 밀도가 상대적으로 조밀하다면, 희학적 대화는 사건이나 상황의 선조적 진행의 궤적으로부터는 이탈되어 있어 시간의 밀도가 그리 농밀하지 않은 편이다. 말놀이적 상황이기 때문에 시간적 텐션이 상당히 결여되어 있다. 그래서 희학적 대화 상황에서는 특이하게도 공간성의 국면이 형성된다고 할 수 있다.

희학적 대화에서 나오는 공간성은 담화 차원에서 생성되는 공간이기 때문에 일종의 담화 공간이라고 할 수 있다. 담화 공간은 이야기 차원에서 서술되는 현실 공간이 아니라 극중 인물이나 독자의 인식 또는 지각에 따라 형성되는 인식론적 공간 층위이다.[20] 극중 인물이나 독자의 내면의식 속에 형성되는 일종의 심리적인 공간으로서 이러한 담화 공간의 생성 메커니즘을 보아내기 위해서는 시간과 공간의 대립 개념과 상응하는 인식론적 틀을 원용할 필요가 있다고 판단된다. 이 글에서는 은유와 환유의 인식틀을 가지고 접근해보기로 한다. 여기서의 은유와 환유는 수사법 차원이라기보다는 세상을 비추는 하나의 시각 내지는 사유체계로서의 인식틀이다. 은유와 환유가 비록 시간을 통한 세계인식과 공간을 통한 세계인식으로 분명하게 나누어지는 것은 아니라고 하더라도 인식적 사유 경향이 시간과 공간의 양측면으로 경사되어 있는 점은 분명하다. 은유는 의미적 유사성에 정초한 것으로서 주어진 의미와 연관된 의미를 수직적으로 유추하는 형식이고, 환유는 의미적 인접성과 위치적 유

---

20) 장일구, 「소설공간론, 그 전제와 지평」, 한국소설학회 편, 『공간의 시학』, 예림기
   획, 2002, 14~25쪽 참조.

사성에 바탕을 두고21) 주어진 의미를 수평적으로 연상하는 형식이
라고 할 수 있다.22) 그러한 점에서 은유는 시간성을 환기하는 경향
을 보여준다면, 환유는 공간성을 환기하는 경향을 보여준다고 말할
수 있다.23)

<조씨삼대록>의 희학적 대화에 나타나는 공간성이 어떤 의미를
지니는 것이라면, 거기에 환유적 인식체계가 어떻게 작동하고 있는
지를 먼저 따져보아야 할 것이다. 다음 예문은 처남과 매제 사이에
벌어진 대화 상황으로서 앞서 언급한 것처럼 처남들이 매제가 여자
에게 쩔쩔맨다고 골려먹는 대목이다.

[철수문에게 시집 간 후염(진왕과 금선공주 사이에서 난 딸)이 투기
행동으로 남편 철생의 얼굴을 긁어 상처를 낸 사건으로 친정으로 쫓겨
온 후, 철생이 장인인 진왕을 뵈러 처가에 오게 된다. 처가에는 진왕과
초공 이하 여러 처남들이 모여 있다.]

---

21) 로만 야콥슨, 「언어의 두 양상과 실어증의 두 유형」, 『문학 속의 언어학』, 문학과
지성사, 1989, 111쪽 참조.
22) 김욱동, 『은유와 환유』, 민음사, 1999, 263쪽 참조.
23) 여기에서 사용하는 시간과 공간의 개념을 정확하게 이해하기 위해서는 '흘러가
는 시간'이나 '어떤 특정 영역'이라는 선입견으로부터 벗어나는 것이 중요하다. 여
기에서 사용하는 시간과 공간의 개념은 전적으로 비유적이다. 은유는 내적 유사성
에 따라 수직적으로 유추하는 것이며 통시적으로 치환한다는 점에서 시간적이라
는 것이고, 환유는 외적 인접성에 의해 수평적으로 연상하는 것이며 공시적으로
맥락화한다는 점에서 공간적이라는 것이다. 이러한 방향에서 은유와 환유는 그
의미 영역을 점점 더 넓혀가고 있는데, 은유가 필연성(심층논리적 관계)이라면 환
유는 우연성(구체적인 상황적 관계)이라고 할 수 있으며, 은유가 가부장 담론과
같은 억압과 폭력의 언어라면 환유는 해체주의 담론과 같은 저항의 언어라고 할
수 있다. 김욱동, 앞의 책, 253~296쪽 참조.

(1) 운현 왈, "네 이제는 머리의 관을 벗고 돈니라 사롬이 엇디 녀즈
　　　의게 뺨을 맛고 돈니리오"
(2) 영현 왈, "그러ㅎ나 죽으리오 부졀업슨 말을 도〃디 말나 그려도
　　　다힝이 ㅎ엿도다 만일 결장(決杖)ㅎ는 거죄 잇더면 더
　　　욱 엇디ㅎ리오"
(3) 몽현 왈, "출하리 타둔(打臀)ㅎ는 거시 나흘 거슬 등목쇼시(衆目
　　　所視)의 져 얼골을 들고 나니 가히 담 큰 사롬이로다"
[이렇게 매제 처남들 간에 농담이 교환될 때 또 다른 매제인 양인광
(진왕의 딸인 조월염의 남편)이 처가에 이르러 장인 어른에게 요사이
공무로 바빠 오지 못했음을 사죄한다.]
(4) 유현 왈, "네 녀식의 탐ㅎ여 만스룰 잇고 거즛 공무룰 칭탁ㅎ
　　　는다……"
(5) 양인광 왈, "……녀식 침혹은 네 ㅎ엿지 나는 부인 면목도 보완
　　　디 오리도다"
(6) [철생의 얼굴을 보고] 양인광 왈, "니 그디 낫츨 보니 손으로
　　　쯧은 모양이니 어너 부인긔 득죄ㅎ고 져 형상을 당
　　　흔다"
(7) 철생 왈, "부인의게 마즈나 쳡의게 마즈나 양즈범(양인광의 아
　　　호)의 알 배 아니로다"
(8) 초공 왈, "남의 일 웃디 말나 너도 이런 변을 당하리로다"
(9) 양인광 왈, "엇진 연괴완대 스뷔(師父) 내게 이 변이 오리라 ㅎ시
　　　느뇨"
(10) 운현 왈, "근늬의 낫 허위는 병이 이시딕 졍인군즈(正人君子)와
　　　열장부(烈丈夫)의게는 감히 못오고 즈범 ㄱ흔 부박지
　　　인(浮薄之人)의게 들기 쉬오매 계뷔(季父) 넘녀ㅎ시미
　　　라"24)

이 희학적 대화에서 환유적 인식의 경향을 잘 볼 수 있다. 환유적 인식의 한 축인 위치적 유사성은 구문론적 또는 통사론적 차원의 유사성으로서 이 인용문에서는 세 개의 명제에 대한 위치적 유사성이 보인다. 하나는, '부인에게 얼굴을 긁힘'이다. 이 명제에 대해 운현은 '여자에게 뺨을 맞음'(1)이라는 환유적 인식으로 대응하고 있고, 영현은 '여자에게 몽둥이로 맞음'(2)이라는 환유적 인식으로 대응하고 있으며, 몽현은 '여자에게 곤장을 맞음'(3)이라는 점점 강도가 센 환유적 인식을 통해 희언을 생산하고 있다. 둘째 명제는 '공무로 바빠서 처가에 오지 못함'이라는 명제인데, 이에 대해 '여색에 침혹하느라 바빠 처가에 오지 못함'(4,5)이라는 위치적 유사성에 기반한 환유적 인식이 웃음을 불러일으키는 기제로 작용하고 있다. 셋째 명제는 첫째 명제와 비슷하게 '여자에게 얼굴을 뜯김'(6)인데, 여기에 대한 위치적 유사성은 '질병에게 얼굴을 뜯김'(10)으로 나타난다.

희언은 결합적 관계에서 그 기능을 효과적으로 발휘한다. 부인에게 얼굴을 긁힌 행위는 '남자답지 못한' 행위로서 남들의 지탄을 받을만 하다. 그래서 '남자'를 상징하는 일부분이라 할 수 있는 '관모'를 벗고 다니라는 말이 나오는데(1), 여기서는 사실 의미적 유사성에 의해 수직적인 유추를 하는 측면이 더 많아 보인다. 부인에게 얼굴을 긁힌 행위가 남자답지 못한 행위라는 것은 일반적인 사회인식에 따라 그 수직적인 의미를 유추해낸 것이고, 다만 관모가 남자

---

24) <조씨삼대록> 16권 31~35쪽.

를 상징하는 일부분이라는 점에서 환유적 인식이 약간 엿보일 뿐이다. 그러나 그 다음부터는 환유적 인식이 강하게 작동한다. 의미가 인접한다는 것은 서로 유사한 의미로 묶여질 수 없는, 서로 동떨어지고 약간은 생경한 의미들끼리 조합된다는 뜻이다. (2)에서는 '뺨 맞는다고 죽으리오'(뺨맞음-죽음의 조합)가 '뺨 맞은게 다행이다'(뺨 맞음-행운의 조합)로 역발상으로 발전하면서 '만일 여자에게 몽둥이로 맞았다면 죽었을 것 아닌가'(몽둥이맞음-죽음의 조합)로 귀결되고 있는데, 여기서 환유적 인식은 각각의 의미자질들의 엉뚱한 조합에서 나온다. 정곡을 찌르지 않고 그 주변을 변죽울리기이다. 기표가 그에 맞는 기의를 낳지 못하고 미끄러져서 엉뚱한 기의를 생산한다. 그 엉뚱한 기의는 곧바로 또 다른 기표가 된다. (3)에서는 '곤장으로 엉덩이를 맞는 것이 낫다'(곤장맞음-좋음의 조합)가 '남들이 보는데 그 얼굴로 나다니는 것 보니까 담이 큰 사람이다'(긁힌 얼굴-담이 큼의 조합)의 역설적인 배경이 됨으로써 웃음을 야기한다.

　(4)와 (5)는 앞에서 지적한 바와 같이 '공무로 바빠 처가에 오지 못하다'를 '여색에 빠지느라 바빠서 처가에 오지 못하다'로 치환하는 위치적 유사성에 의해 웃음을 낳는데, (4)는 그 전체를 그대로 보여주고 있고, (5)는 상대방에게 덮어씌우는 동시에 '나는 부인 얼굴도 본지 오래다'(여색 침혹과 부인 침혹의 조합)라고 항변함으로써 또 다른 환유적 인식을 보여준다. 자신은 '부인'과 '여색'을 동등한 층위로 이해한다는 것인데, 보통 사람들은 그것을 다른 층위로 이해하는 것이기 때문에 엉뚱하게 조합됨으로써 웃음을 유발한다.

　(6)에서 (9)까지에는 '부인에게 얼굴을 뜯기다'라는 명제가 계속

반복 변주되고 있다. 그것은 앞의 (1)~(3)에서 나온 '부인에게 얼굴을 긁히다'의 기본 명제에 대한 노골적인 패러디로서 이미 그 자체가 환유적인 인식 경향을 내재하고 있다. (6)은 얼굴 뜯김에 어느 부인에게 그런 것인지와 어떤 죄를 져서 그런지라는 명세화 지표가 덧붙어 환유적 인식을 환기하고 있다. 부인의 종류와 득죄는 본질적으로는 얼굴 뜯김의 배경적 원인으로 생각되는 것이지만 은근하고 간접적인 담화방식으로 골리던 처남들과는 달리 동서지간인 여기에서는 매우 노골적으로 물음으로써 엉뚱한 조합과 똑같은 효과를 내고 있다. (7)은 전형적인 잡아떼기 담화방식이고, (8)은 '너도 당할 수 있다'는 전형적인 역지사지의 담화방식으로서 대화 상황이 비균질적으로 돌출되어 있다는 점에서 엉뚱한 조합이라 할 수 있다. (9)는 점잖은 사부가 이런 대화에 참여하는 이변에 대한 항변이고, (10)에 이르러 '부인에게 얼굴을 뜯기다'의 명제에 대해 위치의 유사성에 의한 환유적 인식이 강렬하게 표출된다. 그것은 '질병에게 얼굴을 뜯기다'라는 기상천외한 발상에 의해 마련되고 있는데, 낯이 허는 병이 정인군자와 열장부에게는 못 오고 자녜 같은 경솔하고 천박한 부박지인에게 온다는 식으로 연결함으로써 엉뚱한 의미들이 인접함에 의해 웃음 유발 효과를 극대화하고 있다.

조가의 처남들과 그 매제가 되는 사람들 사이에서 벌어지는 상기 희학적 대화의 분석에서 알 수 있듯이 여기에서 형성되는 담화 공간은 공식적 담화로부터 일탈된 비공식적 담화에서 비롯되는 공간이고, 시간적 긴장으로부터 이완된 여유가 묻어나는 담화 공간이며, 진지함과 엄숙함으로부터 벗어난 발랄함과 자유분방함의 담화 공간이고, 해학적 웃음과 비판적 풍자가 일어나는 골계적 분위기의 담화 공간이다. 환유적 인식에 의한 이러한 담화 공간의 생성은 가문소설 속에서 여러 가지 함축적인 의미와 연결될 수 있다고 판단된다.

3. 희학적 대화의 담화 공간이 지닌 함의

앞에서 살핀 바와 같이 희학적 대화는 환유적 인식을 통해 특이한 담화 공간을 생성시키는 진술 방식이다. 이 담화 공간이 생성하는 공간성의 내용을 심층적으로 살피기 위해 우리는 시간성이라는 대립 자질이 가문소설 속에서 작동하는 방식을 좀 더 밀착하여 주목할 필요가 있다. 가문소설에서 이루어지는 대부분의 진술 방식은 은유적 인식에 의해 수행된다고 볼 수 있다. 가문의 유지와 창달을 위해 가문 구성원들은 각자의 위치에서 노력하게 된다. 그러한 과정을 기술하는 데 가문소설의 모든 사건과 인물과 표현은 마련되고 있다. 가문의 사람들이 유교 이념을 신봉하는 사대부 또는 선비들이기 때문에 그들의 모든 생각과 행동은 유교적 사유체계나 가치지향을 기반으로 한 것들이다. 그래서 거기에는 가부장제 사회의 인식들로 가득 차 있다. 그들의 관심사는 가문의 안녕과 번영을 위하고 위기를 관리하기 위해 국가의 일에는 어떻게 어느 정도 참여할 것인지, 조정에 나아가서는 왕과 신하된 관계를 어떤 처신으로 해야 하고 동료 관직자들과의 관계는 어떻게 가져가야 할 것인지, 몸

과 마음을 닦고 관직에 등용되고 사회의 존경을 받기 위해서는 어
떤 일을 하고 어떤 일을 하지 않아야 할 것인지, 가부장의 입장에서
집안을 원만하게 이끌기 위해서는 부모형제에게는 어떻게 하고 부
인들에게는 어떻게 대해야 할 것인지, 부인들의 입장에서는 시부모
와 시형제들에게는 어떻게 해야 하고 남편의 잘잘못에 대해서는
어떻게 해야 할 것인지 등등이 모든 가문원의 머릿속을 온통 가득
채우고 있다. 가문소설에서 모든 사건과 상황들, 그리고 모든 행동
과 표현들은 이러한 유교적 정향(定向)들에 의해 주어진 행동강령
과 가치규범 속에서 사유되고 기술되고 있다. 가문소설에서 이루어
지는 대부분의 기술들은 이러한 유교적 이념들과 가치들을 수직적
으로 유추하는 과정에서 생산된다. 만약 이러한 유교이념 하에서
마련된 인식체계 범주를 가문의식이라 한다면 이러한 가문의식은
의미론적인 유사성을 바탕으로 한 은유적 인식이라 할 수 있다.

이러한 수직적 유추의 인식체계는 시간성의 차원이다. 유교이념
에 의해 주어진 행동강령과 가치규범들이 시간적인 계기들에 의해
매듭지어져 있고, 그 매듭들은 인과관계를 끈으로 하여 연결되어
있는 것이다. 가문소설의 거의 모든 사건들과 상황들이 이러한 시
간적 긴장 상태를 유지한다. 그런 점에서 의미론적인 유사성을 바
탕으로 하는 은유적 인식은 시간에의 집착을 보여준다고 말할 수
있다. 시간에의 집착은 달리 말하면 플롯에의 집착이다. 거의 모든
사건과 상황, 그리고 인물 성격은 플롯에 봉사하는 서사적 존재들
이다. 서사적 요소들이 플롯에 봉사하는 정도가 가문소설은 심한
편이다. 가문소설은 그 가문을 중흥시키는 선대의 인물이 등장하는

것으로 시작하고, 숱한 탄생과 결혼, 숱한 과거급제와 관리로서의
성공, 숱한 가정 분란과 전쟁 출전 등을 그리면서 서너 대의 가문
구성원들의 영욕 과정을 거친 후 선대 가문 구성원들의 죽음의 연
속으로 가문소설은 끝이 난다. 그러나 후대의 가문 구성원들이 건
재함으로써 가문의 흥망이 순환된다는 사실이 암시된다. 이러한 과
정을 그리는 수많은 사건들과 상황들은 플롯에 기여한다. 그것들은
시간에 종속되어 있다.

　이러한 시간성의 측면은 서술하는 태도라든지 서술적 지향성이
라든지 하는 것들과 관련을 갖는다. 가문소설에 보이는 서술적 진
지함이라든가 경직성과 같은 자질은 수직적 유추의 인식체계가 바
탕이 되어 생성된 자질로 보인다. 가문소설에는 유교적 행동강령과
가치규범에 대한 추수로 점철되어 있는데, 그것을 서술하는 태도
역시 대체로 진지하고 경직되어 있다. 그에 대한 의심이라든지 발
랄한 논쟁 같은 것은 좀체로 보기 어려운 편이다. 시간성을 기반으
로 한 수직적 유추에 경도된 이러한 서술적 태도는 가문소설에 이
념적 엄숙주의라든지 교조주의적 고압의 자세, 결정론적 역사주의
등을 낳는 배경이 된다. 가문소설에는 유교적 이념이나 체제에 대
해 도전하는 언술은 찾아보기 힘들고, 그 이념적 지향은 널리 퍼지
고 체화된 채 이미 주어진 것으로 간주되고 있으며, 고착화된 이념
은 그저 위에서 아래로 주입될 뿐이다. 그러한 점에서 인간은 숙명
적인 존재이고, 혹은 하늘로부터 이미 운명지어진[天定] 존재이며,
가문이나 국가는 적통에 의해 계승되어야 하고, 법규나 체제는 무
슨 일이 있더라도 수호되어야 하는 가치가 된다. 가문소설의 서사

이면에 배어 있는 이러한 배경적 정신들은 이와 같이 유교적 사유
와 가치를 수직적으로 유추하는 시간성의 차원과 관련이 있다.

 그러나 앞에서 보았듯이 가문소설에 이러한 시간성의 측면만 있
는 게 아니다. 가문소설에는 공간성의 측면도 적지 않은데, 그 중에
하나가 희학적 대화에서 생성되는 공간성이다. 희학적 대화에서 생
성되는 담화 공간은 일반 대화처럼 시간이 흐르면서도 시간성을
그다지 환기하지 않고 오히려 공간성을 환기한다. 은유적 인식에
의한 수직적 유추의 의미망이 생성되는 게 아니라 앞장에서 살펴본
것처럼 환유적 인식에 의한 수평적 연상에 따라 의미들이 미끄러져
퍼지는 담화 형식이기 때문이다. 그러한 점에서 볼 때 희학적 대화
에서 생성되는 공간성은 시간성으로부터의 일탈이다. 여기에서는
유교적 행동강령과 가치규범에 대한 언술이 부재함과 동시에 그에
대한 회의와 의문이 내재되어 있다. 겉으로 언표화되어 있지 않다
하더라도 그에 대한 물음과 탐색이 이루어진다고 할 수 있다. 수평
적 연상의 통로를 따라 가문의식 또는 가부장제적 사유체계에 반하
는, 혹은 교란시키는 언술이 희언 속에 내함되어 있는 것이다. 기생
과 같은 여자들을 탐하는 남자들의 세계, 부인에게 쩔쩔매고 심지
어 맞고 다니는 남자들의 이야기, 벌받는 손자들을 놀리고 자기의
조그마한 역할을 과도하게 공치사하는 여자들의 언술은 심하게 말
하면 유교적 가치규범에 대한 빈정거림이요 가부장적 사유체계에
대한 대거리이다. 최소한 그러한 굳건한 사유체계에 대한 어떤 물
음과 탐색이 내재해 있다고 볼 수 있다.

 희학적 대화의 담화 공간에서 생성되는 유교적 가치규범에 대한

탐색적 물음은 어떤 성격의 것인가? 물론 그것을 가부장적 담론의 폭력성이나 가문의식의 교조주의적 억압성에 대한 저항의 담론으로 단정하는 것은 너무 지나치게 나간 것이다. 가족들이나 동료들, 친척들간에 오랜만의 유희적 여담에 그렇게 심각한 대항담론의 세계가 벌어진다고 보는 것은 분명 과도한 해석이다. 하지만 희학적 대화의 존재로 인해 경직된 가문의식이 어느 정도 무장해제되는 현상이 벌어지는 것은 분명한 사실이다. 시간적 텐션의 결여에서 비롯되는 이러한 말놀이적 공간에서는 그런 시간성에 부착되어 있던 역사적 결정론이나 숙명론, 그리고 필연론에 균열이 일어난다. 그것은 그러한 역사적 시간성에 대한 의문이고 물음이다. 필연성에 대한 우연성, 확정성에 대한 불확실함, 중심성에 대한 주변성, 경직성에 대한 유연성 등의 문제제기가 바로 그것이다. 이것이 희학적 대화의 담화 공간이 갖는 소설적 미덕이 아닌가 생각된다.

회학적 대화의 소설적 미덕은 여기에 그치지 않는 것으로 보인다. 희학적 대화는 집안에서 생활하는 사람들의 실제 모습을 반영한 사실주의적 측면이 있다. 집안의 사람들은 매일 유교적 이념이나 가치에 부합하는 말을 하고 행동을 하며 살지만은 않는다. 매일같이 똑같은 말을 되뇌이며 살지는 않는다. 그들도 실생활에서는 관념적 압박에서 벗어난 언행을 할줄 알았던 사람들이다. 그런 점에서 희학적 대화는 실제 생활의 사실주의적인 반영인 것이다. 유교적 규범가치에 대한 교조주의적인 인생강좌와 같은 담론이 범람하는 가운데 그것을 해체시키고 나온 이런 희언적 자질은 있는 그대로의 사실주의적인 모습이 소중하다는 것을 인식한 태도의 소산이다. 이러한 대화적 실상에 대한 재인식이 당대의 현실인식과 긴밀하게 연결될 것임은 두말할 나위도 없다.

이러한 사실주의적 인식과 함께 소설 장르가 주는 어떤 재미에 눈뜨고 있다는 점도 빼놓을 수 없다. 문장체 고소설에 한정해서 볼 때, 비록 상대적이지만 시간성을 바탕으로 하는 은유적 인식이 이념에 봉사하는 경향이 있다면, 공간성을 바탕으로 하는 환유적 인식은 흥미에 봉사하는 경향이 있다고 말할 수 있다. 가문소설이 오락물이기보다는 교훈물 내지는 교양물로 행세한 성향이 강하다는 것은 널리 인정된 사실이다. 그러나 가문소설은 희학적 대화를 통해, 극히 한정된 범주 안에서지만 재미를 지향하고 있다. 희학적 대화는 환유의 세계로 미끄러짐으로써 웃음을 자아내는 담화방식이다. 이렇게 웃음을 불러일으키려는 마음가짐이 태동한 것은 소설의 가치에 대해 새롭게 성찰한 결과라 할 수 있다. 그저 분위기상 웃음이 유발되었다는 것이 중요한 게 아니라 서술 태도로서의 엉뚱한 장난기가 개입했다는 사실이 더욱 중요하다. 우스갯소리를 해보겠다는 태도는 엄숙주의적 서술 태도를 금과옥조로 하던 시간적인 담화 방식에서 볼 때는 굉장한 파격이다. 거기에는 단순히 웃고 끝내자는 것이 아니라 당시 사회와 가문, 유교적 이념과 가치에 대한 갖가지 문제적 시선이 내장되어 있다. 그런 문제의식이 재미와 같이 동행할 수 있음을 인식한 것은 장편소설사의 한 발견이다.

가문소설의 희학적 대화는 환유적 인식을 통해 이념이나 가치의 문제로부터 일탈하는 담화 방식으로서 이념이나 가치가 갖는 진지함이라는 끈을 끊어버리고 마치 파탈의 가치를 추구하고자 하는 지향이 거기 들어 있다. 그런 점에서 희학적 대화는 무목적성 담화라고 할 수 있다. 물론 거기에는 기존의 이념과 가치에 대해 빈정거리고 대거리하는 어떤 암묵적인 이면의 목적이 깃들어 있는 것이 사실이다. 그렇지만 진지하게 공식적인 담론 틀 안에서 행하는 목적성 담화와는 그 근본 성향이 다른 것이다. 가문소설의 희학적 대화가 갖고 있는 무목적적 성향으로 볼 때 그것은 대상에 대한 진지한 서술 태도를 기반으로 한 풍자적 농필과 비판적 희언 등의 담화 방식하고는 다르다. 그것이 가문소설의 희학적 대화가 야담 소화류 속의 희학적 대화와 갈라지는 지점이라고 생각된다. 가문소설의 희학적 대화의 생성 통로로서 야담이라는 단형서사체의 희학적 대화가 제일 먼저 착목되는 것이지만 그걸 인정한다 하더라도 그것이 가문소설에 들어와서는 무목적성 담화로 확대 변형되고 있다고 본다. 야담 속의 희학적 대화는 이념이나 가치를 지향하는 목적성 담화에 아주 가까이에 위치해 있다. 가문소설의 희학적 대화가 공식 담론 틀에서 떨어져 나가 자유분방하게 멋대로 해대고 있지만 오히려 그 무목적성이 그 시대의 소설의 가치를 담보하는 역할을 충실히 하고 있음은 소설사의 아이러니이기도 하다.

고소설에서 사건상황에 관련된 시간적 텐션이 부재하면서 공간성을 생성시키는 담화 방식은 희학적 대화 이외에도 인물의 모습과 행동에 대한 묘사 대목이나 배경적 환경에 대한 묘사 대목, 그리고 삽입시가 같은 것들이 있다. 그러나 이들이 생성하는 공간은 그 성격이 조금씩은 다르다고 판단된다. 삽입시가는 인물의 내면 심리라든가 사건 상황에 대한 분위기를 전달한다는 점에서 여기서는 일종의 정조적 공간이 형성된다고 할 수 있을 것이다. 배경적 환경에 대한 묘사 대목에서는 사건 상황과 관련된 분위기가 일부 환기되나 그 장소에 대한 지리적 공간이 주로 환기된다. 인물의 외양과 행동 거지에 대한 묘사 대목은 인물의 성격이나 사건 상황을 전달하기 위한 보조수단으로 쓰이면서 관조적 공간을 형성한다고 할 수 있다. 이들은 대체로 인물의 심리라든가 사건적 정조에 연계되어 있다. 서술 주체와 대상 사이에 거리가 있는 경우에도 심리와 정황과 끈으로 연결된 주관적인 거리이지 완전히 절연된 거리가 아니다. 하지만 희학적 대화의 경우에는 인물의 심리와 사건적 정조와는 아무런 관련이 없는 절연된 공간이 형성된다. 오히려 이전부터 이어져 오던 인물선과 사건선과 배치되는 국면이 펼쳐지면서 서술 대상을 멀찍이 떨어뜨려 놓는다. 장난기가 듬뿍 담긴 유머러스한 농담의 세계가 비판 풍자적인 시선 속에서 펼쳐진다는 점에서 거기에서는 희화적 공간이 형성된다고 할 수 있다. 초기 가문소설에 보이는 대화 속의 이러한 희화적 공간은 나중에 판소리 소설에서 대거 등장하는 희화적 공간의 선행 현상으로서 주목을 요한다. 물론 판소리 소설의 희화적 담화 공간은 가문소설의 경우보다 훨씬 심화된 양상을 보여주며 인물의 대화와 서술자의 지문을 가리지 않는 전방위성도 보여준다. 그리고 판소리 소설에는 그 시대의 저항 담론이라는 큰 카테고리로 묶일 수 있을 만큼 이념성이 확대되어 있으며 갖가지 문제의식도 심도가 매우 깊은 것인데, 그에 대해서는 별도의 정치한 논의가 필요하다고 본다.

4. 맺음말

고전문학사에서 희언의 전통은 고대로부터 오래된 것이지만 대화 속의 희언은 야담집 속의 소화류와 가문소설, 그리고 판소리문학에서 나타나는 조선 후기의 것들이 첫 등장이 아닌가 생각된다. 발생 시기적으로는 이 셋이 비슷할지도 모르지만 생성과 작용의 과정으로 본다면 소화의 희학적 대화가 가문소설에 발전적으로 수용되고, 판소리문학에서 만개되는 과정으로 볼 수 있지 않을까 판단된다. 그러나 이 세 가지 희학적 대화의 성격은 사뭇 다르다. 소화의 희학적 대화는 단발적이고 짧은 형식으로서 공식 담론의 틀 속에서 목적성 담화로 기능하고 있으며, 그래서 어떤 담화적 공간성을 형성한다고 보기 어렵다. 그러나 가문소설의 희학적 대화는 공식적인 담론의 틀을 깨고 일탈됨으로써 무목적성을 지향하면서 발랄한 웃음을 추구하는 담화 공간을 생성한다. 반면에 판소리문학에서의 희학적 대화는 공식적인 담론의 틀을 깨고 나온 것은 맞지만 그 자체가 저항 담론이라는 거대한 담론체계 속에 다시 포섭되는 형식이기 때문에 목적성 담화에 가깝다고 판단된다.

희학적 대화는 한국의 전통적 유머의 하나이다. 대화가 일상생활에서 행해진다는 점에서 희학적 대화는 우리 전통시대의 일상적 유머의 모습을 보여주는 자료가 된다. 따라서 옛날식 유머가 발전되는 양상을 점검해볼 수 있으리라고 본다. 특히 희학적 대화가 판소리문학에서 대거 폭발하는 데 있어 가문소설의 희학적 대화가 어떤 토대적 역할을 하고 있는지에 대한 정밀한 검토가 요구된다.

그리고 개화기 시대의 각종 신문에 나오는 생활 토막 유머라든지 딱지본 유머모음집으로 출판된 '깔깔 우슴주머니' 속의 유머와는 어떤 관계로 연결되는지에 대한 통시적인 검토도 필요할 듯하다.

것으로 시작하고, 숱한 탄생과 결혼, 숱한 과거급제와 관리료서의 성공, 숱한 가정 분란과 전쟁 출전 등을 그리면서 서너 대의 가문 구성원들의 영욕 과정을 거친 후 선대 가문 구성원들의 죽음의 연속으로 가문소설은 끝이 난다. 그러나 후대의 가문 구성원들이 건재함으로써 가문의 흥망이 순환된다는 사실이 암시된다. 이러한 과정을 그리는 수많은 사건들과 상황들은 플롯에 기여한다. 그것들은 시간에 종속되어 있다.

이러한 시간성의 측면은 서술하는 태도라든지 서술적 지향성이라든지 하는 것들과 관련을 갖는다. 가문소설에 보이는 서술적 진지함이라든가 경직성과 같은 자질은 수직적 유추의 인식체계가 바탕이 되어 생성된 자질로 보인다. 가문소설에는 유교적 행동강령과 가치규범에 대한 추수로 점철되어 있는데, 그것을 서술하는 태도 역시 대체로 진지하고 경직되어 있다. 그에 대한 의심이라든지 발랄한 논쟁 같은 것은 좀체로 보기 어려운 편이다. 시간성을 기반으로 한 수직적 유추에 경도된 이러한 서술적 태도는 가문소설에 이념적 엄숙주의라든지 교조주의적 고압의 자세, 결정론적 역사주의 등을 낳는 배경이 된다. 가문소설에는 유교적 이념이나 체제에 대해 도전하는 언술은 찾아보기 힘들고, 그 이념적 지향은 널리 퍼지고 체화된 채 이미 주어진 것으로 간주되고 있으며, 고착화된 이념은 그저 위에서 아래로 주입될 뿐이다. 그러한 점에서 인간은 숙명적인 존재이고, 혹은 하늘로부터 이미 운명지어진[天定] 존재이며, 가문이나 국가는 적통에 의해 계승되어야 하고, 법규나 체제는 무슨 일이 있더라도 수호되어야 하는 가치가 된다. 가문소설의 서사

판소리와 풍속화에서의 시선의 문제

김현주

1. 머리말

그림과 소설의 장면 묘사에는 그것을 그리는 어떤 존재의 관점이 내재되어 있다. 우리는 보통 그러한 관점을 그림에서는 '시선'이라 하고, 소설에서는 '시점'이라 한다. 소설의 시점은 누가 말하는가의 목소리는 물론이고, 누구의 지각인지 누구의 사고인지 하는 관념적인 국면도 포함하는 광범위하고도 복잡한 개념이다. 소설만큼의 이론화는 되어 있지 않지만 그림의 시선도 상당히 복합적인 관점이 내재되어 있다고 보아야 할 것이다. 그림과 소설 사이의 어떤 보는 관점의 등가적 자질을 상정하는 것이 이 글의 기본전제인데, 그것은 이 글이 전개되면서 지니게 될 타당성에 의해 검증받을 수 있을 것이다.

이 글은 조선 후기라는 시대적 배경을 뒤에 깔고 그림과 소설에서 나타나는 '엿보는 시선'이라는 현상에 초점을 맞춰 그에 대한 미시적인 분석을 통해 그것이 갖는 사회문화적 의미나 시대적 문제까지 아우르는 거시적인 맥락을 유추 해석하는 데 관심을 쏟고자 한다. 여기서 말하는 엿보는 시선의 대상은 조선 후기의 풍속화와 판소리 사설에서 흔히 볼 수 있는 특징적인 현상에 국한시키기로 한다. 이 두 양식에서 보여지는 엿보는 시선은 상당히 유사하다는 점이 먼저 흥미를 끌지만 거기에 어떤 동질적인 시대성의 문제가 개입되어 있다는 점에서 보면 문제적인 현상이라 아니할 수 없다.

조선 후기의 풍속화에는 그림 속의 광경을 엿보는 존재들이 많이 등장한다. 특히 춘화라든가 춘의도 등의 춘정과 관련된 그림 속에는 부끄러워하는 듯하면서도 상당히 호기심 많은 모습으로 음란하고 외설적인 정사 장면을 엿보는 사람들이 그려지고 있는 것이다. 그들 중에는 그런 행위와는 상관이 없을 듯한 점잖은 선비 같은 남성도 있고 사대부녀 같은 여성도 있으나, 주로 나이 어린 사내나 기생 또는 동자승의 모습으로 나오는 경향을 보여준다. 판소리 사설에서도 엿보는 시선이 존재하는데, 그것은 대체로 '거동(치레)보소'나 '-하는 모양을 볼작시면' 또는 '-하는 모양이 가관이던 것이었다' 등등의 담화적 지표를 동반하면서 나타나는 경향이 있다. '-보소'와 같이 무엇을 같이 보자는 청유존대형 어미의 존재는 사설을 듣는 청중들에게 대상을 같이 엿보자는 권유처럼 들린다는 점에서 일종의 '엿보는 시선'으로의 유도장치라고 할 수 있다. 판소리 사설에서 이들 담화적 지표들 다음에는 대상 인물의 행위적 특징을 다소 과장되고 왜곡된 모습이긴 하지만 매우 사실적으로 표현한다는 공통점을 지니고 있다. 그러한 담화지표 다음에 묘사되는 것들 중에는 대상을 외설적으로 포장하거나 남녀의 정사 장면을 그리는 경우도 있다는 점에서 보면 춘의도 속의 엿보는 시선과 유사한 성격이라 할 수 있을 것이다.

풍속화나 판소리 사설에서 '엿보는 시선'을 설정함으로써 나타나는 효과는 일단 엿보여지는 대상에 대한 비판풍자적 관점이 강화되는 것이라고 할 수 있다. 거기에는 파격적인 외설의 현장에 대한 풍자와 비판의 시선이 기본적으로 적재되어 있기 때문이다. 그러나 거기에 그러한 효과만 있는 것인가? 엿보는 시선이라는 관점의 문제는 표현의 자연스러움의 측면에서 볼 때에는 분명 문제가 있다. 대상을 보이는 대로 묘사하면 될 것인데 굳이 엿보는 시선을 덧붙여 표시를 내고 있기 때문이다. 거기엔 뭔가 켕기고 망설여지고 주저하는 모습이 내재되어 있는 것처럼 느껴진다. 당당하게 표현 대상만을 바로 서술하지 못하고 엿보는 시선을 덧붙임으로써 서술의 본줄기로부터 약간 이탈하여 부자연스런 모습을 보여주는 것이다. 이러한 표현적 망설임 내지는 이질적 시선의 덧붙임을 단순하게 비판풍자적 관점의 강화라거나 해당 장르의 새로운 관습의 하나라고 치부하고 말 것은 아니라고 본다. 거의 동시대에 등장한 신흥예술장르인 풍속화와 판소리에 그러한 현상이 함께 나타난다는 사실은 심층적인 해석을 요하는 무언가가 잠복해 있는 듯해 보인다. 어떤 대상을 본다는 행위는 단순한 감각행위가 아닌, 그 세계의 지식체계가 개입하는 지극히 사회문화적 현상임을 상기할 때[1] 그러한

---

1) 존 버거·伊藤俊治, 『이미지ways of seeing』, 동문선, 1990, 240~250쪽 참조.

의문은 더 강하게 다가온다. 특히 그동안 금기시되어 온 성담론의
지점에 그러한 시선이 등장하는 경향이 있다는 사실은 관음증적
시선에 대한 당대의 표현윤리적 갈등과 관련된 어떤 문제를 함축하
고 있지 않나 하는 생각이 든다. 그것을 당대의 재현윤리의 문제로
해석하고자 하는 것이 이 글의 취지이다.

2. 〈단오풍정〉에서의 문제적 시선과 그 배경적 의미

크게 보아 그림에는 두 가지 시선이 있다. 액자 외부에서 보는
시선과 액자 내부에서 보는 시선이 바로 그것이다. 액자 외부에서
보는 시선은 외부에서 광경을 본대로 그대로 제시하는 외부 관찰자
의 시선을 말하고, 액자 내부에서 보는 시선은 그림 속에 등장하는
인물이 보고 느끼는 시선을 말한다. 그림 속에 인물이 표면에 등장
하지 않는 경우에도 은닉된 가상인물의 시선은 화면 어디에든 존재
하므로 액자 내부 시선은 항시 작동되는 것이 원칙이다. 그러므로
그림의 시선에는 객관화된 시선과 주관화된 시선이 동시 공존한다
고 해야 할 것이다. 객관화된 시선으로 대상을 바라보는 한편, 또
하나의 다른 시선은 어떤 익명적 존재에게 빌려줌으로써 주관적으
로 채색하여 대상을 바라볼 수 있게도 하는 것이다. 이렇게 대여해
준 또 다른 시선으로 인해 그림은 언제나 객관적인 시선 이상을 담
게 되고, 대상에 대한 주관적인 해석의 영역을 지니게 된다.

그림 속에 인물이 등장하는 경우, 특히 그 인물이 구경꾼으로 묘

사된 경우에는 대체로 그 인물이 보고 느낀 주관적인 해석이 그림에 담기게 된다. 겸재 정선의 그림들 중, 단발령에서 금강산을 바라본 그림이라든지, 박연폭포의 물줄기가 세로로 길게 떨어지게 그린 그림, 그리고 표암 강세황의 개성 입구에 있는 영통동구의 바위들을 기하학적으로 그린 그림 등에는 그림의 주관적인 해석자라고 볼 수 있는 구경꾼들이 액자 속에 등장하고 있다. 그들은 산수화속의 자연 소요자의 전통을 이어받고 있는 존재들로서 화가의 해석적 관점을 대변하는 성격을 부여받고 있다. 또한 그들은 그림의 관람자들이 자신들의 안내자로서 의지하는 존재이기도 하다.

외부 관찰자는 등장인물이나 구경꾼이 존재하는 경우 그들에게 의탁하여 자신의 주관적인 해석을 덧붙인다. 등장인물이나 구경꾼에게 의탁한다는 것은 감정을 이입하는 것이며 심리적으로 그들의 관점 속으로 전입하는 것이다. 그림 바깥의 화가는 한편으로는 냉정한 관찰자이기도 하지만 다른 한편으로는 최대한 인물의 감정과 느낌에 가깝게 접근함으로써 그 환경과 상황 속으로 빠져들고자 하는 측면이 있는 것이다. 그것은 화가만이 아니라 그림의 감상자도 그러하다. 그림을 감상하는 사람들은 액자 바깥에서 관찰하는데 그치는 게 아니라 거기서 더 나아가 그림 속의 등장인물이 되어 인물이 놓여 있는 그 상황과 분위기를 체험하고자 하는 경향이 있다. 그것이 그림을 제대로 감상하는 방법이란 점을 예부터 동양의 화론들은 지적해오고 있었다.[2]

---

2) 宗炳의 「畵山水序」에는 "그림을 대하면 인간들이 무리지어 사는 곳을 떠나지 않고서도 사람이 없는 자연의 쓸쓸한 들판을 외롭게 방황할 수 있다"고 하면서

그런데 혜원의 작품 <단오풍정>에는 구경꾼은 구경꾼이되 단순한 내부 관찰자로서가 아니라 숨어서 광경을 엿보는 존재가 등장한다는 매우 독특한 화면 설정을 하고 있다. 바위 뒤에 숨어서 목욕하는 여인네들을 훔쳐보는 두 동자승은 앞에서 언급한 겸재나 표암의 그림들에서 등장하는 산천경개를 구경하는 구경꾼들과는 그 성격이 다르다. 겸재와 표암 등의 그림의 구도에서는 아주 작은 크기로 그려진 그들 구경꾼들은 시선의 방향도 액자 외부 시선과 동궤의 방향으로 등을 보이며 광경을 바라다보는 것이 대부분인데 반해, <단오풍정>에서 이들의 존재는 그림의 구도상으로 볼 때 정식 등장인물의 자격을 갖춘 듯 아주 크게 당당한 위치를 차지하고 있으며, 나아가 화면의 바깥 방향, 즉 '이쪽'을 정면에서 바라보고 있다. 목욕을 하는 여인네들이 이쪽에 있기 때문에 저쪽에서 이쪽을 훔쳐보는 것이 당연한 것임에도 불구하고 엿보는 시선을 이와 같이 배치한 것은 주목할 만한 점이라고 판단된다. 음란한 정사 장면을 엿보는 존재를 상정하고 있는 춘화나 춘의도들이 대개 욕정을 품은 남녀와 그 광경을 엿보는 존재를 좌우에 배치하여 시선의 방향이 옆으로 흐르게 하거나 약간은 앞에서 뒤쪽으로 향하게 하는 것이 보

그림 속으로의 심리적인 전입을 말하고 있으며, 郭熙는 「林泉高致」에서 "우리들은 멀리 숲과 개울로 세상을 떠나 속세와 절연하고 성현과의 동행을 원하는 꿈을 갖고 있다. 자연에서 우리의 귀와 눈은 단절되어 있다. 이제 훌륭한 화가가 우리를 위해 그것을 재생한다. 그러면 협곡의 바위 위에 앉아서 원숭이의 울음과 새의 지저귐을 듣는 자신을 상상할 수 있다. 자신의 서재에 앉아서도 산의 빛과 물의 색깔이 눈을 부시게 한다. 이것이 즐거움이요 꿈의 성취가 아닌가" 하면서 감상자들의 그림 속에서의 체험을 강조하고 있다. 임어당 편, 최승규 옮김, 『중국미술이론』, 한명출판, 2002, 40~95쪽 참조.

통인 것과 비교하면 더욱 그러하다. 그런 점에서 볼 때 〈단오풍정〉
에서 그러한 구경꾼의 존재를 찾을 수 없는 것은 아니다. 오른쪽
하단의 술파는 주모인 듯한 여인이 바로 그러한데, 이 여인은 지금
술바구니를 이고 그네 뛰는 여인네들과 목욕하는 여인네들에게 시
선을 주며 접근하고 있는 중이다. 시선의 방향만으로 볼 때는 이
주모가 등을 보이며 광경을 주시한다는 점에서 액자 내부에 있는
구경꾼이라 할 수도 있다. 그러나 주모는 현재 상황을 구성하는 등
장인물에 가깝지 전형적인 구경꾼이라 보기에는 구도상의 배치나
크기, 그리고 직업적 성격 등의 측면에서 볼 때 무리가 있다.

  〈단오풍정〉에서 두 동자승은 원칙적으로 말해 등장인물이다. 그
림에서 현재 상황을 구성하고 있을 뿐만 아니라 엄연히 한 지점을
차지한 채 작지 않게 그려져 있는 것이다. 한편 두 동자승은 엄연히
구경꾼이다. 여인천국의 신기한 광경을 숨어서 훔쳐보는 액자 내부
구경꾼인 것이다. 그러나 두 동자승은 단순한 등장인물이 아니며,
단순한 구경꾼도 넘어서 있다. 두 동자승을 단순히 등장인물로 보
면 그것은 두 악동이 호기심이 발동하여 벗은 여인네들을 훔쳐보는
광경을 익살맞게 그린 것이 된다. 그 시절에 여인네들의 성적 자유
분방함 내지는 성적 방종을 한껏 해학적으로 풍자하는 것인데, 그
러한 관행에 대한 익살적 표현, 그 이상도 그 이하도 아니다. 또한
두 동자승은 어떤 의미있는 듯한 행동을 보인다는 점에서 단순한
구경꾼에 머물지 않는다. 그것은 두 동자승을 정면을 응시하는 위
치에 배치한 것이 먼저 예사롭지 않고, 또 그들이 여인네들을 보면
서도 '이쪽' 바깥을 바라보는 듯하게 시선의 방향을 이중적으로 잡

고 있다는 것도 예사롭지 않기 때문이다.

　　그림에서 두 동자승의 시선의 방향은 크게 보아 A와 B로 나눌 수 있을 것이다. A1과 A2, A3은 모두 두 동자승이 시선을 주었을 법한 액자 내부 대상들이다. 두 동자승은 목욕하는 여인네들과 주모, 그리고 그네를 타기도 하고 쉬기도 하면서 여장을 꾸미는 여인네들에게 시선을 주는데, 이들에게만 시선을 주었다면 두 동자승은 액자 내부 구경꾼으로서의 등장인물에 그치고 말 것이다. 그런데 그들의 시선은 화면 바깥으로도 향하고 있다는 것이 문제인데, 그것을 나타내주는 것이 바로 B이다. 더욱이 B는 시선이 두 동자승으

로부터 외부 관람자에게 일방적으로 흐르는 것이 아니라 외부 관람
자로부터 두 동자승에게로도 향하는, 다시 말해 상호간에 교류·교
감하는 성질이란 점을 주목할 필요가 있다. 두 동자승이 단순한 등
장인물도 아니고 단순한 구경꾼도 아닌 까닭이 바로 여기에 있다.

두 동자승이 단순한 등장인물도 아니고 단순한 구경꾼도 아니라
면 그렇다면 이들의 존재는 무엇인가? 먼저 우리는 두 동자승이 중
인 듯한 사내와 민간 여자가 정사하는 외설적인 장면을 창문 밖에
서 훔쳐보는 동자승이라든지, 음란한 남녀 정사 장면을 훔쳐보는
부녀자 또는 기생 등을 그린 춘화나 춘의도에서의 엿보는 시선이라
는 회화적 전통과 바로 연결되는 지점에 있다는 것을 주목하고자
한다. 그리고 그런 그림들에서의 관음증적 시선의 내용과 동궤의
위치에 있음을 또한 주목한다. 그러나 더욱 중요한 것은 시선의 정
면 방향성이 어떤 의도적인 것일 수도 있다는 점, 그 시대의 지식체
계라든지 사유방식과 교감하는 성격의 것일 수도 있다는 점에 관심
을 기울이고자 한다. 한 마디로 두 동자승이 화면 바깥의 사람들과
소통하고자 하는 지향이 보인다는 점에서 그것은 문제적 시선이다.

<단오풍정>에서 두 동자승의 엿보는 행위는 다분히 의도적으로
꾸며진 것 같다는 인상을 받게 된다. 그것이 화면 바깥의 관람자들
과의 어떤 관계에서 이루어진 것 같다는 점에서 볼 때 그들은 위장
적 염탐자 내지는 위탁받은 시선의 대행자일지도 모른다는 점 때문
이다. 그런 점에서 다음과 같은 질문은 정당성을 지닌다고 생각된
다. 두 동자승과 화면 바깥의 관람자들은 일종의 공모 관계로 연루
되어 있는 것은 아닌가? 화면 바깥의 관람자들의 관음주의적 욕망

을 대리 충족해줄 수 있는 화면 내부의 대리인으로 선택된 것이 두 동자승이 아닌가?

우선 두 동자승의 엿보는 행위를 그린 것은 광경의 재현 관습으로 볼 때 상당히 이례적인 것이다. 전통적인 화면 구성 방법은 보고자 하는 광경을 객관적으로 그리면서 거기에 주관적인 해석을 덧붙이는 방식으로 이루어지는 게 보통이다. 만약에 화면에 주관적 해석의 매개체를 집어넣고자 한다면 구경꾼의 존재를 조그맣게 그려넣는 방식으로 처리하는 것이 관행이다. 그러나 <단오풍정>에서는 그러한 관습을 위배하면서 그림의 한 구석에 광경을 엿보는 특이한 존재를 작지 않은 크기로 끼워 놓고 있는 것이다. 그렇다고하여 이들이 화면 구성상의 부조화나 불균형을 야기하는 돌출적 존재라고 주장하는 것은 아니다. 이들이 화면의 사위(四圍)의 한 자리를 차지하는 지정학적 위치의 견고함은 이를 것도 없거니와 이들이 발산하는 절묘한 익살은 화면에 생기발랄한 기운을 부여하는 매개체인 것은 부정할 수 없는 점이다. 다만 여기서는 이들이 전통적인 재현 관습에서 벗어난 특별한 존재라는 점을 지적하고 있을 뿐이다. 이렇게 관습에서 벗어나면서까지 이들을 삽입한 것은 화면 내부의 이유라기보다는 화면 바깥의 관람자(화가 포함)와의 모종의 역학관계에서 비롯된 것이 아닐까라는 생각이 드는 것이다.

두 동자승이 화면 바깥의 관람자들보다는 여인네들과 좀 더 가까운 거리에 있다는 점을 우리는 여기서 유념할 필요가 있다. 그 실제적인 거리는 알 수 없으되 심리적인 원근 감각으로 보자면 두 동자승은 여인네들이 목욕하고 그네 뛰는 여속의 현장을 바로 지

척간에 두고 볼 수 있음으로써 화면 바깥에서 화가가 보여주는 것
만 볼 수밖에 없는 외부 관람자보다는 지리적으로 훨씬 가까운 위
치에 있다고 판단된다. 그러한 점에서 외부 관람자들이 두 동자승
의 시선으로의 심리적인 전이를 욕망할 가능성은 충분해진다. 두
동자승은 시선이 작동되는 역학적 국면에서 이러한 심리적인 전이
를 유발 촉진하는 매개로서의 역할을 담당한다고 할 수 있다. 어떤
점에서 보자면 그들은 화면 속의 실제 인물이면서도 화면적 구성
체계에서 벗어나 화면 밖의 외부 관람자들의 욕망과 관련하여 설
정된 가상 인물로 볼 여지도 있다. 외부 관람자들의 관음주의적 시
선은 두 동자승을 통과하여 아주 가까운 거리에서 대상을 관찰할
수 있는 안목을 얻는다. 그들은 관람자들의 쾌락적인 응시 내지는
에로틱한 관조를 대신하는 존재들로 기능한다. 이러한 관음증적 분
위기를 유발하기 위하여 화가는 이미 화면 곳곳에 에로티시즘의
흔적들을 설치해놓는 치밀함을 보여주고 있다. 이를테면 나무의 밑
둥 쪽에 여성의 성기 모양의 파임을 그려놓는다든지, 옷을 벗고 목
욕하는 여인네들 주변에 다북한 어린 솔가지 군집을 그려놓는다든
지, 두 동자승이 숨어 있는 바위 아래쪽으로 강렬하게 발기한 남성
의 음경 상징적인 형상을 그려놓고 있는 것이다. 이러한 에로틱한
상징 표현들에 의해 견인된 관람자들의 관음증적 욕망은 두 동자
승의 시선에 의탁하여 근거리로 접근함으로써 한층 활성화된다고
할 수 있다.

두 동자승이 여인네들을 바라보고 있는 것은 분명한 사실이지만
한편으로 그들의 시선이 외부 관람자들 쪽도 향해 있다는 사실은

관람자와의 모종의 관계를 함축하는 것으로 해석할만하다. 그들이 외부 관람자들이 관음주의적 시선을 의탁한 존재라는 점에서 볼 때 그들과 외부 관람자들은 일종의 공모 관계로 맺어져 있다. 그들은 은밀하게 시선을 주고받는다. 동자승들은 여기서 자신들의 눈으로 대상을 보면 관능적 즐거움이 배가된다고 은근하게 외부 관람자들에게 눈짓을 하는 것 같다. 외부 관람자 또한 동자승의 눈짓을 통해 에로틱한 분위기를 만끽하고 싶다는 유혹을 느낄 수 있다. 이처럼 동자승과 외부 관람자는 시선의 동화 내지는 공유를 통해 관음주의적 쾌락을 느끼기 위해 안 그런 척 하면서도 은밀하게 공모하는 존재라고 할 수 있다.

두 동자승이 이처럼 외부 관람자의 욕망을 대변하는 존재 또는 욕망의 화신이 될 수 있다고 할 때, 그리고 외부 관람자의 관음주의적 시선을 유발하는 회화적 역할을 담당하는 어떤 존재에 가깝다고 할 때, 그들은 당시의 사회윤리적인 관념과 일정한 관계로 얽히지 않았을까 생각된다. 그것은 그들이 그려졌을 때의 <단오풍정>과, 그들이 그려지지 않은 상태를 가정했을 때의 <단오풍정>을 비교하면 좀 더 쉽게 접근이 가능할 것 같다. 엿보는 사람을 제거하고 똑같은 여속의 현장을 그렸을 경우, 그 그림에 대한 윤리적 책임의식은 온통 화가 개인에게 귀결되는 것이라면, 그런 시선을 지닌 인물을 삽입했을 경우에는 그러한 윤리적 책임감에서 어느 정도 해방되는 것이 아닌가 생각되는 것이다. 윤리적 책임에서 벗어나는 것은 외부 관람자도 화가와 마찬가지라고 할 수 있다. 외부 관람자 또한 자신의 위치를 화면 속으로 전입하여 시선을 다른 사람에게 의탁함으로써 윤리도덕상의 심리적인 부담에서 벗어나고자 하는 방어기제가 작동한다고 여겨지기 때문이다. 말하자면 두 동자승에게 윤리적 책임감의 일부를 전가하고 자신들은 그러한 책임의식을 경감받는, 어쩌면 윤리의식적으로 대단히 편리한 존재가 그림 속의 동자승으로 보여진다.

이러한 윤리의식의 전이현상은 <단오풍정>보다 더욱 음란한 광경을 그린 춘화에서도 흔히 벌어지는 현상이다. 남녀의 성교 장면을 적나라하게 그린 춘화에서 그 은밀한 방사 장면을 화들짝 놀란 표정으로 훔쳐보는 어린 동자나, 그것을 호기심어린 표정으로 들여다보는 기생인 듯한 여인이 흔히 그려진다는 사실은 심리적인 전이에 의한 관능적 쾌락과 윤리적 책임의식의 전가라는 심리적 메커니즘이 춘화에서도 작동된다는 것을 증명해준다 하겠다.

어느 시대에나 어느 사회에나 재현 윤리라는 사회적 틀이 존재한다. 그리하여 표현할 수 있는 대상을 선택하고 배제하는 것은 그 시대에 작동하고 있는 재현 윤리에 의거해서 이루어진다고 할 수 있다. 당시 유교 봉건 사회에서 여체에 대한 관심이나 에로틱한 감성을 자극하는 표현들은 당대의 윤리 검열 체제에 저촉되는 사안이었을 것으로 짐작된다. 비록 명문화된 윤리 검열 체제는 없었다 하더라도 그것은 일종의 집단심리화된 형태로 금기망이 설정되어 이성 윤리에서 벗어난 대상을 표현하는 사람들을 심리적으로 옥죄는 방식이었을 것이다. 그것은 일종의 자체 검열 방식으로서 유교 봉건 사회에서 윤리도덕적 자체 검열은 매우 엄격하면서도 상시적으로 작동되는 메커니즘이었을 것이다. 그러므로 그러한 억압 상황 속에서 심리적인 금기망을 뚫고 여체를 드러내고 에로틱한 광경을 표현하고 감상하는 것은 매우 갈등이 심한 작업이라고 볼 수 있다. 이러한 상황에서 거기에서 심정적으로 벗어나는 수단의 하나로서 선택된 방법이 구경꾼 내지는 목격자를 화면 속에 삽입하는 방법이지 않았을까? 당시의 재현 윤리에 부담을 느끼는 상황에서 엿보는 시선을 그려 넣음으로써 재현 윤리적 갈등에서 다소간 해방되는 기분을 느끼지 않았을까? 그런 점에서 볼 때 두 동자승은 금기적인 대상을 재현하는 데에 대한 윤리적 자체 검열의 산물이라 할 수 있다.

3. 판소리 사설에서의 엿보는 시선과 재현윤리와의 관계

판소리 사설에서는 대상에 대한 어떤 보는 주체의 관점의 문제를 시점(視點)이라는 개념으로 설명할 수 있다. 시점은 말 그대로 보면 눈의 시각적 지각만을 문제삼는 것 같지만 실제로는 생각과 사고, 관념 등의 인식론적 지각까지 포함하는 개념이다. 그래서 대상을 보고 느끼고 사고하는 인식적 지각 행위가 발생하고 위치하는 지점을 표시하는 게 시점인 것이다. 그러나 시점은 위치 표시 기능에 그치는 게 아니라 거기에 얹혀 있는 이성적이고 감성적인 의미 층위가 만만치 않기 때문에 항상 정교한 해석이 필요한 대상이 된다.

판소리가 현장 공연될 때의 사설에는 여러 가지 성격의 시점들이 존재하게 되는데, 범박하게 말해 소설의 형태가 기본적으로 지니는 시점들과 함께 거기에 추가로 공연하는 창자의 현재적 존재로서의 시점 형태가 개입하게 된다. 판소리 공연에서 이러한 다종의 시점들은 그 경계가 명백하게 구획되지 않고 마구 뒤섞여 시점의 이동 내지는 혼용 현상이 심하게 벌어지는 것이 특징이다. 그런데 우리는 판소리 사설에서도 앞에서 언급한 엿보는 시선의 존재를 간취할 수 있다. 물론 그것은 그림과 같이 명징한 형태로 존재하는 것은 아니다. 그것은 그림과는 달리 시점의 지정학적 위치와 말이 갖는 상황적 뉘앙스에 대한 인식지각력을 동원하여 판단해야 하는 문제이겠지만 판소리 사설의 시점에서도 <단오풍정>에서 살펴봤던 엿보는 시선과 성격이 유사한 시선이 존재하고 있으며, 그 맥락적 배경도 상호연관성이 있는 것으로 보인다는 점은 주목된다.

판소리 사설에서 엿보는 시선은 대상이 확대 묘사되는 국면과 관련이 많다. 사설의 진술방식 중에서 설명이나 대화가 아닌 묘사 부분에서 이러한 시선이 출현하는 것은 엿보는 행위가 갖는 성격이 항상 대상의 모습을 자세하게 그리고자 하고, 또 보다 가까운 위치에서 자세하게 감상하고자 하는 데로 귀결되기 때문일 것이다. 엿보는 행위는 대상에만 올곧게 초점을 집중하는 행위이기 때문에 대상이 보통보다 크고 자세하게 보이는 현상을 항상 동반한다고 할 수 있다. 그러므로 엿보는 시선은 대상에 대한 자세한 관찰을 전제로 하여 대상을 클로즈업하는 확대 서술과 관련되는 경향이 있는 것이다. 또한 엿보는 시선은 서술의 층위 또는 위계(hierachy)로 볼 때, 외부 서술자 내지는 상위 서술자가 발언할 때 출현한다는 점을 지적할 수 있다. 그러니까 극중인물이나 서사 내부 서술자와 같은 하위 서술자가 던지는 발화보다는 서사 외부에 존재하는 서술자나 창자 자신의 목소리로 이루어지는 경향이 있다는 것이다. 판소리 사설에서의 엿보는 시선은 대상을 함께 바라보자고 청중이나 관객에게 제안하는 형태를 띄는 것이 보통이다.

　판소리 사설에서 엿보는 시선을 유발하는 담화방식은 '거동보소'류의 담화표지[3]를 동반하는 경향이 있다. 이러한 담화표지는 발화주체의 시점이 극중 인물과 같은 내부 서술자라기보다는 판소리를 연행하는 창자쪽에 가까운 외부 서술자임을 느끼게 해준다. 그것은 액자 외부 위치에서 극중 대상을 함께 관찰하자고 제안하는 목소리로 느껴지기 때문이다. 약간의 존대형 어감을 지닌 청유형 어미의 존재로 인해 그것은 판소리 공연을 감상하는 청중 또는 관객을 향해 던져진 것으로 판단된다. 극중 상황으로부터 독립된 어떤 존재가 관객에게 다가와 은밀하게 거래를 제안하는 듯한 이러한 목소리는 따라서 엿보는 시선이라는 투시공간을 생성하게 된다. 극중 인물의 상황과는 절연된 위치에서 극중 공간을 몰래 엿보는 서사 국면이 형성되는 것이다. 그리고 이러한 담화표지가 등장하면 그 다음은 매우 확장된 묘사 더미가 출현하는 것이 상례이다. 관찰하자는 제안과 함께 관찰하고자 하는 대상에 대한 상세한 묘사가 출현하는 것은 당연한 순서이기 때문이다. 여기에서 묘사의 성격은 대상에 대한 초점이 매우 집중된 상태로 꽤 긴 시간동안 뜯어보기가

---

3) '거동보소'류 담화표지에는 '거동보소'나 '거동봐', 또는 '맵씨보소', '치레보소' 등과 같은 관찰 제안형 담화표지뿐만 아니라, 판소리 사설에서 흔히 볼 수 있는 시지각을 환기하는 담화표지들, 이를테면 '−을 볼작시면'이나 '가관이던 것이었다' 등과 같은, 시지각의 동원을 요구하는 담화들이 모두 포함된다.

진행된다는 점이다. 대상을 눈 가까이 끌어당겨 놓고 부분들 하나
하나를 뜯어보는 방식이기 때문에 매우 확장된 묘사가 이루어지기
마련이다.

거동보소류 담화가 발화되면 시점의 성격에 따른 심리적 거리관
계가 설정되는데, 창자와 비슷한 외부 서술자와 청중 또는 관객 사
이의 심리적 거리는 매우 축소된다. 외부 서술자가 관객을 향해 은
밀한 거래를 제안하고, 거기에 응해 관객은 그와 시선을 동조하는
것이기 때문에 심리적으로 둘 사이는 밀착되지 않을 수 없다. 시선
을 공유하자는 은밀한 제안에 의해 둘은 공모의 관계로 묶여진다.
그것은 대상에 대한 은밀한 '엿봄'의 행위가 지닌 귀결이기도 하다.
그것은 음란한 광경에 대한 엿보는 시선의 제안이기 때문에 지금
극중 대상을 보는 행위에 대해 그들은 드러내놓을 정도로 당당한
입장이 아닌 것이다.

음란하고 외설적인 장면을 엿보자고 은밀하게 제안하는 거동보
소류 담화의 간단한 사례를 보자.

> 도련님 거동보소. 우르르르 달려들어 춘향의 가는 허리를 에후리쳐
> 덤썩 안고 옷을 차차 벗길 적의 저고리 벗기고 치마를 벗기고 고쟁이
> 벗기고 바지 벗기고 버선마저 뺀 연후에 놀래잖게 덤쑥 안아 이불 속에
> 다 훔쳐 넣고 도련님도 훨훨 벗고 둘이 끼고 누웠으니 좋을 호자가
> 절로 난다.[4]

---

4) 박동진 창본 춘향가, 김진영 외 편저, 『춘향전전집』 2, 박이정, 1997, 403~04쪽.

심봉사 거동봐. 뺑덕이네를 찾는다. 여보게 뺑파 이리오소. 이리 오
라면 이리와. 허허 이리 오래도그래. 여보소 뺑덕이네, 이봐라 뺑파야.
눈먼 가장과 변양을 허면 여편네의 수신제도가 종용히 자는 게 도리
옳지, 한밤중에 장난을 이렇게, 남이 보면은 부끄럽지 않나. 이리 오너
라 뺑덕이네, 이리 오라면 이리 와. 요것, 여기 있지.5)

거동보소 다음에 이어지는 외설적인 장면 묘사는 숨죽이고 은밀
하게 구경할만한 것으로서 이러한 담화 표지를 기점으로 이 발화를
하는 외부 서술자 내지는 창자와, 이 발화를 듣는 청관중 사이의
거리는 단축되면서 매우 근접하게 된다. 그것은 물리적인 눈의 근
접이면서 심리적인 국면에서의 근접이기도 하다. 이는 은밀한 제안
에 대해 거기 응하는 형식이기 때문에 둘 사이에는 공모의 관계가
실현된다. 둘 사이의 공모의 관계가 실현된다는 점에서 볼 때, 거동
보소류 담화는 <단오풍정>에서 두 동자승과 관람자들 사이에 형성
된 공모관계와 비슷해 보인다. 두 동자승은 관람자의 시선을 극중
상황에 보다 가까운 거리로 안내하는 존재로서 거동보소를 외치는
외부 서술자의 존재와 그 성격이 상당 부분 오버랩되는 것이다.

거동보소류 담화는 재현 윤리 문제에 대해서도 단오풍정에서의
엿보는 시선이 갖는 재현 윤리와 유사함을 보이는 것으로 판단된
다. 거동보소류 담화가 주는 낯설기하기 효과는 재현 윤리에 대한
갈등을 표현하는 것으로 보이기 때문이다. 거동보소류 담화가 발화
되면 격심한 시점의 충차가 발생하게 된다. 작품 내적 서술 층위에

---

5) 김연수 창본 심청가, 김진영 외 편저, 『심청전전집』 1, 박이정, 1997, 169~70쪽.

서 갑자기 작품 자체를 파액(破額)하는 듯한 외부 서술자의 존대형 권유투의 목소리를 마주 대하게 되기 때문이다. 이렇게 작품 내적 서술 층위를 벗어나는 것은 재현 윤리라는 메커니즘이 작동되는 상황에서 거기에 위배되는 서술 상황이란 점에 갈등하기 때문으로 보인다. 판소리 사설에서 재현 윤리에 대한 갈등이 비단 거동보소 류 담화에만 있는 것은 아니다. 판소리에서는 재현하는 데에 대한 갈등을 발화 부정이라는 방법으로 해소하기도 한다. 즉, 앞에서 자세하게 서술해놓고 뒤에서 '그럴 리가 있으리오'라거나 '그건 거짓말이었다'라거나 하면서 앞의 진술 자체를 아예 부정하는 것이다. 이러한 진술 방식 또한 재현 윤리에 대한 갈등을 달리 표현하는 방법이라고 보인다. 판소리 공연 현장에서는 이러한 진술 전략이 광범위하게 존재한다. '그건 웃자고 한 말이었다'식의 진술은 공연 현장에서 아주 흔하게 볼 수 있는 담화방식이며, 자신의 앞선 진술을 전통적 관습으로 미루거나, 자신은 스승이나 선배가 했던 것을 흉내낼 따름이지 자신이 만든 것은 하나도 없다는 식으로 변명하는, 뒤로 한 발 빼는 서술 전략을 아주 빈번하게 사용한다.6) 이러한 담화방식은 자신의 발화가 문제가 될 수 있는 여지가 있음을 스스로

---

6) 판소리 사설 중에서 간단하게나마 사례를 들면 다음과 같다. "춘향어미 눈치 없이 밤 깊도록 안나가니 도련님 꾀배 앓아 배 대이면 낫겠단즉 춘향어미 배 내놓고 내 배 대자 한단 말이 아무리 농담이나 망발이라 할 수 있나", "촛불을 켠 채 두고 신부를 벗기려니 잘 들을 리가 있나 아무리 기생이나 열녀되는 아희로서 첫날 저녁 제가 벗고 외용외용 말농질과 사랑 사랑 어붐질은 광대의 사설이나 차마 어찌 하겠는가"(「신재효 동창 춘향가」, 김진영 외 편저, 『춘향전전집』 1, 박이정, 1997, 81쪽.)

인정하는 것이다. 판소리 창자는 이렇게 재현 윤리에 대한 자체 검열을 항상 작동시키고 있다고 할 때, 그것의 시원(始原)적인 주 대상은 아마도 풍속을 교란시킨다고 판단되는 남녀의 음란한 수작이나 성교 장면, 그리고 풍기문란한 여속의 현장에 대한 표현들이지 않았을까 생각된다. 이러한 점에서 볼 때 판소리 사설에서의 위의 담화방식들은 풍속화에서의 엿보는 시선의 삽입 현상과 상동적인 구조를 지닌다고 볼 수 있을 것이다.

판소리에서 거동보소류 담화나 자체 부정의 진술, 그리고 변명의 서술 전략들은 청중이나 관객의 심미인식을 환기시키거나 흥미를 끌고 호기심을 자극하는 연행상의 방법들이라는 점은 부인할 수 없을 것이다. 하지만 흥미만을 목적으로 한 것이 아니라 그 이면에는 당대에 작동하는 윤리적 메커니즘과 연관되는 문제들을 함축하고 있다. 그러한 담화방식들의 근원적 배경은 판소리 창자 자신들이 재현 윤리적 책임을 경감시키기 위한 목적이 더 크게 작용하는 것이 아닌가 보여지는 것이다. 판소리나 풍속화에서 재현 윤리가 문제가 된 것은 이 시대에 들어 새삼스럽게 재현 윤리라는 메커니즘이 등장해서라기보다는 보이는 대상이 바뀌는 데에 대한 윤리적 갈등과 고민이 시작되었기 때문일 것이다. 재현 윤리적 메커니즘의 작동을 요구할 정도로 서술 대상이나 서술 방식 자체가 당대의 관습적 안목에서 볼 때 문제가 되었기 때문인 것이다. 그것은 그만큼 시대가 감당해내지 못할 정도로 규범적 틀에서 벗어나는 파격적인 서술 내용이었던 것이다. 특히나 여체라든가 성행위와 같은 극단적인 에로티시즘의 현장을 묘사하는 것은 아무리 이 시대가 유교 봉건적 이데올로기에 대한 반발이 거세게 일어나고 기존의 정치사회적 틀이 상당 부분 붕괴된 상태에 이르렀다고 해도 굳건하다고 여겨져왔던 기존의 윤리도덕적 규범과 틀마저 해체시키고 나온 것이기 때문에 아무런 고민 없이 그것들이 표현되기는 어려웠을 것이다. 그렇기 때문에 표현상의 갈등과 고민의 흔적들은 기존의 규범적 세계관과 탈규범적 세계관 사이의 충돌에서 빚어진 파열음인 것이다.

본다는 것은 사유를 구조화한다는 것을 의미한다. 문학과 회화에서 묘사가 된다는 것은 그려진 대상에 대해 그것을 그린 사람과 그것을 관람하는 사람들의 관념이 형성된 것을 의미한다. 시선의 선택에는 이념적인 태도가 적재되고 현실적인 상황이 반영되기 마련인 것이다. 그래서 우리가 풍속화나 판소리에서 보게 되는 에로틱한 장면에 대한 묘사에는 이미 고루한 유교관념에 대한 비웃음과, 새로운 시대의 문화적 에토스를 호흡하고자 하는 기대, 그리고 시대를 선점한 자들의 여유로운 자부심이 함축되어 있다. 그럼에도 불구하고 기존의 윤리적 금기망은 그들의 시선을 자유분방하게 그냥 놔두지 않고 한 쪽 끈을 붙잡고 있다. 판소리와 풍속화에 나타나는 엿보는 시선의 존재와 그것을 표현할 때의 엉거주춤한 자세는 시선의 자유로움을 비판 풍자적으로 맘껏 향유하면서도 그것을 표현하는 데 따르는 윤리적인 갈등이 없지 않다는 것을 보여준다 하겠다.

풍속화와 판소리에서의 엿보는 시선은 당대에 흥기한 사실주의적 재현 경향에 대한 하나의 자체 점검 표지이기도 하다. 즉, '보는 것'과 '보이는 것' 사이의 사실주의적 갈등이 문제시된 것이다. '보는 것'은 보는 이의 능동적이고 적극적인 의지에 의해 보는 대상이 선택되는 것이고, '보이는 것'은 보는 이쪽에서는 수동적이고 소극적인 의지가 간여할 뿐 보이는 대상이 보도록 선택하게끔 했다는 논리가 된다. 언뜻 보면 '보는 것'의 능동적 의지가 사실주의적 재현을 추동하는 핵심고리인 것 같지만 거기에는 기존 관념에 의해 관습적으로 보는 대상을 선택한다는 시각의 제약도 내재되어 있다. 그리고 '보이는 것'에는 보는 이의 소극적인 의지를 전제하고 있지만 눈에 보이는 것이기 때문에 보지 않을 수 없다는, 실상은 '보는 것'보다 포괄적 사실주의를 지향하고 있는 것이다. 그런데 당시의 도덕 관념으로 볼 때 매우 일탈된 성(性)을 재현함에 있어 적극적인 의지를 갖고 '보는 것'을 표방한다는 것은 거의 불가능에 가깝다고 생각된다. 그리하여 도덕 관념에 반하지만 보이기 때문에 '보이는 것'을 재현하지 않을 수 없다는, 소극적인 사실주의적 재현 태도를 표방한 것이라고 생각된다. 이러한 점에서 풍속화와 판소리에 나타나는 엿보는 시선은 파격적 사실성을 중화시키기 위한 소극적인 엉거주춤한 태도의 결과이기도 하다. 그것은 '보는 것'을 '보이는 것'으로 위장하고자 한 의도의 산물이다. 그만큼 이것은 있는 그대로를 자유롭게 보는 시각이 가능하기 위해서는 얼마나 많은 진통이 따르는지를 잘 보여준다. 이는 비단 그 시대에 국한되는 문제가 아니라 오늘날에도 지속되는 문제이기도 하다.

　우리는 지금까지 금기시되는 성관념을 표출하는 데 따르는 윤리적인 갈등이 풍속화와 판소리에서 그 균열적 표지가 보인다고 논의해왔다. 그렇다면 동시대의 다른 문예 장르들에서는 어떠한지가 궁금하지 않을 수 없다. 우리는 성적 일탈의 표현을 상당히 많이 하고 있는 사설시조나 서민가사 등에서는 그러한 윤리적 갈등의 담화표지를 최소한 표면적으로는 볼 수 없다는 점에 일단 주목할 수 있다. 그러한 표현을 노출시키는 데에 따른 부담감이 사설시조와 서민가사의 경우엔 없었던 것인가? 당시의 시대 사회적 배경에서 볼 때 사설시조와 서민가사의 작자층이나 가창층이 성적으로 일탈된 표현에 대해 윤리적 책임 내지는 심적 부담감을 느끼지 못했을 것이라고는 생각되지 않는다. 그 이유 중의 하나는 전달 매체의 탓이 크리라고 판단된다. 사설시조와 서민가사는 가창이나 음영으로 노래부름으로써 상대방에게 가사 내용을 전달하는 것인데, 가창 장르의 성격상 가사의 내용이 노래라는 전달 형식 속에 상당 정도 묻혀버리는 경향이 있다는 점을 주목하지 않을 수 없다. 그래서 사설시조나 서민가사의 사설에서 우리는 다소 과감한 표현들을 볼 수 있는데, 당시의 성관념에서 볼 때 대상을 파격적으로 표현하는 관행도 그러한 것이다. 그러한 내용적 파격성이 형식적 전달 방식 속에 흡수되어 그 충격을 완화시키는 모습을 볼 수 있다. 또 하나는 이 가창 장르의 연행 관습상 윤리적 갈등과 같은 것을 담아 표출하는 담화구조가 정립되어 있지 않다는 점도 지적할 수 있다. 그러한 윤리적 갈등이 정서적 표출 속에 내부적으로는 존재할 수 있을지언정 갈등을 표면의 담화구조에 담는 진술방식은 이 가창 장르에는 어울리지 않았던 것 같다. 사설시조나 서민가사에는 정서의 표출과 관련된 담화구조만이 발달되어 있을 뿐 정서를 표출하는 데에 따르는 갈등과 부담을 드러내는 담화구조는 거의 존재하지 않는다. 심적 정서의 노출이 문제이지 노출 과정에 대한 고민은 드러낼 수 있는 구조가 아닌 것이다.

그렇다면 판소리도 노래인데 판소리에서는 그러한 윤리적 갈등과 고민을 가감 없이 나타낼 수 있는 이유는 무엇인가? 그것은 판소리가 가창 장르이긴 하지만 창과 아니리가 교체 반복되는 구조이고, 또 판소리는 창이라고 하더라도 그 사설 내용이 가창과 배경음악 속에 묻히지 않고 양각으로 도드라지게 표출되는 음악 양식이기 때문이다. 사설 내용이 비교적 분명하게 전달되는 구조 속에서 그 내용적 진술에 대한 윤리적 부담감을 느끼지 않을 수는 없는 것이다. 그래서 성적 파탈 장면을 여러 가지 목적상 표현하기는 하되 거기에 갈등하는 모습을 덧붙여 윤리적 책임을 다소간이라도 경감시키고자 한 것이다. 앞에서 본 바와 같이 풍속화 중의 춘의도류들도 그러한 경향을 보여주고 있었다. 그것은 회화 장르란 것의 본질이 시각의 명증성만은 회피할 수 없는 것이기 때문인데, 그래서 그러한 성적 일탈 장면을 그려놓고서도 그것을 엿보는 사람을 덧붙여 그려 넣음으로써 표현에 대한 윤리적인 책임을 회피하고자 하는 텍스트 내적 장치를 화면 속에 마련한 것이라고 본다.

4. 맺음말

성적 일탈의 세계를 사실적으로 묘사한 조선 후기 풍속화와 판소리에서 '엿보는 시선'이라는 텍스트 내적 장치를 마련한 것은 성적 일탈을 해학적으로 풍자하려는 표면적인 이유 때문이기도 하지만, 보다 심층적으로는 성담론의 표출을 금기시하는 유교 봉건 사회에서 그러한 외설적 장면을 묘사하는 데 따르는 윤리적 갈등을 해소하고자 하는 노력의 일환이라는 점을 증명하는 데 이 글은 초점을 맞추었다. 조선 후기에 올수록 유교 봉건 사회의 풍속을 단속하고 통제하는 제도적 기반이나 사회적 기능이 상당 부분 붕괴되거나 마비되어 있었음에도 불구하고 윤리적 검열이라는 메커니즘은 당시의 문학예술의 향유자 모두의 심리 내부에서 작동하는 것이었다. 그러한 심리적인 자체 검열은 누가 금지해서가 아니라 유교 봉건 사회의 윤리적 통제라는 관성이 작용한 결과라 할 것이다.

우리가 살펴본 바와 같이 <단오풍정>과 같은 풍속화와 일부 춘화들에서, 또 판소리 사설에서 성담론 앞에 위치하여 성적 일탈 장면으로 시선을 유도하는 '거동보소'류 담화들과, 앞서 발화한 성적 일탈 담화 내용을 뒤에서 부정하는 담화 등을 통해 재현 윤리적 갈등이 나타난 것은 그것들이 당대의 표현 관습상 비교적 정도가 심한 성적 표현을 담고 있었기 때문이다. 물론 이들보다 정도가 더 심한 성적 노출이 있음에도 어떠한 춘화 그림이나 판소리 사설에는 이러한 재현 윤리적 갈등 표지가 부재함을 우리는 종종 볼 수 있는데, 그것은 하나의 표현 관습이 굳어지고 나면 그러한 담화 표지를 사용하지 않고도 성적 일탈 장면을 묘사하는 것이 가능해지기 때문일 것이다. 그리고 나중에는 그러한 담화 표지들이 원래의 용도에서 벗어나서 여러 다양한 기능으로 그 사용처가 확장되는 경향이 생기기도 한다.

이 글에서 사용한 성적 '일탈'이나 '음란'함, '외설' 등과 같은, 성담론에 대한 부정적 관점의 용어들은 성담론의 유출을 억압하는 유교 봉건 사회의 이념적 통제로 말미암아 당대인들이 지니고 있던 사고 구조의 관점에서 해석할 필요에 의해 취한 방편상의 용어일 뿐, 거기에는 예술적 가치에 대한 어떤 판단도 포함되어 있지 않으며, 오늘날의 관점에서 본 것도 아니라는 점을 끝으로 부기해둔다.

참고문헌

❖ 타자의 표상 방식을 통해 본 〈홍길동전〉 ———————— p.39

김경미, 「타자의 서사, 타자화의 서사, 〈홍길동전〉」, 『고소설연구』 30집,
　　　한국고소설학회, 2010.

노지승, 『유혹자와 희생양』, 예옥, 2009.

서동욱, 『차이와 타자』, 문학과지성사, 2000.

이승수, 「홍길동전의 서사 지형도」, 『한국언어문화』 제46집, 한국언어문
　　　화학회, 2011.

이윤석, 『홍길동전 연구』, 계명대학교 출판부, 1997.

전문수, 「홍길동전의 불통일성과 통일성의 해명-작품의 구조적 특성을
　　　중심으로-」, 『한국학논집』 제10집, 계명대학교 한국학연구소,
　　　1983.

지그문트 바우만, 이일수 역, 『액체근대』, 강, 2009.

클로드 레비-스트로스, 박옥줄 역, 『슬픈 열대』, 한길사, 1998.

Jan Renkema, *Introduction to Discourse Studies*, John Benjamins
　　　Publishing Company, 2004.

J. Hillis Miller, *Others*, Princeton University Press, 2001.

Peter Brooks, *Enigmas of Identity*, Princeton University Press, 2011.

T. A. Van Dijk, *Discourse and Context : A Socio-cognitive Appoach*,

Cambridge Univ Press, 2008.

❖ **서술자의 발화를 통해 본 〈배비장전〉의 인물 비판 양상** ──── p.77

인권환 외 3인 편저, 〈신명슈샹 배비쟝젼〉(신구서림본), 『한국고소설선』,
　　　태학사, 1995.

권두환, 「〈배비장전〉 연구」, 『한국학보』 17집, 일지사, 1979.

김대행, 「〈심청전〉 서술자 어조의 불통일성 문제」, 한국고전문학연구회
　　　편, 『한국소설문학의 탐구』, 일조각, 1978.

김동협, 「〈배비장전〉 연구」, 『동양문화연구』 11집, 경북대 동양문화연구
　　　소, 1984.

김병국, 「고대소설 서사체와 서술시점」, 『현상과 인식』 5권 1호, 한국인문
　　　사회과학원, 1981.

김영모, 『조선지배층연구』, 일조각, 1997.

김용희, 「〈배비장전〉의 주제에 대하여」, 『진단학보』 53·54호, 진단학회,
　　　1982.

김종철, 「〈배비장전〉 유형의 소설연구」, 『관악어문연구』 10집, 서울대
　　　국문과, 1985.

김현주, 「경판과 완판의 거리」, 『국어국문학』 제116호, 국어국문학회,
　　　1996.

＿＿＿, 「판소리의 다성성, 그 문체적 성격과 예술·사회사적 배경」, 『판소
　　　리연구』 제13집, 판소리학회, 2002.

김흥규, 「19세기 전기 판소리의 연행환경과 사회적 기반」, 『어문논집』
　　　제30집, 민족어문학회, 1991.

박일용, 「조선후기 훼절소설의 변이양상과 그 사회적 의미(上)」, 『한국학
　　　보』 51집, 일지사, 1988.

이석래, 「〈배비장전〉의 풍자구조」, 한국고전문학연구회 편, 『한국소설문

이은봉, 「〈배비장전〉 연구사」, 일위 우쾌제 박사 화갑기념논문집간행위
　　　원회, 『고소설연구사』, 월인, 2002.

이정탁, 「비장과 방자의 작중기능」, 『국어국문학논문집』 7·8집, 동국대
　　　국문과, 1969.

정충권, 「〈배비장전〉 재고」, 『고전문학과 교육』 제7집, 한국고전문학교
　　　육학회, 2004.

조동일·김흥규 편, 『판소리의 이해』, 창작과비평사, 1978.

한영우, 『조선시대 신분사연구』, 집문당, 1997.

Arthur Pollard, 송낙헌 역, 『풍자(Satire)』, 서울대학교출판부, 1979.

Boris Uspensky, 김경수 역, 『소설구성의 시학』, 현대소설사, 1992.

P. K. Elkin, 「풍자의 의미」, Ronald Paulson, 김옥수 역, 『풍자문학론』,
　　　지평, 1992.

❖ 『심청전』에 나타난 심학규의 체면 책략 발화 연구 ──────── p.103

김진영·김현주 역주, 『심청전』, 박이정, 1997.

김진영 외, 『심청전전집』 3, 박이정, 1998.

김동건, 「〈심청전〉에 나타난 욕망과 윤리의 공존 방식」, 『판소리 연구』
　　　제32집, 판소리학회, 2011.

김현주, 『연행으로서의 판소리』, 보고사, 2011.

＿＿＿, 『판소리 담화분석』, 한국학술정보, 2008.

성현경, 『한국옛소설론』, 새문사, 1995.

장석규, 『심청전의 구조와 의미』, 박이정, 1998.

주형예, 「19세기 판소리계 소설 〈심청전〉의 여성 재현─공감과 불화의 재
　　　현양식」, 『한국고전여성문학연구』 제14집, 한국고전여성문학회,
　　　2007.

진은진, 「〈심청전〉에 나타난 모성성 연구-〈효녀실기심청〉을 중심으로」, 『판소리연구』 제15집, 판소리학회, 2003.

최시한, 「가련한 여인 이야기 연구 시론」, 『한국소설연구』 제3집, 한국소설학회, 2000.

최인자, 「크로노토프의 문화적 해석을 통한 소설독서 : 〈심청전〉을 중심으로」, 『독서교육』 제1집, 한국독서학회, 1996.

Jan Renkema, *Introduction to Discourse Studies*, John Benjamins Publishing Company, 2004.

T. A. Van Dijk, *Discourse And Context : A Socio-Cognitive Approach*, Cambridge Univ Press, 2008.

❖ **논증 방식을 통해 본 〈장끼전〉 설전 담화의 양상** ───────

김종철, 「〈장끼전〉과 뒤틀림의 미학」, 『판소리의 미학과 정서』, 역사비평사, 1997.

김진영·김현주 외 편저, 『실창 판소리 사설집』, 박이정, 2004.

김현주, 『고전서사체 담화분석』, 보고사, 2006.

_____, 『판소리 담화분석』, 한국학술정보, 2008.

서유석, 「〈장끼전〉에 나타나는 '뒤틀린' 인물 형상과 여성적 시선」, 『서강인문논총』 29집, 서강대학교 인문과학연구소, 2010.

이병주 외 2명, 「사설의 논증적 분석 : 툴민의 논증이론과 반 다이크의 텍스트 이론간의 접합과 논거-토포스 분석의 방법」, 『스피치와 커뮤니케이션』 제4호, 한국스피치커뮤니케이션학회, 2005.

정출헌, 「조선후기 우화 소설의 사회적 성격」, 고려대학교 박사학위논문, 1992.

정학성, 「우화소설연구」, 서울대학교 석사학위논문, 1972.

정환국, 「19세기 문학의 '불편함'에 대하여-그로테스크한 경향과 관련하여」, 『한국문화연구』 36집, 동국대학교 한국문화연구소, 2009.

정희모·김성희, 「대학생 글쓰기의 텍스트 비교 분석 연구—능숙한 필자와
　　미숙한 필자의 텍스트에 나타난 특징을 중심으로」, 『국어교육학
　　연구』 32집, 국어교육학회, 2008.

Brinker. K, 이성만 역, 『텍스트 언어학의 이해』, 도서출판 역락, 2004.

Jan Renkema, 이원표 역, 『담화연구의 기초』, 한국문화사, 2002.

Stephen Witte, *Topical Structure and Revision : An Exploratory
　　Study*, College Compisition and Communication, Vol. 34, NO.
　　3, 1983.

Toulmin, S. E, *The use of argument*. New York: Cambridge University
　　Press, 1958.

Van Dijk, 정시호 역, 『텍스트학』, 민음사, 1995.

❖ **가문소설에서의 희학적 대화의 담화 공간** ───────── p.165

강성숙, 「15세기 문헌 소화 연구」, 이화여대 박사학위논문, 2004.

김문희 외, 『조씨삼대록』 1~5, 소명출판, 2010.

김욱동, 『은유와 환유』, 민음사, 1999.

로만 야콥슨, 『문학 속의 언어학』, 문학과지성사, 1989.

류정월, 「문헌 소화의 구성과 의미 작용에 대한 기호학적 연구」, 서강대
　　박사학위논문, 2004.

서경희, 「〈소현성록〉의 석파 연구」, 『한국고전연구』 12호, 2005.

임형택, 『전환기의 동아시아 문학』, 창작과비평사, 1985.

조혜란 외, 『소현성록』 1~4, 소명출판, 2010.

한국소설학회 편, 『공간의 시학』, 예림기획, 2002.

❖ 판소리와 풍속화에서의 시선의 문제 ──────────── p.191

김진영 외 편저, 『심청전전집』1, 박이정, 1997.

──────────, 『춘향전전집』1, 박이정, 1997.

──────────, 『춘향전전집』2, 박이정, 1997.

김현주, 「거동보소의 담화론적 해석」, 『판소리연구』6, 1996.

임어당 편, 최승규 옮김, 『중국미술이론』, 한명출판, 2002.

장언원 등저, 김기주 역주, 『중국화론선집』, 미술문화, 2002.

존 버거·伊藤俊治, 『이미지 ; ways of seeing』, 동문선, 1990.

김현주(金賢柱)
서강대학교 국어국문학과 교수

박인성(朴仁成)
서강대학교 국어국문학과 박사과정 수료

이해진(李해眞)
서강대학교 국어국문학과 석사과정 수료

백수연(白秀蓮)
서강대학교 국어국문학과 박사과정 재학

손동국(孫銅國)
서강대학교 국어국문학과 박사과정 수료

고소설의 담화론적 해석

2014년 1월 24일 초판 1쇄 펴냄

지은이 김현주 외
펴낸이 김흥국
펴낸곳 도서출판 보고사

책임편집 이유나
표지디자인 오동준

등록 1990년 12월 13일 제6-0429호
주소 서울특별시 성북구 보문동7가 11번지 2층
전화 922-5120~1(편집), 922-2246(영업)
팩스 922-6990
메일 kanapub3@naver.com
http://www.bogosabooks.co.kr

ISBN 979-11-5516-176-0 93810
ⓒ 김현주 외, 2014

정가 13,000원

이 도서의 국립중앙도서관 출판시도서목록(CIP)은 서지정보유통지원시스템 홈페이지
(http://seoji.nl.go.kr)와 국가자료공동목록시스템(http://www.nl.go.kr/kolisnet)에
서 이용하실 수 있습니다. (CIP제어번호 : CIP2013029007)